永远的背影

周良沛　著

作家出版社
全国百佳出版社

图书在版编目（CIP）数据

永远的背影 / 周良沛著. -- 北京：作家出版社，2025. 1. -- ISBN 978-7-5212-3106-9

Ⅰ. I267.1

中国国家版本馆CIP数据核字第2024K64Q63号

永远的背影

作　　者： 周良沛
责任编辑： 朱莲莲　丁文梅
封面设计： 贾　莹
出版发行： 作家出版社有限公司
社　　址： 北京农展馆南里10号　　**邮　　编：** 100125
电话传真： 86-10-65067186（发行中心）
86-10-65004079（总编室）
E-mail:zuojia@zuojia.net.cn
http://www.zuojiachubanshe.com
印　　刷： 河北星强印刷有限公司
成品尺寸： 155×220
字　　数： 197千
印　　张： 14.5
版　　次： 2025年1月第1版
印　　次： 2025年1月第1次印刷
ISBN　978-7-5212-3106-9
定　　价： 85. 00元

目 录

书　前

年过九十，风烛残年。

气竭，血衰，行动难全自理，双足困于户内；独人闲居，风雨不临；已似隔世，如同永休；怎奈思绪未泯，笔墨又难随逐……

在这，过去予以安排的，比之许多人家都不算小的住房，它的宽敞，乃至空荡，个人栖身，绝不能说它对我的窒息，然而心力衰竭，无力，无为，心窄，气短。广厦，也似笼，是坟。

笼、坟所在，既有纷乱无序、四方拥来的思绪堵塞，又有一贫如洗的一无所有，再宽阔，也是无有什么可以容纳的空空如也。

独自面壁，似对故人，实为生命此时剩有的余焰。此中所忆，难免会有个人琐事，可过去的职业、经历，不少都是涉及公众的学者、作家，乃至文化战线的英雄，也就难离其众，个人之间，反而无法全是私情。应该可以作为一份不仅是我个人对他们之所念。

只是，那些健旺的伙伴，有的却在奋发展图之际，早早地、匆匆地走了：他们有的比我出生早很多年，还有比我年少者，然而，他们走得却比这早了更多更长的年月；而我，又在这更多更长的日子，残存苟全。无奈，送黑发者的黑发，转瞬白头，老态龙钟，智能衰败，朽迈苦度，体不健地残喘苟延，实乃悲剧性的存在。为免除生命最后的荒芜，真愿以已无用之躯，能补予他们有用之命；怎奈苍天所予的安排，难遂人意；想起他们，只能趋前追梦地望着他们的背影，那背影虽然远去，却往心里越走越近，虽然远影愈小，却在不断推近，愈加扩大，健壮，高耸，雄伟，永远。然而这一切，最终难免碎于梦幻。仰望苍天，怅然长叹！

最后，需要说明一点的是：文章是以写作的先后为序。

迟送的花圈

——忆归侨诗人蔡其矫

元旦过去了，中国的红土高原，正是数九寒冬，七点过了，天还漆黑漆黑。年过古稀，睡眠锐减，夜长难挨，倚床难眠。两眼望着漆黑之中微微泛白的天花板，恍惚闪过长长的，人生道上匆匆来去的，我所常忆的往事、故人。

所以老想到其矫（1918—2007），虽然他比我大十几岁，照过去的旧习，十五年算一辈，他正是大我一辈的人，可在我眼里，他却永远是一位被过剩的精力所撑胀的壮汉。话不投机，他可能一言不发，否则，唇边永远有灿烂的笑容，每句话都有笑声在回旋，永远坦荡、乐观、年轻。然而，虽比他小，我却早衰，癌变体切除手术近三年，近日又检查出些新的疑点，难免有些思想疙瘩。为此，除了为自己长叹一声，想到其矫，对他既羡慕，也是对自己的激励。

人，总是要死的，若无这点唯物的精神，也是白活了。可是，总不能让自己活得难受，在病痛的折磨中送走余年。

我没有一般“家乡宝”的“金窝银窝不如自己狗窝”的惰性，处处是家。天南地北，不知何时何地，会突然见其矫出现在我面前，真的需要和他联系时，却不知他云游在何方而为之怅然。平日，我是不给他寄书的，不知会失落在他行迹不定的哪方。即便他收到手，围在他身边的年轻人，任谁开口，总会被他爽朗大方地转到别人之手。然而，这回所以要送一本书给他，是他前两年要我复印一份《中国新诗库·蔡其矫卷》的选目给他，为此，我不能不吃惊："出版社送的样书呢?"他的回答，也见怪不怪："不晓得哪个拿去了。"可我没想到，经历诗坛二十多年的理论混乱后，他愿再看看，并重视我对他诗的选择之选目以此审视自己时，偏偏又看到《香港文学》他那诗风巨变、淡化了他原本为人、为诗的抒情风格的作品。对此，我同他至交的，又是《香港文学》主编，原名涂乃贤的陶然（1943—2019），交换了意见。乃贤让我多劝其矫，要他莫弃其原有的优势。为此，思绪纷纷。不论他这种变化是否可以叫好，但这位八十多岁的老兄，也是一位从来什么都不在乎的"老顽童"，此时竟能沉下心来，想想这些问题，不能不说这位"老顽童"从他诗的"天真"中长大了，成熟了，中间的过渡期不论有多曲折，多漫长，乃至此时我看他并不成功的探索、尝试，都该看作他此生向更高的诗境进发之亮点。

此时，对于这本写到他的书，我还真希望能够真正地寄到他手上。为此，先后，我往南京、泉州、福州等地挂了电话，都没人接，想了想，下了决心，鼓足了气，给他夫人徐竟辞去了电话。

挂这个电话所以要"下了决心，鼓足了气"，是他夫人对其矫的事，是完全不管不问，也许是夫人对这把年纪还像个孩子似的其矫之无奈和宽容，也许是对其矫相敬如宾之尊重。之前，不论我们去过他家多少次，包括我这样的，也是年纪一大把的男客，她也是客气地点个头就走开了，等到下次再去时，你是谁，她都不清楚。然而，其矫也为自己在外自由地云游了一年之中的太多日子很知足，也为这太多的日子撇下了一个家，没有尽到自己该尽的责任而内疚，所以一回到北京老伴这儿，就系上围腰，撸起衣袖，打扫里外，上街买菜，下厨做饭，没用上液化气前，还得一大早起来掏炉灰，扇炉子……完全变成了另一个人，是位忠于职守的家庭主男。于是，连我这个其矫的朋友，此时对于一年太多时间都留守在家的嫂子也有一份特别的敬意，平日也帮不上什么忙，更不敢贸然打扰，所以我也特小心地轻声问道：

“其矫在北京吧……”

一反常态，她不是说“在泉州”“在福州”，若“在北京”则不回话，话筒里还可以听到她那刚劲的、有棱有角的声音：“老蔡，有电话找——”可这回，不同以往，是歇了半晌，嫂子才语塞地说：

“真不巧……他上午进医院了……”

我一愣，健壮的其矫，平日是与药、与医院无缘的，怎么突然会这样呢？焦虑的急躁，几乎叫我忘了对嫂子的礼貌：

“他怎么了？”

“还不知道呢，腿有点不对劲，失去知觉，怕是轻度中风……”

“不至于吧，平日他伤风感冒的事都没听说过……”

“唉……人老了……快九十了……没病也是病……”嫂子在我印象里那有棱有角的话语，在这一声叹息中，以其深沉的忧郁深深地感染了我，她毕竟是同其矫生活了几十年的老伴啊。

十几天来，不仅为了半个多世纪的友谊，更想到自己还不能确诊的病症，同其矫倒反而多了一分同病相怜之情。每当天亮之前，躺在床上望着漆黑之中微微泛白的天花板时，自然惦念在北京协和医院的其矫。不想，漆黑中突然炸裂出清脆的铃声，翻身坐起，我被这来得突然的震惊而惶惶然了，抓起话筒：

“谁呀?!”

“我，宫玺，良沛吗？老蔡走了，晓得吗?”

“前些天，他爱人说可能是轻度中风……”

“三号就走了，我也是刚知道就告诉你的，今天上午是告别仪式……”

“那么，要送个花圈都来不及了……”

“可不是！咱们老朋友，想说的，默记在心里就行了，那些热闹的事会有人去做的，何况对老蔡也热闹不起来，过去对他也没有公平过……”

一听这话，心里也从激动、焦躁之中冷静下来，可也茫茫然，恍惚，一切都空白了。

宫玺所说的“今天上午”之“今天”，是二〇〇七年一月七日。

此时，掐指一算，我与其矫相识已半个多世纪了——人生苦短啊。

一九九九年八月二十二日的《新文学史料》八十四期选刊的《郭小川日记》，一九七五年六月二日，小川（1919—1976）记有这么一段话：

> 晚饭后，七时多到文化俱乐部，参加诗人集会，今天是端午节。到会的约有几十人，由徐迟主持，参加会议的还有加拿大一位诗人。在会上遇到了方纪。艾青约我同他谈话。
>
> 十时散会，我买了一瓶酒，约来徐迟、方纪、公木、蔡其矫、沙鸥、方殷、周良沛等来我处玩。大谈特谈，到十二时左右，我念了一段诗，大家为我这诗取名《囚徒》，提了不少意见，到二时才把他们送走。
>
> 留下徐迟、方纪和良沛三人，一起谈了许多工作问题，谈到他们那里的一些如□□等，实在是作家之辱。

这则《日记》，还有过一个未经“整理”的版本，上面还提到邵燕祥（1933—2020）。此中所说的“加拿大诗人”，是位曾被诬陷为“共产党”而坐过牢的进步人士华莱斯，为他访华，人民文学出版社当时还出版了他的诗集《我的兄弟们》，译者张奇恰好是我的诗集之责编，因此和华莱斯还有过几面之缘，他还送了诗集的原版All My Brothers给我。若是智利的聂鲁达（Pablo Neruda，1904—1973）和巴西的亚马多（Jorge Amado，1912—2001）提前一个月访华，肯定此时也会在席间。

“文化俱乐部”确切的名称是“政协俱乐部”，即南河沿北京饭店后面的、当今的“欧美同学会”之所在。那天，所以会有这个集会，是《诗刊》创刊半年，火遍中国，抗战时，有人倡议：将传统的端午节定为“诗人节”，以纪念屈原（约前340—前278），为诗的纪念日。此时此地，在这“端午节”，实际上是当“诗人节”庆祝。因为早先放出了空气说，届时毛泽东（1893—1976）主席、周恩来（1898—1976）总理和陈毅（1901—1972）元帅将会莅临，这使会场多了几分隆重的严肃。华莱斯不太明白和习惯诗人的聚会之中会有这种政治气氛。西方的作家之间，大概不太会有这种联系着政府领导的聚会。那年月，若是这些领导人出现在这个聚会，无疑会在全民心中提升新诗的分量，所以，只要能来的，都来了，方纪还是特地从天津赶来的。屋里，也不是几十人，而是近百人。俱乐部原来的一个小餐厅摆了很多小圆桌，桌上的粽子、水果和茶水堆得满满的，围桌而坐的人，同样也是侧着身子挤着坐。在这种情况下，很难有人走动串聊，眼睛都盯着出入的门口，等着诗人中的诗人在企盼中出现。直到十点了，说中南海有重要的外事活动，首长不能来了，大家才不无遗憾又恋恋不舍地离去。

所以要说这些，确实是那个时候周围弥漫浓浓的诗之氛围，其矫才可能一年不到就先后出版了他的《回声集》《回声续集》《涛声集》三本诗集，此中还可以收进虽然没有指名，一看就知道是在咏叹斯大林（Joseph Vissarionovich Stalin，1878—1953）的《大海》。那正是西方借此以“反对个人迷信”为名推拥反共热潮之日。这一背景，使一些原先看来很明白的是非，有时也有叫人难以开口的景况。大千世界，少不了各种各样的人，国内自然也不乏有为此动心者，平日在诗中很少涉及政治，并使人为其是老干部、老延安而有点不太理解的其矫，此时却有为此浓浓的热衷对斯大林之功过的三七或四六分之争的兴趣，连续写了两首长诗，真得刮目相看。诗界，有人对他以其诗的象征叠加于现实的政治，感到有点反常，怪怪的，甚至可以引起平日无兴趣于诗者也有兴趣于他，以及他的分行文字。对此，有人既有情绪，又怕出格的状态，起码是不乏私下的议论，实际上都将读者引向视线所关注之点的作者和作品。包括读者之前从其矫笔下看到久违的陌生了的风、花、雪、月，乃至后来他大呼“万岁”的“少女”和“爱情”，知之为其之争议，才能为新的共和国之广大读者所看见、所认识、所欢迎、所喜欢，也才能筑构我们之间切不断的诗谊，盛世也不完全是看GDP有多高，还是需要人们精神的充实、富有。

这时，在我见到、认识其矫之前，已听说他是老区来的诗人，可是，我读过不少当时所介绍的老区诗人之专集，却不见他的作品，乃至对他的提名。可是，当时许多一再加印、大肆宣传的老区的诗，我无权说些什么，但其题材、形式和语言的表述过于接近，读多了容易产生审美疲劳。可是，读到同是老区来的其矫所出版不久的《回声集》，又为它无诗的旧套之半陌生的新颖而振奋。因为，当时许多形式自由的所谓“自由诗”，已完全误解、歪曲了惠特曼（Walt Whitman，1819—1892）的Leaves of Grass——《草叶集》对诗在形式上的“自由”，已倒退、恢复到胡适“诗体解放”的口语化而成满纸口水的分行。此时，读到其矫他那——

兵车在急雨中前进
飘扬起士兵的歌声
这歌声是勇敢的战约，神圣的誓言
这是人民的呼唤，家乡的祝福……

虽然不能说它是多么好的诗，从它又似乎看到惠特曼《哦，船长！我的船长》：

O Captain! My Captain! Our fearful trip is done,
The ship has weather’d every rack, the prize we sought is won…

The port is near，the bells I hear，the people all exulting，

While follow eyes the steady keel，the vessel grim and daring……

此种语言在自由中的音韵之波动。

其矫诗的形式之自由，也是惠特曼的知音之回应；但其矫的《乡土》写那逃出在日本鬼子刺刀下做苦力的老汉，他死也要死在故土，可他爬到故乡遥遥在望之际，却倒下了，“第二天，人们发现他死在当路 / 两只冰冷的手还握着两把泥土”，又不能不说这诗之核心的思想，又是非常民族化的。他多首如：

天空罗列着无数鲜红的云的旗帜，

湖上却无声地燃烧着流动的火；

归来的渔船好像从波中跃出，

转眼之间，它已从火上走过。

这样尝试的《绝句》，已以今日的口语表现于汉诗的古典形式。他写桂林山水——

上面，是青色长缕的云，

左右是陡立的绿色的山，

下面一条浅蓝的江透明如水晶。

而水底闪烁着彩色的卵石，

仿佛为这青绿色的世界铺就一条鲜花的大道。

……

其诗语，且不乏有异于诗之“现状”之“现代”，但呈现出的视觉神

韵，则是一幅非常传统的中国水墨画。这对于当年同时也出了第一本诗集，还不愿简单对待诗的民族化与对外艺术借鉴之问题的我，看它文本自身所感染我的奔放豪情之思想的凝重，却又是有别于主流诗风之清新和亲切。

对他第一本诗集和第一面见他的直观视觉，在我面前复合成一帧难以言传的叠影。他有一头浓密而自然卷曲的黑发和黝黑而泛咖啡色的皮肤，因为还不知道他刚从南沙群岛来，他完全是棵在阳光下所生长的椰枣，身材挺拔，肩宽胸阔，筋骨撑出一身的棱角，不是消瘦，是健壮的坚实。那一身穿着，不仅在同行者中，就是从俱乐部走出来的整个人群中，也特显眼，是传统的朴素，又是朴素的前卫。那年月，不兴以物价的上涨作为消费指数上升的喜讯，而是以千种商品降价鼓舞消费的热情，加以老天下雨，人人头上都有一份大幅度上调的工资，满街的苏联花布在挑战之前全是蓝色、灰色的中山装、列宁装，可这个时候，已有女同胞换上旗袍、布拉吉，男士们则是西服和毛料吊兜的制服，他们在街头漫步，走出一幅太平景象。作家们，像郭沫若（1892—1978）那样五十元千字稿费的不会有几个，小作家千字买齐白石（1864—1957）一尺的画还得找回几块钱，出两本书同样可以买个四合院。郭小川在几千块钱可以买个小四合院时，一只“劳莱克斯”手表就是一千多，有人还逗乐说他是买了两只换着戴。以这样的对比来看，其矫是用家织土布缝制的毛蓝色的西裤和草绿土布的衬衫，完全像战争年代的“土八路”，可我自己初当兵时，人还小，上衣的下摆常常过了膝盖，是显出它特有的“土”气之地道，而其矫这些土布衣裤，显然是经过精心裁剪，熨帖合身，又同样笔挺，以它土布于其“土”中，显出一种特别的品位，这也许就是他的“前卫”了。在这样的社会情调中，小川才可能邀上这么一伙去听他朗读新作。

那时，北京没有所谓的“夜生活”，有四亿人的中国也没有拥挤的道路，十点过后，星空下的红墙之外，空阔、幽静，皇城、午门的轮廓依然清晰地遗留下故都的梦。我们未经商议，竟是众口一词地拒绝坐车，愿这样在一起走走。一路说说笑笑，真是难得的自我解放。小川住在“沙滩”，是中宣部为高级知识分子盖的宿舍，夜间也没闹清楚它究竟在今日的何处，比起今日的住房条件，不上百平方米，不算宽敞，但避免相互干扰，每户人家独立的楼梯都是直通自己家门口的。其建筑的设计，体现了对知识和知识分子的关怀、尊重，和设计之匠心的人性化。我们挤在十几平方米还放了很多书柜的书房，细听小川念他的那首五百多行的长诗——后来正式发表的《一个和八个》，别有风趣。此诗是以战争年代，军法处押着九个嫌犯随军而行，在途中遭遇敌人的突然袭击时，其中的“那一个”蒙冤者终于现出他革命者之本色的故事为背景。但后来它已发展到几千行，是有许多细节描写的诗体小说。而我们听小川朗读的，则是以抒情的手法从九个人的形态以及每人的历史、特点，以小川式的排句，在反复对比之中的自抒胸臆。

在场的人，这时心里都明白，此诗的灵感，固然与作者的生活积累有关，却无法摆脱当时震惊世界的赫鲁晓夫（Nikita Sergeyevich Khrushchev，1894—1971）搞的以其揭露斯大林“肃反扩大化”的血腥悲剧之《秘密报告》的影响。此事，对外，虽为抵御西方借此掀起的反共浪潮而低调，对内，还是以它当作沉痛的教训以警示，因此也就很快结束了国内的“肃反”运动。在小川之先，其矫就写了深思“人类雄心的发源地”“给世界以坚强的灵魂”的苏联之斯大林悲剧的《大海》——

……

历史还没有另一人像他那样，

生前受了最大的歌颂，

死后受到最深的痛诋；

但是我要说，他的功绩不是人人所能企及，

他的错误却是人人都容易造成。

让我们从流血中吸取教训吧，

也让我们还给真理以它本来的光。

……

这些诗句，无论怎么看它，都可以读到诗人诗的真诚。可在《诗刊》一发表出来，有的人既可以为诗人没有痛斥斯大林而不满，也可以为他维护斯大林不够而有意见，好在那是“百花齐放”的春天，有人还不到凶相毕露的时候，别人爱怎么说都由他说去。可是，其矫那时已逼近四十岁了，从“七七”事变后，参加工作也二十年了，虽然为人坦荡，遇到这类问题，也得考虑人事的复杂，在一旁，他笑眯眯地说了一声这一个“要加深”和那一处“得重来”的描写，使之旁人的意见为此有个满意的答复而笑眯眯，连说话结巴却健谈的沙鸥（1922—1994）也只是随着公木（1910—1998）连着说了几声“好!”“好!”“好!”。几十年过去后，想此情景，似乎他们当时有点勉为其难，只在助兴罢了。因为过了一些日子，再见到其矫时，他跟我说：

“郭小川的长诗好像是在写丁玲!”

此时，在国外长大，不乏浪漫气质之归侨的其矫，已很难习惯在原来的安全部门，受其纪律的约束，结果，他是请丁玲设法把他调出来的。为此，他对丁玲，还有一分个人的感情：

“长诗中的‘那一个’王金，不就跟丁玲一样，被俘的历史在归队后说成受敌人派遣重新打入进来，一身清白，还得忍受凌辱人格的指控，对那无中生有的，硬以怀疑当成事实的‘材料’，叫人空对空地对证，怎么能圆了人家先验的结论？叫人辩白，对那无中生有的指控，除了‘不知道’‘没有的事’，要辩白，还没个立论点!”

“小川不是以许多部队番号、根据地的地名与他所根据的故事说了原委吗?”

“如今从苏联都找得到这样的故事，中国还能少？我们刚刚在《秘密报告》后结束的‘肃反’，还有多少人没做结论呢，怎能找不到相同的故事？无非说明了此类之事并非偶然的普遍性，丁玲的问题出在丈夫被敌人杀害而寻求复仇入党的老党员身上，就更具典型性……”

其矫似乎还在他执教的讲坛讲他的“典型”问题。话语的语调与他平日诗人的浪漫迥异。

“你说的这种可能性是有的……”

“不是‘可能’，是百分之百，这回多少作家为丁玲的《申辩》表明支持，郭小川就是执笔修改上报丁玲《结论》的人，他诗的真诚与灵感，无法不跟这个让他头痛的问题分开……”

“那晚你怎么不说几句呢？对他改诗会有帮助的！”

“郭小川确实是个真的诗人，可他还真是个当官的材料，这个秘书长也当得真不错！可这两个角色不是任何时候都可兼任的！国民党要绑架丁玲，生活上不像对一般犯人那样优待她，并不需要她‘自首’了才会如此，也许她‘自首’了还无须如此，所以如此，无非她是个出了名的共产党，这事两句话就说明了，可人家拿这事翻来倒去地要整她，若以我这样的笨人，用一年时间也说不清它。”

不幸而言中，“他还真是个当官的材料”，有一回，其矫去找他，“组联室”的人说他“有病”，其矫顺便说了一声“是在家写诗吧”，不想，这就有所冒犯，他在日记上写着“我很不高兴，给公木打了电话”。往下，再没有话说。人非圣人，算他个人的一点情绪吧，可诗友之间就为这么一句话，竟然给其矫单位上主持日常工作的常务副所长公木打电话通告，就有些耍当官的威风了。这当然还是小事一桩。在此时的政治气候下，风云一变，看那本来准备向丁玲赔礼道歉的上司，为要“反右”，可以给丁玲戴顶右派帽子时，自然由准备赔礼而改作你死我活的“阶级斗争”了。无怪时过仅仅半月，小川六月十三日的《日记》：“我把丁（玲）、陈（企霞）看成党内的右派。我一定准备意见去迎击他们。”“反右派斗争的深刻化，使我高兴。”在这种情况下，这些人，怎能活得不累。

小川六月五日《日记》记述他的上司刘白羽（1916—2005）就跟他谈到自己“决心离开作协的工作，决心下去的打算”，不愿扮演一个左右不是人的角色。后来，白羽“下去”未成，“反右”一来，还是得规规矩矩地做那“驯服的工具”，此种悲剧，有其体制的基因。

为此，回过头来看小川的《一个和八个》，它其实还是一份未定稿，更未公开，此时此地，也得对它来个“内部批判”，能奈它何。此时，小川虽未跟白羽一道公开表示“决心离开作协”，但在此中的内心矛盾和痛苦而叹人生无常的《望星空》，还是公开了内心的秘密，也就回避不了对它的公开批判。然而，在“文革”中，江青也同样是绕不开他，饶不了他，称他是周扬（1908—1989）“文艺黑线”的“黑干将”，让他为之受尽折磨。虽然盼到了“四人帮”垮台，小川也死于非命。不管怎么说，这是个好人，也是个悲剧人物。

当年，这些文艺圈里强调的“大是大非”之“大”，是否有些小题“大”做之“大”？可是，五十年过去，回头去看，还确实不能说它是“小是小非”，全是“是”与“非”被颠倒了之“大”，还非要整出人命来，则成“怪是怪非”了。

此中，其矫还是一个是非分明的人。在战争时期，不论任什么职，在战略转移的大进大退的行军途中，文职人员都是走自己的路，也无法去想、去表现自己的兴趣。进了城，任情报总署的东南亚科科长时，虽然生活安定，条件好多了，他倒反而感到没有在行军奔袭中，什么都来不及去想的那么自在了。这一工作，纪律要求很严，工作要他对外有广泛的接触，个人生活又几乎近于封闭的狭窄。三十岁的人了，也不打仗了，该想想自己往后的事了。他不适应这个工作，他在过“鲁艺”“联大”，业务归队，能够提供他要求调离的理由。可是，跟丁玲，原先他没有过什么接触，自报家门要调到“文学讲习所”，丁玲很爽快地答应了，却是在很艰难的扯皮中把他借调了过来。起初凭丁玲的名望，对方只以其矫是他们的业务骨干而推延，运动一来，就说丁玲伸手到各个部门拉人马筑“山头”了。

其矫跟我讲丁玲“老太太爱才呃”，听这句话，就想得到他在“大是大非”中的倾向，何况为了搞丁玲的“材料”，无中生有地在“文讲所”已闹得乌烟瘴气了。好在散发一百多份征求对丁玲《申辩书》的意见的，用其矫的话说，“他们还看不上我这个小人物”，没有送给他。否则，以他对此的倾向，后来也是放不过他的。

其矫他，既不世故，更不虚伪，可从抗战开始到进城的磨炼中，看多了，懂得利害，惹不起，还能躲不起？何况他还是个“老革命”，懂得利害却跟人家没有利害，也就不是那么有碍别人的眼。

他在“文讲所”讲《惠特曼的生平和创作》，公木讲，他选讲、举例的诗，全是自己译的，这对多是解放区来的、懂外文的学员太少的情况下，这是课程是否能被接受的关键。我向他介绍了屠岸（1923—2017）选译的，以惠特曼《草叶集》中BEAT！BEAT！DRUMS！之DRUMS而题为书名的《鼓声》，它是我读到多个《草叶集》译本中我较喜欢的一个，可解放前出版，解放后不见再版，一时也找不到，而其矫也在译聂鲁达，不是译惠特曼了。二十五年前出版的《聂鲁达诗选》，我就选了他译的《让那劈木做栅栏的醒来》《马楚比楚高峰》两首长诗，前者影响最广，后者最难译。其矫后来任教研室主任，负责苏联文学学段，讲肖洛霍夫，讲《被开垦的处女地》，也成了他写《大海》的情感基础。这时的其矫，和后来大家认识的蔡其矫既不可能截然分开，可也不太一样，在他永远温和的笑容后，有份不外露的深沉，或曰沉郁。后来“反右”了，丁玲成右派了，“文讲所”解散了，他离开了“文讲所”，自己要求回故乡，从官场走向了民间。

由于“文讲所”提倡学员多读书、以自修为主，虽然大家学得很紧张，管理却很宽松，他课余抽空到东北林区、延边地区，到黄海、渤海、舟山和西沙群岛的海军基地，一路都有诗作，在“文讲所”已写出、发表、出版了他的《回声集》《回声续集》《涛声集》的全部作品，为诗坛吹来阵阵清风——

诞生在透明的柔软的
水波上面，
发育成长在无遮无盖的
最开阔的天空下；
她是自然的女儿。
太阳和风给她金色的肌肤。
劳动塑造她健美的形体，
那圆润的双肩从布衣下探露，
那赤裸的双脚如海水般晶莹，
强悍的波涛留住在她的眼睛。
最灿烂的
是那飞舞着轻发的额头
和放在桨上的手；
当她在笑，
人感到是风在水上跑，
浪在海面跳。

在新的共和国，歌颂劳动和劳动者已是诗的支柱题材，可是将劳动者在劳动的动感中表现得这么美的，正是年轻、自由的心灵敞开对读者拥抱的热情。与过去那些流行对劳动仅仅堆砌一些颂辞的分行文字相比，它给人的是全新的艺术感受。其矫还有一首仅仅十行的《榕树》：

我想再也没有一种植物，能像它那样
充分表现我故乡的性格。
它的青铜一样四处伸展的纠缠的根，
即使最坚固的岩石也要被分裂，
但是慈祥的长须在空中飘荡，
却爱抚般地拂弄着光明的大气；
它的枝丫豪爽地让许多生命栖息，
低处有寄生的弱草，高处有安巢的雄鹰，
它巍立在路边向下伸出四周的手臂，
好像要把地上万物都一齐向高空举起。

此诗译成英文，二十世纪七十年代，在美国爱荷华“国际写作中心”向各国作家朗诵时，引起“各国作家的热烈反应”：“‘《榕树》意象强烈！很有力量！’‘《榕树》就是中国！’‘《榕树》没有政治口号嘛，但也是政治性的。读了那首诗，你简直就看到了中国人！何等磅礴的气魄！何等深远复杂的历史背景！何等向上的力量！那岂不是比政治口号还叫人佩服的中华民族！’‘《榕树》所写的不只是中华民族！’埃及作家说话了，‘而是任何历史悠久，文化丰富的古老民族！’”①

外国作家对它如此热烈的反应，也有些太情绪化之处，但也是对国内太多标语口号诗的逆反情绪之反驳。谁叫我们有些所谓的“评论家”，还有一些管文艺的干部、领导，读诗时不把它当诗读，满脑子是先验的条条框框作怪呢。

事实上，其娇是三十年代工作的“老革命”，是四十年代开始写诗的

① 聂华苓：《三十年后——归人札记》，湖北人民出版社，1980年版。

“老诗人”，由于繁杂的历史情况，新一代的年轻读者对他名字还陌生，误为诗坛一开始就现出艺术成熟的“新秀”，才对他为之惊讶、好奇。

有次，他上东四头条四号人民文学出版社时，对面相迎，他知道我住一号文化部宿舍，就拉上我上附近他的家，去认个门。

在几十年的人生中，那是短短的一条路，过去了五十年，却留给我长长的记忆。

那时，东四的街面不宽，却不拥挤，有轨电车摇着的铃声，让人想到“一二·九”学运精英一手抓住车门，一手挥舞号召的历史图片，它正是电影《青春之歌》所再现林道静的历史镜头。想到图片上的学运精英正是我熟悉的陆璀大姐，仿佛自己也走进了历史；而那朝内大街之“朝内”二字，正是古都内城，阔步于此，真是“换了人间”；此时，再走到那“竹杆胡同”特醒目的“蔡宅”二字之大门，也更走近了其娇。

那不是旧时的王府，又非一般的气派，进到里面七转八拐，会转昏头的。他们家，每个成了家的兄弟姐妹，都在这大院里有个独门独户的中式单层小宅，从每户小宅出来，宅门外又像是另一条胡同。活到今天，这把年纪，也走过不少地方，至今还没见过第二所这样的“蔡宅”。

它不是往日显贵的公馆府第，是解放后刚盖起来的全新建筑。我只进了其娇的家，不可能那么不礼貌地全院乱转。但这个家，开饭时是敲钟的，我就无法想象这个大家庭到底有多大了。饭厅里摆了所做的，近似中式八仙桌式的西式长桌，大家庭的大，也不见此时人员的聚拢。那时，咱这“土包子”还没听说过“自助餐”这玩意儿，只见进来的找个盘子夹好菜盛了饭在餐桌边找个位置各吃各的，不断有人进来，不断有人吃好了出去。我不知道这是否属于西式家庭的情调。

其娇当然明白我此时的那份惊讶、好奇、不解的心态，主动跟我谈起他的经历。其娇六岁时，父亲卖了家道中落后所剩下的两亩地漂洋过海，两年后，全家从老家福建晋江迁居印度尼西亚泗水。父亲看他成人，考试总在二三名，不忍心让儿子在荷兰殖民地的种族欺凌下成长，则让他独自回国求学。他先后在泉州和流行无政府思潮的小城惠安，目睹了从淞沪抗战的十九路军被调往福建攻打工农红军而引发各方联合抗战反蒋的“福建事变”。并由蒋介石的轰炸所淌在四处的血，使他长期在殖民统治下的忧国之心，找准了脚下行走之路。

北平爆发“一二·九”运动，不等他们响应，暨南大学的反动头目就敲钟集合，将队伍拉向西郊然后回头向东，天亮时才赶到上海市政府前，为鲁迅当即指责的“向黑夜示威，向空虚呐喊”。他不甘被骗受欺，汇入工人队伍，上街张贴传单，冲破区警察局的大门，抓了狗区长开庭公审、游街。那时的《东方杂志》《新中华画报》的新闻图片上，还可以看到镜头所对准的群众之中的其娇。由于校内CC派头子开枪伤人，春假之日，为防报复，别的同学上北平，他们几个“救国会”的，约上三位缅甸归侨的女生同游杭州时，其娇同其中的傅冠玉恋爱了。

这是一则典型的、当时流行于左翼小说中的“革命加恋爱”的故事。过了秋天、冬天，又一个春天，他俩同居了。为此，对方家里断绝了经济接济。傅冠玉没有告诉其娇，自负其苦。诗人后来写的《致——》：

因为爱别人胜过自己
你的心才储满痛苦
并盛开着感情的玫瑰。

有刺仅仅为了自卫，
因为温柔而敌视粗暴
月光铸成你灵魂的声音。

在希望飞出胸膛之前

雨点已淋湿你的情感……

此中，应该包含其娇此时的人生体验。当年，傅冠玉为挣脱家人阻拦她与其娇结合，所予以的生存威胁，是服用消毒的“来苏水”加白糖自尽的方式离开其娇而去。得到校方的支持，其娇将她安葬在暨南大学小坟场。休学一年，也愈合不了心灵的创伤。是“八一三”的淞沪抗战使其娇他又振作起来了。身为长子长孙，将留在家乡的众多亲人送回印度尼西亚，自己绝不愿留下来照顾生意，归途中折到仰光，看望了傅冠玉的老母，就直奔南昌八路军办事处，要求上延安了……

这所大院，是他叔父蔡钟长老先生所盖的。抗战胜利后四年，蔡家已是当地的华侨首富。新中国成立，举家奔回祖国，定居北京，热情高涨地要倾其所有地拟创“淮河轮船公司”，不想时机不巧，正逢“改造私营企业”，而不是今日的鼓励、扶持“非公营企业”，重返无路，郁郁寡欢，一腔热情，付诸淮水东流。由于陈嘉庚（1874—1961）的举荐，蔡钟长老先生到全国政协和政务院侨务组。原先想到早早参加革命，该当“进步”到可以光宗耀祖的其娇，却从始至终，自绝仕途，绝不当个什么官，或找一个什么还体面的职务。“文讲所”关了门，其娇他去了“长江办公室”，写了遭批判的短诗《雾中汉水》《川江号子》。公木被抓成右派，又说其娇是公木保护下的“漏网右派”，但又找不到他的“右派言行”，当然，人家真要盯上他了，也是可以编好他的“言行”的。于是，说他写的《大海》歌颂斯大林，是指责了苏联当时的领导人赫鲁晓夫，成了政治性的“反苏”之错误，撤销他党内外一切职务。这怎能叫他服气呢？何况，没过几天，国内又扬起了反对苏联修正主义的大旗。不过，不论怎么变，他都不在乎，还是回了他福建的老家。

此后，我本人，在事后证明根本没有上级审批我是右派的组织手续，一个宣传部长说一声我是右派就送去劳动改造了。一个无有法纪可言、任有话语权者所戏弄的政治，也混乱了社会正常的秩序。人于此中所受的荣、辱、褒、贬，既无法叫人心服，也无须有视于它，无须在乎。这样，我也特别能理解此时其矫的命运。可身在劳改队，和外界隔绝，自然无法知道他的情况。但公开的报刊，也是“改造”我们的工具。从中又知道在批他的《雾中汉水》。当五十年后我们还不能不正视贫富差距和脱贫的问题时，诗中写到长江纤夫是劳动，还不是命运的“痛苦的跋涉”之沉重，就被说这说那，指控为抹黑新社会，也实在太可笑了。用当时流行的评论话语，它也是最最典型的“无冲突论”。不久，又看到他用歌谣形式写的《改了洋腔唱土腔》。

时至今日，这类问题，我对他提都不提，没交谈过半句。事实证明，他想“改”也“改”不了，硬性叫谁“改”，有违艺术规律。那时的“大跃进”，事后诸葛亮说这说那可以毫不费劲，可在当时，全民齐上，热火朝天的干劲，还没闹到后来饿死人的后果时，不受感动，几乎是不可能的。就像置于异域的“狂欢节”，不疯也得疯，就像追悼会上，眼泪也会传染。当写诗写成了全民的运动时，不是由于对其矫批评的压力、表态。其矫于“新民歌”在全民热闹的氛围中要“唱土腔”，也是出于他诗的真诚。而且，当时的“新民歌”还是有不少好作品，无须以否定过去的一切为时髦。全民“人人是诗人”的痴想虽是政治的乌托邦，也不会比将文化在经济的“繁荣”中沉沦、堕落当盛事者愚蠢。

再往后，说要解决右派的问题，气氛宽松了，和外面渐渐有些联系。不想，听到文艺界的头条消息，竟是其矫的绯闻。同样，时至今日，这类问题，我对他提都不提，没交谈过半句。虽然传闻中的多种版本，我无法确定哪一个更可信，但我相信绝非空穴来风。本来，人也走了，事情也过去了几十年，不说它也罢，可是，时至今日，仍有人将这当他时下的风流韵事在谈，好像他是当今现实生活中的花花公子，我则无法不说几句了。

据当时之所闻，似乎也是他和傅冠玉“恋爱加革命”的故事之再版。

“大跃进”的日子，各行各业，四面八方，汇集一齐，支持农村水利、修堤筑坝的工地，其矫同一位汗流在一起的女士有了感情纠葛。其中的内情，除了当事的双方，是任何人也说不清楚的。

不过，不幸中的万幸，比起周围受难遭劫的朋友来，他那时还没被剥夺写作的权利。撤除了党内外一切职务，他也照样发表作品，《雾中汉水》受批评，他也照写，照发不误，“大跃进”中，他是自己主动要求下去的，乃至“文革”中流放永安，虽然也得“规规矩矩”，也可以缩在家里译诗，或是出外看看热闹，看看风景。真是文坛的一大“奇人”。他跟我说过：“也许是因为我有这样的家庭成分，才能够‘无官一身轻’，并得以独立于狂潮中，也算因祸得福了!”

但，同他一样是归国侨生，在新诗史上也有他们地位的鲁藜（1914—1999）、冀汸（1918—2013）、杜运燮（1918—2002），就不可能像他这么优哉游哉地过日子。尤其鲁藜、冀汸，卷进“胡风案”中，死去活来，九死一生。有些与胡风没什么关系，仅仅读过胡风几本书的一般读者，牵扯进去的都有。就是那天在郭小川家里的三个“文讲所”的公木、沙鸥也是为此在劫难逃，成了右派，人家批丁玲，说他们是她拉到“文讲所”，以壮大她山头的成员，幸好，此中，却没动到其矫。

但，其矫并非没有思想倾向。二十世纪七十年代，内外信息还不通畅，聂华苓与夫君安格尔还是那时访华的外宾稀客，其矫就向他们透露了丁玲发落在山西长治的情况，也想通过他们打开窗户，让空气能够流动。

八十年代初，在厦门，召开丁玲作品研讨会时，其矫是一反常态，为鸡犬升天时，多少人身遭横祸、家破人亡而悲愤，破口大骂大行其道的宗派主义，是很难同这么一位那么浪漫于“爱情万岁”者的他连在一起的。

可是，由此想到他那“因为爱别人胜过自己”“心才储满痛苦”的诗句，再想到有人常将“爱”字只看作男女之间的那么一小点子的事者，心态恐怕未必正常。而且，二十世纪八十年代初，我还遇到过去看望丁玲老太太的其矫，想来，他是该有不少话可说的，可是，他没诉苦，这不是他的性格，何况自己受的那点折腾，比老太太差远了；但对老太太这多年所受的苦，也说不出什么安慰之辞，有些拙于言辞，有点晚辈在这种场合拿不准该怎么对其尊者的谦恭和笨拙。好在抗战末期就准备为来解放区的盟军做翻译，后来又准备当外交官的他，教养有素，寒暄了几句，便颇有绅士风度地“轻轻的我走了，正如我轻轻的来”。

可是，其矫本身并就不那么简单，不能只看他诗的浪漫与人的热情奔放，而忘了他有深沉于含而不露的一面，不过，这也得遇到那个场合才行。

新时期，我们见面的机会多了，不乏行洋礼、握手、拥抱的热烈，不乏济济一堂的热闹，却再未遇到那种长谈、深谈的时机。一九七八年岁末，我有幸在右派问题还没解决时就回了北京，并能四处走动，在广州时，见他背着几个相机，完全是个摄影记者的模样。那是封闭了多年，“诗人访问团”的诗友看到特地从香港赶来的、人称“陶然”的涂乃贤同其矫一同到来，他为我们拍的，过去不曾见过的彩色照片，就成了在一起说不完的话题。过了几个月，当涂乃贤成了聂华苓夫妇拜访诸多复出的老作家的一位引见人时，华苓是先在蔡钟长老先生那里见过其矫。然而，乃贤同其矫，本来就是至好，我们的任何活动，其矫都是当然不可缺的。那时，外来的、在内的人，相互间，都有一段封闭的相隔，彼此无论谈些什么都很新鲜、有趣；重看北海、颐和园，还有说话风趣幽默的萧乾（1910—1999）同行，冬日未尽也似换了春色；过去只有贵宾、外宾所在的“北京饭店”，我们也能够进出，也明显感到生活的转折。

有次，到厦门开会，知道其矫在泉州，我匆匆来去，去看了他一趟。我不知道蔡家是个多大的家族，又是那么一个大宅院，比他家北京竹杆胡同的大宅更大气。北京那所大宅，在他叔父去世后，已经维持不下去，每年的维修费就得好多万，那年月，一个普通公职人员，一月几十元就可以养活一家大小了，住在院内的人不吃不喝，将工资全拿出来，也难维持，只有将它卖了，各家都分了些钱。可是，泉州这所大院，经过几代的繁衍、婚丧娶嫁，有的相互都不太认得了。不过，在正房一旁的偏舍，还有其矫的几间房。正房前是两三百米铺有青石板的，我不知道应该称之为什么样的空地，有许多盆花，还有许多成了树的，如玉兰等用石料围成的单体花坛，上面还吊着一些鸟笼。其矫就在一株枝叶茂盛的花树下招待我。茶水和新鲜多样的水果放在青石花坛的石围上，切菜的砧板也在那儿，他就在此展示厨艺。花香、鸟语、菜香，偶尔还有落花飘入油锅，别有情调。平日，其矫在花树下想看书就看书，想写点什么就写点什么，不用空调、电扇，偶尔摇摇蒲扇，驱一驱蚊蝇，看累了，写累了，提着篮子到菜市，甚至到菜地、果园去摘点，或买点菜回来，自做自食，好不逍遥。

“无官一身轻”的话，其矫也常说，根本的根本，不仅是淡薄，也不仅不屑于它，实在该像看破红尘的出家人，视名利为红尘的龌龊才行。

有一天，昆明正逢雨季的大雨，我惊喜地突然见他卷着裤腿，蹬着灌满雨水的胶鞋，后面跟着几个少男少女，撑着不太管用的雨伞出现在我面前。此时，我不仅无法劝他吃顿饭，住下来，他反怕自己这一身，滴湿我一屋而不肯进门，在门外说几句话就是“特地来”看我了。真是“轻轻的我走了，正如我轻轻的来”，似乎有他几分人在江湖的脾气，又脱不去他教养中的绅士风度。

他忙着赶往西双版纳，事先也是这些小朋友为他张罗。夜很深了，西双版纳打来的电话，话筒里还听得到这些孩子在房里热闹的声音。

问他去哪儿了，回答是：“蔡老师在洗澡。”洗澡时这些孩子还守在那里，可以想到他们对他的忠心。他们，有几个还一直随他一路同行。人一多，不排除有经济上的考虑，又绝非在钱上打算盘。不仅飞机，似乎汽车对他都有点奢侈，走在老林、山沟里，坐在村里的牛车、手扶拖拉机或步行，更不进旅店、宾馆，就住农舍、马店。记得，华苓姐曾提请他和他的朋友，上“爱荷华国际写作中心”住三个月，却被有关单位塞上自己的人顶替出洋了。他除了为这种缺德事对自己朋友的不公而不平，对此中的这些名堂，毫不介意。他认为：即便自己去了，三个月老待在一个地方写作，也太浪费时间，太可惜资源了。他更愿这样，云游中国人更应熟悉的、自己的五湖四海，有条件，应该走遍她的每一个角落。为此，他更在乎这一过程自身，那才是圆满自己所要体验之浑圆的苹果，飞行将时空距离的缩短，恰恰是对旅游因果的倒置，不是人游山水，是山水回应旅游，成了旅游者的情感泡沫。

他就是这样“享受生活”“享受人生”！

他就是这样远离名利场，精神获得彻底的解放才能如此！

物欲横流，世风日下，逆其而行，其娇晚年的精神，跟世俗已是一个全然不同的境界。可惜的是，为诗人的他，却无法让我们从他的诗行中看到这一切了。

一年前，在《香港文学》二五三期读到他的《蒲寿庚——泉州一段史实》——

> 公元六百二十九年，伊斯兰教创立者
> 穆罕默德攻取麦加，第二年
> 统一阿拉伯半岛，后继续扩张
> 建立横跨欧、亚、非的阿拉伯帝国……

读他这样的诗句，颇感遗憾。诗总是人生的反映，问乃贤，到底因为什么使他的诗风有如此的突变时，乃贤也叫我劝劝他，莫淡化了诗的抒情，也是其娇原先的诗之所长时，然而，其娇回答我的，一再重复的，就是历史、文学、生活的生命，就在于它的“事实”。话说多了，我就没有话说了，他反问我：“你不是说《肉搏》几乎没有什么技巧，动人之处，都在于用事实说话吗？”话已至此，我更不能说什么了。那《肉搏》写的——

白色的阳光照在高高的山上，
在那里，剧烈的战斗正在进行。

近旁，那青铜的军号悲壮地响起，
冲锋的军号，以庄严的声音，鼓舞我们的士兵。

一个青年，我们团里的一个新兵，
飞似的前进，子弹在脚下扬起缕缕烟尘。

而在山岩后，一个日本军曹迎上来。
于是开始了惊心动魄的肉搏战！

军号还在吹，山谷震响着喊杀声——
交锋几个回合，那青年猛力刺了一刀。

敌人来不及回避，也把刺刀迎面刺来，
两把刺刀同时刺入两人的胸膛。

两个人全静止般地对峙着，呵，决死的斗争！

只因为勇士的刺刀比日本人的刺刀短几分，
才没有叫战栗的敌人倒下来。
我们的勇士没有时间思索，有的是决心，
他猛力把胸膛往前一挺，让敌人的刺刀穿过脊梁，
勇士的刺刀同时深深地刺入敌人的胸膛。

敌人倒下，勇士站立着。山谷顿时寂静。

……

第二年，在那流血的地方来了一只鹰，

它瞅望着，盘旋着，要栖息在英雄的坟墓上；

它仿佛是英雄的化身，不忍离开故乡的山谷。

过路的士兵呀！请举起你的手向它致敬。

它应该列为其矫最好的作品，也是新诗反映抗战的最好的作品之一，任何时候读它，都会为一位在殖民统治下饱受民族欺凌，又投入祖国民族解放战争的勇士的民族感情所沸腾热血。它与《蒲寿庚》叙事的方式是有很大，或者该说是有特大乃至根本的差异，我有必要予以细说吗？关于生活的真实与艺术的真实之关系，又该是我来对他说的吗？他那话语的固执，已不可能就诗说诗的了，此中的一切，应该是他人生的自白。可是，他那些不免有些虚于诗的文字，具体有所指吗？这不好说，虽然他有时也会向我流露出他含而不露的一面，也绝无诡秘难测之处。

人到晚年，前瞻后视，可以什么都不在乎，却不可能无所感悟。我不知他说的《蒲寿庚》之外的"事实"是什么，只能以几十年间的"事实"看他这个真实的人，真正的人，真正又真实的诗人。宫玺告知他远行的消息时，我已无法前去送行了，这些天，只留下记忆中的他伴着我时，我将它扎成一个迟送的花圈，对着这位已在云天云游的诗人！

二〇〇七年二月春节大假日

原载《香港文学》二六八期（2007年4月1日）

寂寞中的白蝴蝶

——读陈实

一

香港著名的散文家、香港《城市文艺》创刊和现时主编梅子说："我们现在再不介绍陈实，香港文化圈内，可能有很多人都不知道她了。"

现在，像这样担心老人被遗忘的，也不会有几个了，我自己也老了，年过古稀，正当望八了，梅子一说，听来也颇感动。可是，如今有不少为太多人所知者，有的也可能是个很不受欢迎的人，这样的"知道"和"不知道"，又有什么关系呢？

陈实，她很喜欢戴望舒（1905—1950）诗中的这么两句：

你问我的欢乐何在？
——窗头明月枕边书。

从她所爱的这两句诗也可以想到：她不会喜欢自己的名字在文化市场化的市场被人当成交易在传。"窗头明月枕边书"啊，"明月"已被李白定型为思亲的中介，我曾说过，它已转化为现代诗的邮袋、邮箱。在此，望舒他该不是这样想的。他是以心境之淡泊对应为明月所物化的明净与清朗。同样是亮光，它不同于阳光、霓虹，那种燃烧，是闪烁的欲火。

明月的清辉，在诗人诗的心境，当是无为的哲思，托喻的清澈。不过，这里得补充说一句，此处说的“无为”，不完全是“出世”者之愿。战前，望舒传承于中国文化之古代小说的研究，致力于新诗的“现代”，译介了不少外国名著，尤其是对中国颇具现实意义的，关于西班牙内战的诗文，都是积极的人生。在香港的“黑色圣诞”后，望舒被抓进中环“奥卑利”街域的“多利拘留所”，在这所鬼子从殖民者手里得到的地牢，他受尽折磨，宁死不屈，真是想“出世”也“出世”不了。可是，人世之间，不论是文坛，还是社会，要摆脱世俗的干扰，做个干干净净的人，又谈何容易。

此中，读书人，受其困扰，又想超于其上，困于其间的无奈，又超于现实的浪漫，总愿梦中有月，枕边有书，与世无争，万物自化，若有困恼，也有摆脱它清净，有其无忧的归宿。

于此，何需在乎谁人怎么看自己呢？何况，此诗写于一九三四年岁末的巴黎，染有深深的乡愁，诗人眷恋的中华文化，多少都含有一些有闲的士大夫之消沉呢。

陈实与这诗句，有份知音的默契，她也是望舒同辈的生前至好中，目前唯一的健在者了。

我也是因同望舒的一份诗缘而认识她的，我也是读罗曼·罗兰（Romain Rolland，1866—1944）读到她的。

二

还是三十年前，前辈老作家黄秋耘（1918—2001）送了一本罗曼·罗兰《搏斗》的中译本给我。这本书，不是他向我介绍罗曼·罗兰，是他参与了此书的中译。书皮上另一位合译者的名字就是“陈实”。在这四处人满为患的社会中，值得交往的人又总是很有限的几个，哪怕是朋友的朋友，也不可能太陌生。为此，我很自然地顺便打听起“陈实”来。秋耘刻意淡淡地说了一句：“是抗战胜利后在香港认识的一位朋友，几十年了，也没有联系，别的，什么都不知道了。”

那年月，“海外”真像天外，朋友天各一方，断了联系，也很正常。何况“海外关系”可能给人带来麻烦的阴影还没完全消散，虽然是很近的熟人，涉及“海外”的话题，无须多说，更无须多问。为此，“陈实”二字，多少留给我一些未知的神秘。但我还是从她细腻、抒情、诗意的译笔，不说完全，也是稍稍地读到、读懂了她一点。

当时，我没想到她是一位女作家，也许为她与秋耘行文的文风相近之故。合译的一本书，没有任何一点因为其中出自两位译家而产生的裂痕，这是一般情况下很难做到的。于是我想到她是一位很随和、容易沟通、善于体谅他人的人，是位容易合作得愉快的伙伴。从她译笔文字的温馨，我感受到罗曼·罗兰人道的胸怀之温馨，《约翰·克利斯朵夫》开篇首句“江声浩荡”的气势，似乎也是他人道主义精神奔流的浩浩荡荡；读罗曼·罗兰，我也见陈实踏浪而来。

陈实，广东海丰人，在广州出生、接受教育。二战期间，援华盟军大量涌入，在相对封闭的城乡，外语人才本来就缺，现实的需要又在猛增，为此，她以一己之长，到了英国军事代表团属下的“东南亚盟军心理作战部”做翻译工作。从桂林到昆明，抗战胜利了，她当复员，英国军用飞机将她送到既是邻近故乡，又是帝国所属的殖民香港。一落脚，她就在这里待了六十多年，在本港作家中，真是“资深”又“资深”了。

可是，当时为在英方工作而复员到英殖民地，虽然与故土仅一水之隔，虽然进出完全自由，直至二十世纪五十年代初也无须签证。但香港毕竟是另一个天地。当年，它与内战又起、学运又起、“反饥饿、反迫害、反内战”的怒吼、白色恐怖的刀枪横行的“蒋管区”不同。蒋介石的军队完全被赶出大陆后，它与“解放区的天”更是两个截然不同的世界。陈实于此，此地对她同样陌生。但一同回港的，还有一位黄新波，他们之前共事的盟军“心理作战部”是个专门收集敌后资料，同时制作对日宣传品的单位。抗战一开始，黄新波的木刻、漫画、速写已经全是抗战的题材，而且夫人、女儿和他一道在昆明，有份家累，只靠这份薪俸，日子清贫，同样为抗战，他更忘我地挥笔，此时此地，大量反战宣传画和策反日军的传单画就应需而生了。在此单位，除了英国人之外，便是受英国教育的香港人。

黄新波，他的父亲在旧金山打工，贫困终生。他虽然三岁就到香港，只是在塾学念过几年。在这些同事中，只有他和陈实没有上过英国的洋学，是现代口语说的“土老帽”。两个属于这个圈子里的异类中的同类，自然比较接近，比较谈得来，工作中合作得也愉快。前线传来从战俘身上搜出的一张传单，就是黄新波的画，配合陈实写的曲谱和思乡的日文歌词，是他俩很有成效的合作。若说两人是从不同地方进到“心理作战部”的偶遇、偶识，是缘分，到了人生地不熟的香港，陈实对黄新波则有一分对兄长的相依之情。

二十世纪七十年代末，“文革”结束后不久，有一大批写诗的朋友到广州，和当地文艺界的聚会，结识的诗友自然不少。全国四次文代会，我去大会的广东代表团找到了韦丘，认识了新波同志，既隔行，在那种场合也不可能谈些什么。但在这次见他之前，我早就对他有所认识了。他是鲁迅先生创导的“新兴木刻运动”的一员大将。一九三六年十月八日“全国第二回木刻流动展览会”，鲁迅在上海八仙桥青年会的展地与木刻家谈木刻的那张具有历史意义的照片，也是先生留下的生前最后拍的一张照片，坐在先生左侧，也是全照影像最清晰的那位，就是新波同志了。之前，先生辑印的《木刻纪程》之中，已经收有他署名“一工”的作品《推》。对于我这样接触新文艺是从读解放区的诗画开始的人，看过一些流于自然主义和素描功底不够的“写实”，外加一些略具剪纸、皮影式的夸张造型的木刻，再读黄新波干净洗练，并具象征意味的刀法语言，自然是另一番感受。他显然受了鲁迅向人推荐的德国版画家凯绥·珂勒惠支（Kathe Kollwitz，1867—1945）那颇具强烈表现主义色彩的影响。她那表现鲁迅所说的“贫病与辛苦”的弱势者之母性的力量对比，对于新波同志此时在香港创作控诉“蒋管区”白色恐怖的《控诉》，就有鲁迅所说的，珂勒惠支她那“含悲献她的儿子去做无谓的牺牲”之《战争牺牲》的启迪。

在我看，陈实先生像许多太想超脱此时被旧政客、政痞的贪渎所泛滥成灾的政治之反抗而认定“政治是肮脏的”的知识分子后，多次听她说到“我可不愿涉及‘政治’”这一句在我们体制下容易被误解的话，我想，她是同旧政客、政痞的贪渎所泛滥的灾难所划清界限的自尊、保节。可是她这位兄长，新波同志，则可以说是一位以艺术为武器的职业革命家。他十八岁加入共青团，二十二岁加入共产党，在左翼文化运动中，以诗、画、散文、画论活跃，却不浮躁，是位一直坚实地创作、工作的实干家。从鲁迅、聂耳、郭沫若到许许多多著名的文艺战士，都和他有过工作的联系或深厚的情谊。他的人生态度和生活的实际，不仅不可能不“涉及‘政治’”，而且是全都涉及政治。

起初，是他常常带着陈实在港岛四处走走，算是对生存环境必要的熟悉。走到中环半山区荷李活道的旧书摊，陈实停步了，不想再走了。她在此“找到许多战时从英国人手里流失的英文书籍，价钱低得令人难以置信”，她买了“不少英、美作家的诗和小说，也有俄国和法国作家的文学作品”，一部一九四〇年版的《百科词典》，当时已是缺页断线的了，不想六十多年后，陈实还能派上用场。“因为有些新词书解不开的疑问，有时却在这老古董里找到答案。”从这之后又走过的六十多年的历史看，陈实可以说自己“大半辈子做的是翻译工作”。可在当时，我想（只是我想），走出校门，走过人生第一道门坎，是复员后要谋生，要想“翻译”，不该不会想到这也是条出路吧。她买上那么多洋书，自己要读，也想翻译给别人读。为此，新波同志又向她介绍了既是诗人又同是翻译家的戴望舒。

关于戴望舒，写个几十万字也不为多，但在这里，不宜再说了。可是，他又是我认识陈实所不得不说到的另一位我所知道的公众人物。他英年早逝，我只在他走后有机会与他生前的一些好友有着忘年之交，从他们那里略知一点望舒的旧事。

陈实在香港开始人生又一次起步时，同望舒的认识，该是她难以忘却的纪念。她说：

> 我大半辈子做的都是翻译工作，开头最艰难的一段路，可以说是望舒领着我走的，他找来一些英、美作家的作品和英译的欧陆作家的作品，让我译了在他主编的报纸副刊发表，其中包括了阿拉贡、罗兰、沙特和里尔克。他也发表我幼稚的散文、短篇小说和诗，鼓励我尝试创作。

一九四六年暮春，望舒，他离开了香港，回到上海去，走之前，他送给我罗曼·罗兰研究贝多芬的一套大书之中关于创作时期作品之一卷的英译，这是一本非常漂亮的书，浅棕色麻布面精装，封面没有任何装饰，只有三个普鲁士蓝色英文字母LVB——贝多芬名字的缩写。这是他最后一次交给我的功课。这是一段不满半年的时间段，又让人对它有了长长的，长长的忆念。[①]

陈实有份不错的工作，是在香港唯一的英文财经周刊《远东经济评报》

① 香港《城市文艺》十七期，2007年6月。

谋生；她的另一重真实的人生，是她在戴望舒主编的《新生日报》副刊《新语》开始了她作家、翻译家的生涯。

海外并无中国内地原先那套苏俄式的专业作家制，都得有份维持生计的工作。除了自己有钱，无须考虑生活而可以专一于文艺创作，那也不是当局的官方编制人员。陈实“大半辈子”，也像这个大千世界的芸芸众生，都要有一份工作，有个吃饭的地方，但燃烧她生活热情和希望的，还是文学的创作和翻译。在为生计的工作压力下，她用心之所在的，那本译名《造物者悲多汶》，是罗曼·罗兰之名著，陈实译出来了。书得出版，若找不到门路，可以考虑自己出版。至今，香港仍是世上出版最自由的地方，花一点，几乎只等于一点手续费，就可以登记到出版的营业执照。此时，她的境况，在中国人当中，应该是很不错的了，可在这故土上的异乡，不知她怎么会有南唐后主李煜“梦里不知身是客”之叹，中学的国文老师讲到这首词的最后两句加上了标点符号“流水，落花，春去也！天上？人间?”照此想法：“春天去的地方应该是实实在在的人间而不是虚无缥缈的天上，虽然老师的话未必符合诗人本意。”然而，流水，落花，星移，斗转，一本世界名著自己译出来了，这是她的人间；出版它的出版社，印在封面上也可以叫“人间”。

“人间”，不同的人在这同一个人间，又不同地活着，还是不同的“人间”。

我说的“职业革命家”也得有个吃饭的职业才好革命。新波同志先到地下党杜宣所主持的“大千印刷出版社”编《大千画报》一个多月后，一九四六年一月《华商报》复刊，他则到报社当采访记者，除了深入社会生活写出版面上需要的都市新闻外，“蒋管区”的内战又起，许多文化人在白色恐怖下大量涌入港岛。新波以其本行的专业，先后联络了五十来名画家，大家团结起来，一起活动，影响力的发挥，自然更大。现代的年轻人已很难理解那个年月一幅漫画的街头张贴、一首诗的公众朗诵在特定的氛围里可以沸腾热血，使人为之冲锋陷阵的精神力量之状况了。一位革命者看到有聚集这股力量的机会，想组织一个“画会”的念头得到大伙的赞同后，他找到自己看作才女的陈实，商议给“画会”起个名的问题，陈实则将准备印在《造物者悲多汶》封皮上的“人间”提了出来。这位鲁迅先生创导“新兴木刻运动”最忠实的门生，在国内“两种命运决战”的内战正炽、革命者已必须像先生在《纪念刘和珍君》所激励“真的猛士，敢于直面惨淡的人生，敢于正视淋漓的鲜血”的战士那样，直面“两种命运决战”的现实，于是也很乐意“画会”以“人间”命名。“出版社的名称”，陈实本来准备“以后再想”，可是，新波认为出版社也不必另外定名，两家是“兄弟班嘛”，这说得有理，是个办法。本来，大伙就没有分彼此，由于内地形势恶化，民主、民生的危机和香港此时特殊条件的作用，许多事都是心往一处想，力往一处使呢。即便像对“人间”二字，两个人对它想得那么不一样，不论是否像陈实所说的，是“殊途同归”，起码也是能够求同存异，相互包容。

三

这时，陈实这边的“人间”，也已经不是原想印在自己译著上出版单位的符号了。由于黄新波又是老“左联”的活动分子，“蒋管区”涌来港岛的作家在一起聊的时候，也希望像画家有个“画会”那样的家。于是，华嘉、陈实、黄宁婴、黄茅、黄秋耘、金帆、钟敬文、黄药眠、陈芦荻、楼栖等，则以“人间书屋”的名义组织在一起活动了。不论大家怎么“活动”，创作才是作家存在的证据。书屋围绕作家的活动，出版的《文丛》《诗丛》《译丛》《青年学习丛书》等多达三十来种，比之现在超百人的出版社，陈实、华嘉这么两三个人，自己还得先忙一份挣饭吃的工作后才能干这事，可是能出这么多有意义的书，真是不简单的事。二〇〇七年六月《城市文艺》十七期，陈实的文章里有这份书目，在此不再赘述。有兴趣的可去查阅。

这些书，光是夏衍（1900—1995），除长篇《春寒》，还有两本杂文，其他作者如聂绀弩（1903—1986）、林默涵（1913—2008）等，都是戴着“红帽子”的公众人物，一本《新民主主义讲话》，虽然作者张江明不一定为人所知，但这个书名，只能看作“中共”创建新政权的理论宣传。对于“我可不愿涉及‘政治’”的陈实，凡此种种，倒是她给我们开出的一道关于政治的话题。

这种时候，对此种种文化状况，港英当局也不可能完全不闻不问。当时，英、美对蒋介石是彻底地失望了，可也不会对“赤党”感兴趣。时至今日，半个多世纪后，从外交辞令看，仿佛总在蜜月期，一有风吹草动，就不是那么回事了。不少形之于文字所称的、各式各样的西方“伙伴”，跟你握手、干杯的同时，背后或转身常从负面打“中国牌”，鼓动一些反华的浊浪，早已不是什么秘密了。一九四七年秋，陈实听从医生的劝告，到离台北几十里的草山温泉接受异地疗养。草山，地方小、客也少，很清静，最初在那小旅馆过得蛮愉快。才过了一个多星期，林伦彦在台北工作的老朋友杨鉴泮突然来，说从公安方面的朋友那里闻有风声，要她马上离开草山。于是，她混在台北闹市，上了一艘装煤的小货轮偷渡回港。静下来想想，除了朋友间来往书信中提到一些有关“人间”的事务，实在没有可以致使警方生疑之处。不想，这也会招致当局萌生什么奇想。

一九四八年夏，陈实所住的伊利街四六号，也是“人间书屋”出版物上版权页的社址。一位不速之客来通知：香港警察政治部约请面谈。出了什么事？有那么严重吗？陈实和新波、华嘉在一道闷想，在香港允许的自由度中，实在想不出书屋的出版工作会惹什么麻烦。只想到若问到资金来源，就说是独资经营。这样，若真有什么麻烦，涉及的人愈少愈好。

怀着对这解不开的谜团之不安，陈实注意到那个引路的便衣所引她到来的“会客厅”，只有一个英国人在里头等着。英国人大概没想到来的是这么一位年轻、瘦弱的女子，在他眼里，陈实的那一口流利的英语，当是有教养者的风度，服务香港金融贸易行业都熟悉的英文周刊，加以还能投资办出版社，这一切，似乎应该是他们可以相信、可以合作的族群，也就没有为难陈实，谈了二十来分钟也就了事。

原来捏了把汗，想来不会无故地约谈，竟然就这么结束了，真是好运气。可是，随后的几个月竟有多次被人拦在路上，向她打听“周大姐”下落。这个拦路的路人，陈实还记得，正是到警察政治部时在前面引路的那个便衣，“周大姐”自然是指聂绀弩夫人周颖。不仅陈实认识，我也熟悉，是一位可敬的老前辈。聂老晚年若是离开了她，也就什么也干不了，应是两位一体的“伴”，聂老中年时自然不会体力不支，但感情的相依，则是永远的。“人间”既然公开出版了聂绀弩的短篇小说集《天亮了》，诘问“周大姐”不就是要找聂绀弩？在这个自由港，他们也关心起左翼人士来了，不能不设防。陈实在书屋这个位置上，原来只想到多出好书，不想，这个政治的“人间”也缠上她了。

六十年后，她一再向我说到“我可不愿涉及‘政治’”时，谈到六十年前的这些人与事，仍然充满了感情，像所有的人一样，哪怕青春时的多难，一样是美丽的，哪怕不愿涉及政治，可她和新波在一起制作反日传单、办“书屋”，所摆脱不了的“政治”，同她仍然无法分开。因为，那是为民族、为祖国的“政治”：那“政治”，也在她的民族情、祖国情之中。“人间画会”的《宣言》有言：“我们不愿违背自己意志，更不敢逃避，正如我们所标榜的名称那样明显，我们是这人间的一员，我们热爱人间，我们表现的都属于这人间的一切。在表现方法上，我们主张容纳任何一种形式。——不被束缚于某流派或某种见解之下，而尊重个别认为足以表现她的题材的形式，只要和我们所表现的内容不背道而驰。”何况，新波还说，不论你想要她是什么，她也要“首先是艺术品才行”。这对于为任何意识和目的做文宣的，都是一句没有任何教条的圣言，陈实怎么会拒绝？

四

不想，多年后，为完成望舒生前没能完成的一本加西亚·洛尔迦（F. Garcia Lorca1898—1936）译稿的重编和出版，我竟有机会与对我来说有点“未知的神秘”的陈实合作。她住的宝马山道，是我所在的北角炮台山后的半山住宅区。有一个假日，我说去看她。

“今天不能来呀——”从她在电话里气急了的口气，我想得到她那慌乱的神情，“今天‘菲佣’休息，我拉不住这三条狗！不要来！不要来！”

“菲佣”，是指菲律宾多少万在香港从事家政的女佣。若无她们像男子汉似的体魄，逮紧拴住那又跳又扑的凶狗之三根皮条，是得把客人吓跑的。对此，事先若无了解，只听她叫“不要来！”也易误会她拒绝见客。

后来，多去了两次，一出电梯，A、B、C、D四道门，只要一靠近A座，就可以听到屋里有狗狂吠，也就知道它们真能看门、护主。可是，只要看到陈实对着客人坐下来，它们便乖乖地蹲在陈实膝前。三条又肥又壮、又凶悍，有半人高的洋狗昂着头望着她，等她给它们用那干瘦、纤弱的手顺着抹毛、搔痒，抚得它们乖乖的，而门外的露台，仿佛正在维多利亚海港的上面，阳光将波光闪烁在天花板上，真有些别样的情调。

“这都是狗中的贵族，名贵品种，好多钱一条的吧？”

“唉，我哪有心思花钱买狗来养呀？”她长叹一声，“这都是被人抛弃的流浪狗！它们都是三个好心的朋友从死亡边缘救出来的，因为她们自己已经收养了太多流浪的猫和狗，所以转送给我收养。第一只是从垃圾箱捡来，当时尚未开眼，想是主人嫌恶它没有尾巴，用只塑料袋盛下就丢弃了；第二只是一次风雨后从大水沟里捞出来的；第三只是从政府捕狗队送去‘人道’，要遭‘毁灭’之前领回来的，当时只有两三个月大。”

陈实是充满爱怜之情在说这些话的，可是“人道”“毁灭”两个词在并用时，真是不可思议，她以“人道”救了一条小狗的命。如今，它已经是一条壮大的狗了，蹲在跟前，倒像是她的卫士。不论她有一颗怎么坚强的灵魂，也确实瘦弱到风都可以吹得倒。可是，此时此刻，她以自己的所在，温暖了周围，也安慰了自己。由此，想到陈实常说到的罗曼·罗兰，中年后个人独居，深居简出，生活简朴，精神富有的写作，似乎正是她的追随。

但，她写，埋头地写，也为视力问题写得很艰难，却以克利斯朵夫似的英雄情结，以其无视艰难的欢悦，哪有人到九十的孤寂？何况，罗曼·罗兰有写不完的贝多芬，她也有永远与之相伴的音乐。抗战时，在对日的传单上，她会为思乡的日文歌词配上曲谱，使之宣传功效大增，现在，她简朴的生活，却丝毫不能马虎她听音乐该有的考究，是以名牌电子管的音响相伴，也就不敢无视她之所爱了。而且，不知她凭第几感觉，第二次见面时，她的第一句话就是“我送一张很好听的唱片给你，你一定会喜欢的！”。到手一看，不是一张，是一套德国版的舒伯特艺术歌曲。我告诉她：我已有了，不过，买不起原版片，是翻版的。而且，我并不喜欢某些名家用美声那么一板一眼地唱。无论《听听云雀》还是《小夜曲》我都愿像年轻时那样，用中文吟唱“我的歌声穿过黑夜向你恳请——”，或是以它的旋律在口哨中回旋，有一分自己所沉醉在歌声中的陶醉。

由此，从《小夜曲》、青春、爱情，我同陈实竟然说到望舒与杨静的离异，因为，最近有一本书将兴趣全放在这上面。不仅趣味不高，许多情节竟像编小说，完全出于想象。文学的堕落，导致对传主的误读。她是传主的生前好友，不能不为此痛心。

对此，陈实是有发言权的，当年，望舒到了上海，又被“新陆师专”校长告密，遭当局缉捕，再度到港时，“人间”的同仁或嘉宾参与活动，都是与夫人，也不乏名媛同往的。年轻、漂亮，极易与人相处的杨静，也成了陈实的朋友。而且，她与望舒离婚的几次谈判，都选在陈实家里。那时，望舒走路、呼吸都困难，用个喷雾器对着嘴，饮鸩止渴地吸着喷出的麻黄素，更要强忍内心巨大的创痛，但总是轻声细语、彬彬有礼地期待事情还能有个商量的余地，完全没有打打闹闹、不成夫妻就是冤家的丑事。在上海，望舒也同样去看望早已分开的穆丽娟，成不了夫妻还是朋友嘛！这次，同杨静之间，开始妥协，要等到在上海的大女儿接到香港再说。可是，大女儿到了，虽然祈愿以此能挽回这场婚姻，回天无力，也好说好散。望舒决心上北平后，朋友们来送行时，杨静也来了，晚饭后，杨静还留了下来，陪女儿睡了一晚。卞之琳回忆道："只因生活方式不同而分开了的夫人，赶到旅馆来看他，他们之间显得感情还很好，可是他走意坚决，坚持不让第二个孩子留在香港。"①

二十世纪八十年代初，杨静到北京看病的时候，还去看了我，要请我吃饭，虽然冯亦代不同意我去，我也没去，可事后我想：虽然她另外组织了家庭，却跑来感谢我编辑、出版了《戴望舒诗集》，并用这笔稿费修复了望舒在万安公墓的墓，总还是把自己当作与这个家庭有关的人吧！何况，她还说到自己年轻时不懂事，不理解望舒，有所悔恨。"夫妻间只要相互真心地爱过，以后出现了什么问题，不是都可以简单地看作谁对谁错的问题！"这也是一句哲理性的名言。望舒同杨静之间，年龄和学养的差距所出现的问题，也是卞先生说的"生活方式不同而分开"的问题，对此，说些不必要的话，又有必要吗？

若说陈实是在望舒的指引下走上搞翻译的道路，有感恩之情；那么，后来，望舒对她告以自己要上北平的秘密，还会涉及自身安全，陈实从中所感到的，是望舒对自己信任的分量；那么，望舒同杨静离异所深刻人格力量的过程，更让陈实感动。他有着宽人、严己、自尊、自强、不怨天、

---

① 卞之琳：《悼望舒》，《人民日报》1950年3月5日。

不尤人的那种大爱的胸怀，正是陈实认为应该敬重、值得怀念的老友。为此，她体弱、高寿之年仍老惦念望舒生前的一大未了之愿：介绍那位牺牲在西班牙法西斯头目佛朗哥（Francisco Franco y Bahamonde，1892—1975）的长枪党枪口下之诗人洛尔迦。对此，我这外文盲所能帮上的忙实在有限。杨绛（1911—2016）、钱锺书（1910—1998），是学者夫妇，杨绛，为了要直译而不是转译塞万提斯的《堂吉诃德》，人到中年，由精通英文再自修西班牙文直译《堂吉诃德》，实不容易，陈实也是这样的。她不愿像早年那样从英文转译罗曼·罗兰，七八十岁了，还自修西班牙文，由此还介绍了聂鲁达，介绍了拉丁美洲许多过去没有汉译文本的、用西班牙文写作的大家。她个人不是最喜欢洛尔迦，可是为了了却望舒的遗愿，她想方设法从各种渠道找寻洛尔迦的原版书，在零点二的视力下，以“独乐乐，不如与众”之心工作，用一只黑眼罩把一只眼蒙起来，靠另一只眼所能看到的一点微弱的光，抚触心中大爱的、文学的太阳，这种近乎残酷所辉煌的崇高，在文化也市场化的消费社会中，对于那些太“现代”的年轻人，已经很难理解了。对此，也许应予玄想去读她，这使我想起她所喜欢望舒的另一首诗，也许可以帮助她解读他的《白蝴蝶》中的那四行诗：

给什么智慧给我，
小小的白蝴蝶，

翻开了空白之页，
合上了空白之页？

陈实看它“有一种空茫的玄意”。“因为空，可以安置各种风景人物；因为空，可以涂抹任何色彩，而且景物色彩还可以随时随意更换、变化，或者还原为空白，但是你在书页里只能看到寂寞。”不过，我想寂寞未必完全不好，“寂寞本身可以自我圆满为一个小小的世界”[①]。为此，纪念望舒百年冥寿时，她说：“也许你如今已经做到了。我此刻想象你在月下摩挲枕畔的书，岂不也有一分满足？”

你问我的欢乐何在？
——床前明月枕边书。

寂寞之中，我见飞着智慧的白蝴蝶！

原载香港《城市文艺》三十期（2008年7月15日）

① 《香港文学》二六一期，2008年11月1日。

关于《丁玲传》答“网易”问

网易： 写《丁玲传》难不难？丁玲女士为何指定由你来写她的传记？

周良沛： 对于一个从来没有写过传记的人，突然接到这么一个任务，自然是件难为人的事。而且，在这之前，已经有了好几部名家写的《丁玲传》出版，在这种状况下，要我以同一位传主再写一部传记，这本身就是给我的一道难题，一道极为难人的难题。传记就是传记，不是写小说，可以编故事，说来说去，都是同一事件，读者不提意见，我对自己都有意见。因此，我先好好细读、学习几本名家写的《丁玲传》，人家写得那么好，吓得我不敢动笔，也无须再写它。可是，再细读也看到：由于历史的原因，他们都回避，或淡化了二十世纪五十年代文化圈内所谓的“丁（玲）陈（企霞）反党集团”的闹剧。对于丁玲，若能抓住她此生的这二十多年的苦难，同时也在逆境中显其品格的描述，不是也可以从另一个角度完成对她一生的叙述吗？为此，全书可以不像传记通常以编年史那样，从她家庭、童年写起，而是从她年过半百，以“反右”对她各方面的“审查”“批判”为切入点，不是同样可以对此有所交代，且另有特点吗？

过去，搞“运动”，被盯上的人，你有一点“错”（且不说诬害），则是一“错”万“错”，连生在娘肚子里都有“错”。此种批判的“扩大化”，同时也扩大了我观察丁玲的视野。书的上部名为《辩诬书》，作者自然完全站在被告席上，满含冤情，激溅义愤地“申冤在我”而一一回答各种诬告。

此时此种叙事的语体，任何人来，怕也难在局外说什么。自然也难插笔写些她的男女之情，以满足某种人对她“人性”之“真实”的确信。

起先，我写出一章《丁玲是莎菲?!》，请约稿的责任编辑李自强同志看看是否能通得过。是他的肯定与支持，才让我顺利地往下写。从这样的开始来讲，又可以说不难写。下部《安魂曲》我是以第一人称来写的，都是耳闻目睹的事，“丁、陈”一案虽未将我卷进去，但当年搞此案的所谓“突破口”是从天津“突破”的，当时我自己就在天津，还是耳闻目睹了不少实情，从一开始，还是有我自己的是非观的。

《丁玲传》写了两年多一点的时间，是在台北开始写的。那时，还是保证了它作为“丁玲国际学术研讨会”的礼品书按时交稿、出版。分别以两个书号印了精装、平装两种版本，先后多次加印。昆明有个“阳光书店”就进过千册，全卖光了。八年前，“上海书城”的人对我说：此书已脱销很久。台湾“清华”中文系的研究生说，导师开的阅读名单中有此书，但他们在大陆各地都没有买到。这样说，绝非为它做广告，由此，我想到的，是读者对此书传主的关注。听说，有几位丁玲的研究专家，不屑一顾地说，像那样（指我）的写书，多抄一些数据放在里头就行了。我个人创作的思想和艺术水平都很低，但这样写，恰恰是一九五六年重新审查丁玲的问题，又为此主持公道并受到牵连的李之琏同志一再与我商议、确定而这样写的。

李之琏同志，在党内斗争的风风雨雨中，是受了不少委屈的老同志、好同志。他认为：“不论写作的形式、笔墨，要怎样的‘文艺’，既是写史，还是重在证史、见证历史。若能用原始资料、档案，比用文艺笔法的描写更有说服力，最后，读者也是以材料所提供信息的可信性来评价它的所值。”书中的不少档案材料，也是他毫无保留提供给我的。

事实证明，动笔之前，构思和书的结构方式，正是从李之琏同志那里如此定向的。它对此书的顺利写成，有它应有的影响，是很重要的。但是，全书都是以“反右”为大背景，这是犯忌的，也使这本书在目前很难再印。

二〇〇七年香港纪念"'反右'运动五十周年"时，有朋友提议是否可以放在香港出？我想，我没有必要去凑那么一个热闹。人至暮年，若精力和其他条件都允许，再修订一遍吧，往后能不能出，顺其自然。

至于丁玲为何要我来写她的传记，是一九八九年秋冬李自强同志来约稿时，他斩钉截铁地说这是丁玲生前如此同他讲的，我也无法找旁证。丁玲是不会当面夸谁的好的，她的秘书王增如好几次写信告诉我：老太太（平日我们是这样称丁玲的）说我人和文章都老实、实在。老实，无非不花哨吧，同时也是一个人太笨的同义语。她若健在，我一定会推掉此事，但长者已逝，有此遗言，自己再无能，也只有硬着头皮写完它。别的，只有由此书的文本自身去说了。

网易：丁玲是一位传统女性还是特立独行的新女性？我在她身上看到两者强烈的冲突（在生活上，她追求自由；但她对沈从文所写的《记丁玲》却有诸多负面情绪）。在二十世纪五十年代初期，丁玲是不是那个时代最有个性的女作家之一？最受她影响的是哪些女性群体？

周良沛：丁玲的父母家都是书香门第，自然受传统文化、伦理道德的教育很深。但她青少年时期就和著名的革命家向警予（1895—1928）、瞿秋白（1899—1935）等有交往，因此，她也是受到新思想熏陶很深的人。矛盾是推进世界的法则。从前者到后者，有个渐进和演化的过程，不可能一蹴而就，同样也不能简单地视其为什么"矛盾"。

丁玲，应该是"五四"后，不是她个人，而是一个时代为反对封建礼教的年轻人中所追求个性解放者的一员。但她又是他们之中能以文学表述它而突出的一员，所以才有此刻您的提问。她从不讳言，年轻时受过"无政府主义"思想影响，喜欢法国作家福楼拜（G. Flaubert，1821—1880）的小说《包法利夫人》。她的成名之作《莎菲女士的日记》中心理分析的描写，显然是受此书的影响，"莎菲"的心态，也显然是对旧礼教所约束女子思想规范的反叛。丁玲能如此在小说中袒露，是追求个性解放的思想很强烈的对应。我不知这是否是您所说的“特立独行的新女性”?

这里，很感谢您提到沈从文先生的《记丁玲》，这样，让我就可以从这本书找来资料回答您所提出的问题。此书由赵家璧先生所主持的“上海良友图书公司”一九三四年出版。从它初版本的第一四一和一四二页可以读到这么一则故事：那是一九二八年二月，胡也频与丁玲南返，到了上海即转往杭州西湖的葛岭住了下来。大约过了六天，胡也频独自跑回上海找到沈从文。其凄惨的微笑，自然是这一对男女有了麻烦事。原来，他与丁玲自一九二五年住在一起，三年之间，名为“同居”，同床，却不共枕，床笫之间，并无世人所说的“夫妻生活”，为没有性爱之苦闷和苦痛所困。为做一个真丈夫，做一个真正的男子汉，他求教沈从文——

> 于是我同他在一个大木床躺下来，详详细细究询这件事（的）前因后果，听这个人做一切不离孩子气的申诉，且记着这件事的每个要点，等他无话可说时，便为他把这件事从旁观者看来必须保持的最合乎理想的态度以说明。因为他尚告诉我：他（和丁玲两人）虽同居了数年，还如何在某种“客气”情形中过日子，我便就我所知道的属于某种科学范围的知识，提出了一些新鲜意见……

写《丁玲传》时，我用过上述引文，那时只想用于说明他们那种比古希腊的哲学家柏拉图（Plato，前427—前347）还柏拉图式的爱情。在此写到沈从文时，又想起这则引文，是想到沈先生以此说到别人“男女关系”的问题，很不负责任的某种指责。由此，也不该忘记，他有男女生理科学上的学养，且是“新鲜的”。虽然有人说他“把自己扮得像个道中‘老手’”“两性经验方面幻想多于亲历”，但我看未必。沈从文由此施以房术，教这一个和女孩子在“某种‘客气’的情形中过日子”的青春男子，如何不“客气”地突破女方心理的防线以取胜。在有些人看来，这个有些欠

“雅”的细节，是可以解答不少问题的。

当年，一个女子敢同男子同居，真是了不得的事，不是一般追求思想解放者都能达到的“解放”。然而，从胡也频对沈从文之言，没有任何其他的说法，可以比它更能证实丁玲与胡也频如此同居又守身如玉的史实。沈先生的《记丁玲》，从另一方面，证实了这一则现代的年轻人不当怪事也当天方夜谭式的爱情传奇。

此事也同样可以说明您所说的丁玲对沈从文的所谓“负面情绪”。因为，丁玲对沈先生在《记丁玲》中，对胡也频和丁玲“两人的信仰”，是“彻底的社会革命公式把它弄得稍稍糊涂”，因而对他们“觉得可怜可悯”而起的。丁玲由此不仅是“负面情绪”，而且是怒不可遏，拍案而起。

不论“革命”能不能，该不该“告别”，若要涉及其中的历史，又不明白此中的人事，这种历史的“研究”，距离史实则太远了。在当今大讲“人道”“人性”时，对蒙冤的弱势者如此这般，是否又“人道”“人性”了呢?写文章，做研究，水平如何，不可强求，但对史实负责，也是为文为人的道德底线。大千世界，不可不民主，对同一个问题，任何人都享有不同看法的自由，但也应该懂得：有信仰者，有他信仰的归宿，你的信仰，可以和她不同，乃至对立，若不能尊重她信仰的自由，那么，此时你的“信仰”之“自由”，也不该得到尊重。

沈从文不知是完全不懂，还是故意回避，他说自己主要是看不惯丁玲“乱搞男女关系”。为此，我们不妨又回到他教胡也频的房术之事来谈。此事本身，时至今日，连小学生在讲生理卫生并有性的知识，小说、影视的床上戏也一概开放时，虽然也有家长、学者对讲“性的知识”讲到“床上功夫”所污染、伤害到孩子身心的抗议见诸报端，但正常的“讲”，还是要“讲”下去的吧。为此，对当年沈从文以此为师，无须大惊小怪，这倒显得二十五岁的男子胡也频，生理成熟，并未“熟”掉他的纯真。但丈夫死后的另嫁不是“乱搞男女关系”吧。就是男未婚女未嫁的男女同居，也不是

“乱搞男女关系”吧。别人说什么，都可以因情况另议，唯有沈从文，是你教这个男人怎么攻破女方的防线，你还够格指指点点说什么女方的“男女关系”吗？若是那样，不妨先找到那一个“男女关系”的教唆者了。

沈从文先生，在中国新文学史上，有他应有的存在。过去缺失以历史唯物观对待他过去的文学成就，是在意识形态的掌握中应切记的教训。但，沈先生可以是一位新文学中的小说大家，他多年遭到文学界掌权者的冷遇之失落情绪，在某种情况下的所以如此，不难理解，却是绝对的错误。为此，任性迁怒于人，不仅对丁玲，对萧乾也是如此，此种做法，不能说正常。虽然沈从文先生后来关于民族服饰的研究，其成就并不低于他的文学。可是，无论他是哪一种大家，都同样是人，会有人的弱点。如此将问题挑明了，无非还他一个人的原貌。从唯物的角度看，对他没有丝毫不敬之处，也不会贬损他“小说大家”的形象。但在一股新思潮中，仿佛中国新文学史上，只有他和张爱玲，连鲁迅都不值一提，这也绝不正常。从文学讲，连他的老友，绝无恶意的巴金同志都说他的小说“有的黄色”。这些书，包括《记丁玲》，尤其是研究沈先生者，还是应该不怕麻烦，找到新中国成立前的初版书为准，以此立论，才是做学问的态度。

新中国成立前，沈先生是写过对新中国成立后成为执政党的“中共”表现其心态极为阴暗的文章。过去，有将其纳入“反共”之列的，也不为怪。在这个世界上，有“反共”的，必然有“拥共”的，无论你倾向哪一边，都该承认当中有个分界线。“统治阶级的意志就是统治思想”的这一事实，中外古今，概莫能外。进入到新的共和国，人们以执政者的意志论是非，也应该是理所当然的。沈从文不习惯、难适应新的时代，不以为怪，不应苛求，但他对这个社会的心理之阴暗程度，竟然看他太太为迎接新的时代，出去参加各种欢庆的群众活动，都疑神疑鬼，怀疑太太会离他而去。此时他写给丁玲的信，我都有幸看过原件。那时，他看夫人出外唱歌扭秧歌的欢快不能接受而自杀，后被抢救，丁玲还特意邀上周扬最为信任的何其芳（1912—1977）一同前去看望。丁玲说：“你写过几篇‘反共’文章就吓成这样？共产党还容得下你！”完全是女中丈夫的气概。沈先生说他生活困难，要借一百元，丁玲是送去了二百元。这二百元在当年应该是个什么概念？那时，梅兰芳的戏票一元一张，一九五六、一九五七年齐白石的画是旧币十万（新币十元）一尺，开国时只是六七万一尺，两百万得买三十多尺齐白石的画，并非区区小数。沈先生要工作，想教书，几个名牌大学都不认他，北大、清华、人大都不愿接纳，他们看他在“蒋管区”之所言，认为不宜教育新一代大学生，难为师表。丁玲又想办法介绍他到北京历史博物院。完全从个人的角度看，他这几十年的人生之路也是蛮坎坷的。中国人的国民性是同情弱者的，那时他也确实是弱者，可是，一旦得意，他也不是能有平常心态的人。

《诗刊》为纪念“左联五烈士”，邹荻帆叫我上门向丁玲约稿，可是，事过几十年，又当中央大量平反冤、假、错案的新时期，正是某些当年狠整丁玲“反党”的人，还想利用手上的能量揪住她不放时，丁玲写到慷慨就义的胡也频，也就对当年“觉得”他们“可怜可悯”者，不点名地回敬了几句，对于此时丁玲所以如此的处境、心态都好理解。丁玲是不是一定要这样说，也可以商榷，沈先生听得不顺耳，也可以答辩，或是展开论战，都是可行的。但丁玲明明在挨整时，沈先生却白纸黑字地说她作威作福，沈先生为其编的故事，不乏认为有“可信性”的。那些文字，甚至可以有鼻子有眼的，具体到某年某月某日他去找丁玲，丁玲不见不理，完全像编小说一样。好在丁玲是位公众人物，当时公派出外，从报纸上的新闻都可以查证，沈先生当时恰恰根本不可能在北京找到正在国外的丁玲。小说家不会编故事也“著名”不了，但是对于“非虚构性”的记述，是否可以像编故事那样不负任何责任？对于应负法律责任的问题，是否都可以像写小说一样，以编的故事欺世，反说谁“忘恩负义”呢？这样的人，不论小说写得怎么好，如此这般，不敢恭维。

网易：从这些方面，不知是否也能看到您所说的，丁玲笔下“新女性”的本色？

周良沛：当我们这样看到丁玲的个人生活，再看她写的小说，如《莎菲女士的日记》中的莎菲，《我在霞村的时候》中的贞贞，《太阳照在桑干河上》的黑妮，这一切，当丁玲是位公众人物、社会活动家，同时她认为人在这政治化的社会生活中又无法不政治化时，我倒愿看她是位女权主义者。不知这和您所说的“特立独行的新女性”是否相同？不知和现代所说的“女性主义”是否相同？“女性”和“女权”，仅从字面看，也有区别。为女性护权，应该多了一些主动的、积极的思想成分。由于现在的社会生活也不那么政治化了，是消费社会，当年的这种看法，也可能不合时宜。

不过，不论何时何地，作家的影响只能是作品的影响。去世千年，只要作品传了下来的作家，在文学史上都不孤单、寂寞。这个问题，不是在这里三言两语可以说清楚的。

二十世纪五十年代，严格地说，是新中国成立到一九五五年，审查丁玲所谓“反党”一案之前，有那么四年，她在国内和国际间有不少引人注目的活动。一九五五年后，有人从行政途径拼命对她妖魔化，自然也有她无法被人妖魔化的人心之所在，但在我们的体制中，行政的能量促效于社会生活的影响，同样也是很大的。您所说到丁玲二十世纪五十年代初期的情况，不知我说的这些，是否是你原先想要知道的。有些事情，我也多次说过，有些重复。不是没有别的好说，还是不忘我的坚持，想以此得到对此好奇或质疑者的认同。既然生活不厌其烦地将它重复地提出来，我也只能如此重复地回答。既然三番五次地说了，还有人不知道，不明白，那也就只能如此地再重复吧。

原载香港《文学评论》二○○九年第五期（2009年10月15日）

淡酒　浓情　伤逝

又走了一位老同志。一位有人尊敬，有人看他不咸不淡，有人不屑，乃至以“右”之偏见视其本性以对之的“横眉”，乃恨之入骨者都有。

记得，初识陈涌（1919—2015）同志，是二十世纪五十年代的开国初期，距今已经六十多年了。当时，文艺界的人士，尤其是像陈涌这样称之“马克思主义文艺理论和鲁迅研究的大家”，我是可望不可即的。

我个人虽然爱好文艺，可没有什么本钱和能耐。于此当说的，是遇到“好时机”，是遇到有别于那些衙门化的文艺单位和文艺阵地，而且，我所遇之的“好”，可不是一般的“好”。当我每日都在风雨中奔波、奔袭得常常疲于麻木而无思无情的状态，偶尔读到一些文艺消息和作品，不仅是好奇，而是痴之于已近失态，寻求能有人对话。是反常的狂热、无忌的涂鸦，是渴求能予表达。然而，那没有一条修整得可以称之为路的边沿山区，通邮之邮，也是人挑马驮，是走得也难，拖得也慢，邮件一寄出，就根本不知道它怎么“出”，怎么走，能否收到。可是，想不到，在这样的境况下，往北京的路上所来回的稿件，从寄出到变成铅字印本，也只是二十来天，不仅当年，就是今天，也是想都不敢想的事。

普通连队的普通一兵，不仅同文艺界，就是同外界，乃至亲友，都不可能有多少往来。共产党的“主义”所带有“共产”色彩的供给制，不像市场经济容易衍生那些“小圈子”“小山头”“小集团”这些与集体主义格格不入的东西，咱这么一个小兵，不仅不知道，连听都没有听到过那些东西，更不可能去寻它以找到自己于文艺的出路。反而是文艺领导、期刊编审，眼睛都是盯着下面，期望从中发现工农兵自己的业余作者，以助他完成党交给他所该落实的文艺政策。对此，虽然当时我自己对此一无所知，却有幸为之底层的一兵，成为事实上对方的视觉之所寻，反而成了不愁无人来找的对象，或说是要“发现”的我。在此，所以用了“发现”二字，并非有什么忘形的得意。实在是我周围当兵的翻身农民，以及从战场解放过来的“解放战士”，多是文盲。我这个只念过小学的少年，虽被认作与“小资产阶级”画等号的“小知识分子”，在文盲之中，也是稀罕之物，可是，也不能为此打锣敲鼓。

那个年月，也没有什么做“秀”之说和做“秀”之为。花两分钱邮票寄出的稿子，登在当年全国仅有的几家文艺期刊的《文艺报》《人民文学》，对于我这个在人家眼里看得不乏“小知味”，本来就“稀松”的人，你说什么，做什么，同样“稀松”。可是，当外面，尤其是上级来找、来调这个人时，他们才惊于这“稀松”之中还是有它未知的价值。为此，我也随之获得许多生活和业余写作的方便与照顾。

刚二十出头，我的第一本诗稿寄给人民文学出版社仅二十天，就得到他们已经决定出版的回信，责任编辑张奇同志邀我上北京，叫我与他一同定稿。单位领导知道，绝对支持，给了非一般的坐飞机的待遇。那个年头，坐飞机都是很稀罕的事，坐上飞机，似梦似幻。这是单位“培养”了人的好事，给了我非一般要转多道车，得走好几天才能赶到北京的出差。见了张奇，他却告诉我：社长雪峰同志都点头了，还用定什么稿？只是你们在边防艰苦、闭塞，有这么一个机会，让你来北京看看！雪峰说：

> 他这稿，一看就知道：只是一个初具文化，不仅不可能懂得什么诗的技巧，连文字还不过关的工农兵的作者所写下的分行文

字，是这个年代的解放娃所写的东西，但写的，又是出自心灵的真正的诗，这是我们应该支持的，是解放后在我们自己解放的土壤里出生的作者，不仅要支持，且要大力地支持！

这一段话，终生牢记。我也还有一点自知之明，并非自己有什么本事，也没有什么关系，更没有什么那个时候也不兴搞的“圈子”，实在是这个社会需要培养和发现自己的作者，我只是生逢其时，生逢其遇。

这回，张奇不仅带我逛，让我大开眼界，更是让我重新认识了我自己身处的，之前对她只是从书面的宏观，带来更多想象的，却是对她并无多少实际了解和亲身感受的世界。在山旮旯里，那个年月还没有电视，年年的五一、十一的大游行、大阅兵，在听广播的想象中，那天安门完全是童话、神话中的诗境，不能想，更不敢想还能亲临其境到这梦中的天堂。可这回，不仅天安门，故宫、长城、颐和园……都走遍了，不仅门票、车钱，连中午吃饭，我掏钱，张奇都要死劲地塞回我的裤包：“你当兵，供给制，一个月才几个零花钱，到这里还能要你掏什么钱?”其实，当时我还是有一小点稿费收入，那阵，郭沫若这些大家是千字五十元，我们这些初学写作者，千字也有十二元，到荣宝斋买一尺齐白石的画，还可以剩下两元钱来。这情况，张奇比我清楚，可他们对作者的情意，又实在令人感动。这与现在有的人要出书，不乏先买书号，还要请客送礼的这种歪风相比，这时的我，是多么地幸福啊。正是在怀着此种幸福感的心态下，我初识了陈涌同志。

那个时候，除了首长们要开会，或是有事，也绝对是有要事才能上北京，一般人，尤其是我这样底层连队的兵，若非巧遇借调到上级宣传部门，又碰到出书所予以特别照顾的出差，否则，上北京不仅没有机会，根本没有这个可能，就是做梦，这都是不敢想的事。这回，是能在北京出书，确实还是当年下层的稀罕事，加以我已借调在上级宣教部门，才好开这个恩。这时，听说我要上北京，冯牧的原配夫人黄铁就送了一包东西，要我带给正在北京住院的冯牧。

我这乡下佬，北京是个什么样的首都都不清楚，哪有本事去找部队那些没有院名，以阿拉伯数字编号的医院？可是他们夫妇，如前所述，都是部队顶头和省里地方的文艺领导，只能当任务，不容推辞。好在按我所以上京的原因，安排在长安街大耳胡同一五号“总政”创作室落脚，服务部队文艺家的人员都很灵动，虽然他们很详细地告诉了我走这一路的途径和办法，我还是稀里糊涂。乡下人进城，一大早出门，走到西郊找到医院，也是费尽九牛二虎之力，拖到中午了。待了半天，还不到见病人的时间，也没有半点通融。只有在病房外的大堂里傻等。蹲在那比我人高四五倍的梁顶下，那是港台人士艺术形容为可升降飞机，是可以飞机制造的厂房大堂。其宏阔、巍峨，于其空无一物的空寂之间，人会有一种惶惑的不自在。很巧，那头也有一位和我一样在等待会见病人的来访者，在不安地走来走去。当然，他不是我这样的小兵，是位高干，细瘦的个头，一身笔挺的藏青毛料中山服，颧骨微微凸起，眼窝则明显下凹，让我猜想他这位英俊的帅哥，是一位南方沿海的人。不过我想：高干也跟我这个小兵一样这么等，真为此时这样浪费了他的宝贵时间而不平。后来，门房上的人知道我等得太久了，走了过来说：

“你还可以出去办点别的事再来也不迟，莫一直蹲在这里浪费了时间……”

“我是下面部队来的，这里没有别的我还要办的事，也不清楚东南西北，我还能往哪里走!”

“本来下头老远来的同志是可以通融通融的，可是这位冯牧，来看他的人太多，影响治疗，医生特别嘱咐，要严加控制……”

“没什么，没什么，这横竖是我的任务，任务要是完不了，那才是我的大事!”

过一阵，那头那位高干模样的同志，显然是听到我们刚才的对话，走了过来：“你是来看冯牧？你是他家的什么人?”那时，部队苏军式的“正规化”，我们在营外都得穿便服，这回上京城，用云南人的话说，是“连喝茶的衣服都穿上了”，还不丢人，不想引起他的误解。

“我是部队的，冯部长是我领导。”

“哦，你是部队作者（那时还不兴随便叫“作家”），是冯牧‘云南帮’的人!”

“不，我是云南部队的，可跟‘云南帮’不搭界!”这回，我更明确我既不是，更不要去拉关系，入圈子的人!

“你不是冯牧所在的部队，他手下的作者吗?”

“我们部队多数都在剿匪、营（房）建（建），可不都是文化人!”

“哦?你来这里找冯牧，总不会与冯牧无关?”

“他们的‘云南帮’是一些专业的名人。我只是连队的文艺爱好者！冯部长是军区管文艺的，调演、培训、评比，都得听他的，我们，是军队的上下级，跟‘云南帮’的人不一样，他们是有很深的私人关系者，他家生活困难，有人拿到稿费还掰一半往他家寄，我哪有这个能耐，能是那么一个料吗？虽然我借调上来的时间不短，同他们也不陌生，可我当不了，也不会想加入‘云南帮’!”

“小伙子，蛮有性格嘛！我倒想听你讲讲你们的冯部长。”

“我是个小兵，只有听话的份，懂不了首长的事!”

“话里有话吧!”他很有兴趣的样子，随即自我介绍，“我是陈涌。”

随着这一声，我是什么都讲不出来了。这人，我看他是位英俊的帅哥，那气度，猜他像个高干也不会错。那年头，周恩来五十一岁可以当国家总理，红军长征时的团长、师长，二三十岁出头的也多的是，由此所想，眼前这位三十几岁，在今天还算个青年的帅哥，是位高干也不为怪。可一听“陈涌”二字，在我心里，他可比“高干”还升了几级。那年月，后来大区没有撤销之前，除大区有一份综合性的文艺期刊外，之前，只是北京，以文学、音乐、美术等分门别类地各有一份期刊。开国时，我还未成年，可每月的《文艺报》《人民文学》《译文》等一到部队“俱乐部”，我都得从头到尾，一页不落地在当晚把它读完。为此，我也太熟悉那些期刊上面的“陈涌”了，用今天所说的，仅仅是他的“粉丝”还远远不够。他对鲁迅的研究，对丁玲等的评介，虽然我还不懂什么叫“庸俗社会学”，可和那些板起脸孔说教，以教训人者所训人的文章，真有天壤之别。在我心里，他和他们有根本的区别，有我一份视大家为雄伟者的敬仰，可是，怎么也想不到，眼前这位帅哥，在他自报家门前，会想到他是“陈涌”。

他看我说不出话来，主动说他是冯牧在“鲁艺”的老同学。延安一分手，也没有什么联系，只是这几年他培养部队作者的名声在外，这回又来北京住院，自然是该来看看的。不过，他对刚才我们话题的兴趣并未消退，又问了一句：

“你说你只是一个当兵的，能来北京也不简单哪?”

“你说是简单还是不简单嘛!”我把我的情况，连同张奇对我说的话复述了一遍。我注意到，说到雪峰，似乎激起了他的某种情绪，他不仅点头，还向左右张望，总之感到有点异样。两年之后，在批判他的时候，并以此列入他“罪行”的一句话，就说他讲过：“领导文艺中的领导，懂文艺的只有雪峰一个!”狠批他所受的“毒”，及他所趋附雪峰和胡风的理论观，跟党的关系越来越远。不过，那种场合的这些话，有的纯是诬害，哪能全信?不过，那次他被“运动”，也确实是他同雪峰的关系不错。日后的交往中，尤其是在后来的学习中，针对雪峰、胡风他俩的文艺思想，先是异议，后是批判的时候，我倒反而从那质疑和批判中，感到此中对陈涌，应像他对文艺思想之科学态度一样，予以同样的尊重。无须趋附那些有来头的简单、粗暴；不同于那种手上有权，自以为就可以代表“党”者，与之有不同看法，则视为或定罪为“跟‘党’的关系越来越远”者的霸道；他等口称“马列”，却不乏唯心者的气派。这倒可能就是陈涌唯物的精神越来越坚定的对应。让当时很年轻的我，对他由衷地多了更多敬重。

可是，从这回以他与冯牧浓浓的老同学之情，有了我与他结识之缘，之后再见，既可以说是二十多年后的第四次“文代会”上，从另一个角度说，也可以说是在一九五七年九月十六日的首都剧场。

虽然，当时不可能，也不允许有什么交流；虽然，当时也没想到运动的“补课”，把我自己也“补”了进去；虽然，历史唯物和辩证唯物主义者并不以成败论英雄，不仅不信“败者为寇”，还得信“有时真理还在少数人”手里；此时，眼前的现实，却叫他们一排人“低头”还是“伏罪”样地站在那里示众，实际也是一种权力压迫的暴力示威，叫被损害者承受羞辱的形式；这一形式的内核，还是软暴力横亘在前，叫无颜忍受此屈辱者，又不容有丝毫辩诬，不能忍，也得忍地“垂头”……

如此批斗的“辩论会”上，低头者，何“罪”之有？他们受歪曲、遭加害于已所加工的“反党”之“罪”，哪有与人“辩论”之权？只有无奈地遭受猛烈吼叫的恶斥，叫天，天也不应。

本来，世无完人，非完人者，对自己的不足，何须怯认；也无须为某些人看不顺眼所视为的“罪”，且名之“反党”之“罪”而胆战。有此一想，认“罪”的“低头”，丧气的“垂头”，为我反而找到反证，我看到这两位此时萎了下去的“小老头”，在我心里，立刻是“一条汉子”被钉在当代的十字架上。

对此，在我此后“补课”进了劳改队长长的二十一年之间，反而想得更多。不过，我想，与这两位“小老头”“一条汉子”的一面之交，是想到我与他俩所系的一段不仅是我个人所不能忘怀的历史，而我，并不自卑，可我明白，在他人生漫长的坎坷所广泛、众多交往的名人、学者之中，我当然应该是排除在他记忆之外者。

不想，二十四年后，一九七九年的第四次“文代会”期间，这个大大小小，大会套小会的三千多人的，一个真格的“大”会，每场散会的出口，既是人挤人，又是熟人、战友劫后突逢的笑语弥漫的喜庆场合。不想，迎面一声“不是‘云南帮’的云南佬么”将我一怔，这大概是我走出大墙，在北京和全国差不多转了一年，体貌、身心都恢复得差不多，有一个还不难认出的我，才迎来巧逢的陈涌这一声呼叫。陈涌的外相老多了，且长“块”了，可是，怔一下，想一下，还是我认得出来的陈涌。他这一声“不是‘云南帮’的云南佬么”，也许是突然之间叫不出我的名字，也许他感到这么叫我，更符合他对我的所想。总之，由此我感到他的记忆力，是无比地强：

“你这个‘小兵’还能来开这个会，真是不简单呐!”

“我是直接从劳改队上的北京，都快一年了!”

“哦?”这倒真的使他吃惊，像我这种情况的，在当时那种开放的气氛中，也是极其个别的。我拽他离开拥挤着的侧边，在我们二十多年间，对他既不陌生也对他个人无所了解的情况下，我却是极可信任且亲近地告以我小时寄寓于教堂的孤儿中的情况。对有血缘的亲人，并无所知，一年前，却以“海外关系”直接从大墙里来到北京，真是天翻地覆。此中，也可能(只是我自己这么想的“可能”）组织上对我一九五八年不仅没有“鸣放”，且不乏对新的共和国改变了我命运的逆境所真诚感激的表述，却在“补课”中未能幸免的传奇有所了解，才在此时救我一命。所以，此时我对陈涌为之的感叹，倒似忘年且深交之语。

他除了告诉我秦兆阳是处理到广西去了，也一再说他比起我来，受的罪就少多了。他的处理决定，就是要分配他的工作，虽是发配，一到甘肃，在“师大”阶梯教室讲课，座无虚席，连走道、讲台上和讲台周围，也坐满了人，这，对他，当然也是一分安慰，但批判他时，就说陈涌这块“臭肉”一到兰州，就招来一群群的苍蝇叮住了它，什么凌辱、欺侮人的话，都往他头上砸，再怎么尽心尽力，都不让人抬头，弄得人都不想活了。可是，相信自己的清白，还有已经被自己牵累了的儿女和家庭，总不能被自己永远牵累下去，才挣扎下来。后来“摘”了“帽”，也只是“摘帽右派”，不过，有时候，还不好公开歧视和侮辱他。

“你还‘摘帽’?”

“你呢?”

“没这回事!”

“为什么?”

“当时还没到落实政策时，组织上已告知我本来就不是‘右派’，查档案，里面无有任何有关申报、审批我为‘右派’的文档。”这一事后可以当笑话的故事，其时是草菅人命、滴着血泪的真相。我只能相告我一直是——

“不认罪——翻案!”

“哦?”他笑笑，“你比我胆大、勇敢！我可要争取‘摘帽’，重新入党，还是写了检讨的!”

哦，遭骂“臭肉”，是痛不欲生，要重新入党，又如此委屈自己，为此付出的代价，对这样一位知识分子来说，是不会低于遭骂之痛，可是为了争取“重新入党”，为崇敬信仰的急切、真诚、血沸、高尚的渴望，他又甘愿那么付出的委屈，此一心境，正是为他信仰的纯洁、崇高的光彩。这一人生马拉松长跑的坚持、坚强、坚毅，他无疑是位夺冠的英雄。

“这次回到原地后，肯定会有些根本的改变。不久我们又可以见面的，得坐下来好好谈一谈，喝它一杯!”

在当时普遍乐观的气氛中，这些推想，很快都成了事实。从报上也可以看到他在鲁迅诞辰百年大会做学术报告、上巴黎出访的消息。用当时的新闻语言，这是“复出”了。这些人不仅不会受到歧视，还有人唠叨过去那些事引以为荣呢。不过，他原先想我们见面会很快的“很快”，也是两年之后吧。他还没有完全落实政策，还没有搬到他后来所在的，万寿路与朱(德)老总原旧居圈成一个大院之侧所盖的一排高干楼。当时，在那也全是新楼的“劲松”区，他家也是刚搬进为一般干部落实政策回京的新居，可能只是两室或三室一厅，在底层，厅里堆满了东西，光线很暗，我进了门还没看清屋里面是个什么样子，他就拉了我出来。说里头实在是挤不下他一家子，来人也没个地方可以坐，不过，现在能这样就很好了。

我还是被拉到附近的一家小酒馆去坐，原先相约欢庆的“喝它一杯”，对我，那只是“江湖”式的套话，何况我本来就不会喝酒。可是，这回相会“江湖”，进了酒店，也只有把它当茶馆。不过，之后长长的日子，我们来往多了，我才见这位做学问和生活上都特别严谨的人，只有喝了酒，且是白酒，才有不似平日，又是他大块文章之诗质外露的诗人之风，话热，情浓，我也得要半杯淡酒——绍兴黄酒，共飧诗兴。

浓情，淡酒，永难忘。

这次约我来，是他看了新出版的《胡也频诗稿》《戴望舒诗集》《徐志摩诗集》。他是充分肯定这样历史唯物地恢复新文学历史原貌的努力，赞赏我们劝年轻人对徐志摩不要从过去的一个极端又走到另一个极端的好心和历史唯物观。可是，事实正如所料，不仅走到另一个极端，而且，还不在于年轻人，而是那些有阵地、有讲台的教授、学者，已将徐志摩“炒”成否定新诗运动的主流且取而代之了。对此，他有点嘲讽的笑容，终究含着太多沉重的叹息。

我真的有些痛心，这些书，原先北京是一家也不出，严文井（1915—2005），该算出版界的权威了，他说，照他看，还不到能够出徐志摩的时候！人民文学出版社的领导，也放出这样的话来。虽然家家都在叫“突破禁区”，又同样看它是个烫手的山芋。我是南北奔波，最后是有一次碰到巴（金）老（1904—2005），说起此事，他的一句话，帮了大忙，他叫我把稿子交给他侄子，也是过去过继给他的儿子，在四川负责出版的李致，书才印了出来。辛辛苦苦一场，虽然也有“不要从过去的一个极端又走到另一个极端”的话语说在前头，可怎么也没有想到，却会这么快地，恰恰是我不希望的那样，被那些人超速地抢到手，做了、利用了。咱没有圈子，没有关系，在这些圈子和关系面前，只有无奈的悲凄。

“这事是做得对的，无须有什么想法！这个现象，在目前的现实下，也是不可避免，甚至是必然的！改革之中，还有‘多元’，还有求同之中的‘存异’，思想活跃，难免紊乱，有些热衷西化、搞自由化的，过去哪能抓到这样的机会冒‘开放’之名行他们之实!”此话，一针见血。

由此，此后不论编的、写的书，总得首先送他一本，是好是坏，都听他说，真的胜读十年书。可我没想到，他这么一位算是人物的人物，也有我等的麻烦。他叹息了一声，苦恼着搬一个家都这么难，至今还乱糟糟的，安定不下来，否则，定下来之后，他要呼吁办个坚持立场的理论刊物。我想，十年动乱一结束，各种各色的文艺刊物，真如雨后春笋，已经够多的了。

“那么多刊物，还没有你发表文章的地方?”

“既要让人家说人家的，我们也要找地方说我们的嘛！且不说谈思想的，就是唯艺术而艺术的，要和捧歌星肉麻的梦呓放在一起，你看了是个什么感觉!”

这是个理；这是《文艺理论和批评》在想象中将成形的胎盘；这是正直者为人的担当。

他是一位坚持马克思主义的革命者，在市场污浊的资本崇拜前，他这位老革命，也有无法协调于它而难于应对所陌生的关系学之无奈，这又让我看到他是一位不谙世故的书生，是位革命的书生。那几年，我在北京，除去看他，也常常能碰到他。少不了要听到申请办刊哪里受阻，哪里运作不畅的情况，咱们想为此能够出一点力，也使不上力，只能当新闻听。事情办成了，他取的刊名，别人有些意见，问我，我也说它有点“硬邦邦”的，不像刊名，他说：

“我们就是这样直来直去，开门见山，要树立、健全社会主义文艺理论，要全面展开，包括健全我们理论的批评，就叫《文艺理论和批评》!”

他就是这个主意；他就是这样的个性；他编的刊物就该叫《文艺理论

和批评》!

往下，这份刊物，三十年来一直受赠阅，虽然不可能像青少年时期，见本书刊都要从头读到尾，也都要选读一些重点文章，从中获得不少文艺信息，了解到文艺现状的动态，读到别处忽视或轻视的老作家和文学新人，包括陈涌看重的“批评”，从中不仅可以听到理，更可以从他说到的文艺现状的现场事例，获得无比真切、生动的印象。要我说他这《文艺理论……》的“理论”，咱就没有这个水平了。

不过，他听别人传到他耳朵里，讲到丁玲议到中国文艺界只有“两个半理论家”的传闻，那两个，是雪峰、胡风，那半个就是他。当时，我感到以“老太太”倚老，可以这样说她的晚辈，而这“半个”之说，若照有的人所说，是指他年轻，像开国十周年后所说的“四大诗人”和“十小诗人”一样，这“大”“小”完全是年纪之别，并无其他的意思尚可，否则，这“半个”之说，我听得是怪怪的。可陈涌反说，这是“老太太”夸奖他，看得起他。他反而感到，说理论家只有两个，没有周扬，也是不公平的，是丁玲从情绪出发。照他说，周扬有错误，有宗派，可对党的文艺事业，还是做了不少工作，传播党的文艺思想和理论，有他的贡献。新时期，一算起过去的账来，对他是有些冷淡，也不为怪，人间世故，本来就是如此。不过，不管怎么说，车水马龙的人家，陈涌是不登门的，门前冷落的周扬，他是有非去不可的愿望。

此事，在一旁的我，无论说什么话，都不合适。我记得，正是第四次“文代会”前后几天，他和丁玲等不少文化人都住进中组部、文化部招待所，等候完全落实政策再从这里定去向时，陈荒煤主持的“中国鲁迅研究学会”的成立大会，应当是他“复出”所参加的第一个社会活动。第二天发出消息上的与会者名单，竟然没有陈涌的名字，他气愤且颓丧。对此，他没有任何要出头露面的虚荣心，可是难免联系到那二十年被侮辱和被损害的辛酸。

可此时的陈涌还念念不忘周扬，却绝对是真的，是真的真诚。后来，我见他看了卧病的周扬回来，他只说周扬已不认得人，也不会说话，已是一个植物人了。可周扬老婆苏灵扬，一见他就扯着他的衣袖问：“丁玲明明是个叛徒，为什么要替她平反，为什么要替她平反?”他摇着头说“太过分了，像个泼妇”，还说“周扬要是好好的，她也不会这么放肆”，你看，这个人的心地，多善良、宽容啊!

对自己，他可不是这样。时间，我记不清了，横竖是李正忠同志在负责编刊，有次约我去看他时，正忠还带有另一个任务，是社科院文研所的张梦阳有篇《作为鲁迅研究家的陈涌》自然投稿寄到编辑部，按稿件内容、水平，正忠签发是毫无问题的，可是，正忠，他是太了解这位陈涌，一定要请陈涌本人先看下稿子再说。这样一来，不是我去看望陈涌，倒是陪着正忠去谈稿子了。他对正忠说：“对这篇稿子，我没有意见，不论他说好说坏，这年月，人家能把我那些枯燥乏味的论述都仔仔细细地看了，就很难得了，我也不应该再说什么，可是以我同《文艺理论和批评》的关系，它不能在上面发表!”

这份《文艺理论和批评》，是陈涌要它服务于树立、健全社会主义文艺理论，全面展开，包括健全我们理论的批评，不是要它服务陈涌。

后来我才知道，这位张梦阳是农村的，在这之前，他的研究文论曾引起社科院同志的兴趣，他对鲁迅著作的熟悉，可以说到先生的某段话，出自《鲁迅全集》的几卷几页乃至第几行，有这样功力的，在我们的朋友中，还有朱正，不过，他那时已是全国人大代表，境况不像张梦阳。调张梦阳到文研所，陈涌是赞成助力的。可他儿子在天津大学毕业，而且他家有个亲戚在相关部门，儿子希望走这个关系回北京，反遭他严拒。说“分去新疆好了”，弄得儿子多久都不跟他说话。

这，就是陈涌!

他，为人一丝不苟。

他，有位大哥，是位老干部，在广州，电话里会跟他讲一些过去的历史真相、港台和外面的情况，以及外间对我们某些问题的反映，这是他常常深思的话题。所以，我在香港要看到对此于他可参考的书，也就会记住买下带给他。他收到总得问："一块人民币值多少港币呀?"

"问这干啥?"一听这，我就想到不会是什么好事，也故意开开玩笑，"你想倒卖外币呀?"

"呃——我得算好书钱给你寄去呀!"

"为这么几块钱这么折腾，你不嫌累呀?你当你还是小帅哥呀?"

"那怎么办呢?"

"有什么'怎么办'，收到书拿着看就行了，这么点事还会难住你这么大的一位理论家?"

"那我只能当收下你的一份礼了啰!"

"几本小破书也算得上一份礼?"

"我收下这份礼了，别的，我再考虑，收下的礼就是我的了，合适的老同志要读，我就可以借给他们啰……"

以下的话，是不用回答的，不知者，也很难相信这是一位阅历这么丰富的老人，且是一位革命老人之言。他在讲台，学生、听众听他分析中外经典作品中的人物就不能不惊叹他体悟、观察人世之敏锐、独特、丰富，和思考它的思想深度。可是，在这种时候，这种场合，则完全像个小孩子，有俗话说的"返老还童"之态。是颗童心的天真、纯洁，又不仅是相对于小孩子成长起来的成人，而是一位人格与道德、修养所升华于革命者的人之纯粹、高尚。

这位从不索取，乐于奉献者；私下，在个人的生活之间也是这样。

我每次看望他，当然少不了交谈，从中获益，实在多多，欠他的情，也太多。因为他后来住的万寿寺实在太远，又得考虑老人午睡，坐不了多久，他就得拉你去吃饭之难，真的不知道该怎么办才好。而且，这二十来年，我南下同孩子安度残年，几乎没有机会还这个人情。同陈涌除了电话上马拉松式的聊天，偶尔上京，东力总要送我和正忠去看他，他无有一次不办招待。后来，身体欠佳，很好的高干楼，却没有电梯，他又下不了楼，他就要家人又买又炒的，在他书房摆上一大桌，一再劝人多吃海喝，若要表达一点谢意，他就感到你见外，不像阶级兄弟。此种情怀，乃至有时对一些没有往来，之前不熟的人都是这样。这在对《白鹿原》的作者陈忠实上，尤为明显。

一九九八年，请他担任“茅盾文学奖”的评委，对于视力日衰的老人，那么多长篇，有的确实只能翻翻，也有难以负荷之苦。有时看得头昏眼花，都看不清楚书上的字，他也尽力支持。可是，答应下来的事，他绝对不会再说什么。一本《白鹿原》是本争议很大，几次都评了下去的书，这次初评，是又送了上来的大部头，过去否定它的，也承认它内在的文学光彩，一条以“阶级观”所致命的“历史倾向性”问题，弄得有些评委都不好为它说什么。为此，陈涌是放下手头任何其他的事，花了二十多天决心仔细、艰苦地读完它。丁宁是连续几届的评委，她对每次现场争议《白鹿原》的景况颇多感触：“这次算完结了，陈涌的一个精彩发言，算把几家都说服了，评委还是不能光请作家，还是要有理论家，是真格马克思主义的理论家!”她所说“要”的，就是陈涌和陈涌式的人。

之前，很多人都叫陈涌“左派”，对此“左”字，大多还是持中间立场，但戴有色眼镜看它的也不少。我问陈涌，他对《白鹿原》的发言，到底是个怎么样的“精彩”？他告诉我：《白鹿原》确实比当下“炒”作的那些长篇不是高低一点的差距，可也不像某些人说得那样神乎其神。性的描写过多，我们也不是那么保守，谈性色变，作品该写，需要写它时，当然要写，不需要写也去写，甚至想以此吸引读者，趣味就不高了！说它“历史倾向性”有问题的，也过分，无非是它正面写了反面人群。过去，由于诸多的历史原因，把反面人物脸谱化的写作，是不可取的，现实主义地写得更真实、复杂、纷繁、多样一点，也是更“现实主义”的“现实”化，若将诸多的历史原因对此认识的不足而将作品此中的“历史”“现实”的真实误判为“历史倾向性”的问题，实际上是看作品“倾向性”的立场、观点、感情的倾向性将阶级观简单化，乃至庸俗化了。

事过多年，我不敢说我所记忆的字字是否确切，也不知他和我闲聊的，与他在会上“精彩”的，是否有分寸上的出入。总之，《白鹿原》在我们社会的体制下，若没有取得陈涌这样的人和他这种形式的认同，它再发行几百万份，陈忠实说的“一些不大不小的麻烦”也是仍然难免。陈忠实所激动的“有陈涌这句话就行了”的“这句话”，对《白鹿原》真是“至关重要”。由此，陈忠实对陈涌之情，可想而知。有天上午，他在电话里告诉我：陈忠实下午要来，他说“来看我”，是要“感谢我，那就没有必要了，我当了他的书的评委，只能做我该做的事，说我该说的老实的话，一‘感谢’，倒反有些‘额外’了，若是来坐坐，认识认识，当然欢迎哇!”。

这回，他叫有些对“左派”有想法的人，恍然大悟地讲：“左派”是这样讲原则的！为“左派”正了名。

其实，他一辈子都是以一个真正的共产党人的原则为人行事。可惜，天未假年，不然，他会做很多好事，不求索取，只做贡献的好事。前两年，他每段时间，住了院还能回家调养一段时间，但他也预感到来日不多了：“你不要给我寄书了，我的眼睛已经没法看了，本来，我写了不少有关你的片段（其实就是他想好一个题目之后所做的卡片），现在也凑不成文章了，真的对不起你……”

此话怎么能够这样说呢？他帮人做了事，从不接受别人的感谢，反而自责做得不够，没有做好，在他这样的思想境界下，我只有辜负他之所望的愧疚。不想，人生苦短，天不假年，自这之后，他再入院就再也没有回家了，我除了不时请他女儿杨小菲去探视时代我问安，每次想到最后听到他的这句话，是永远的不安。随之不久，他也走了，陈忠实因为有了他的话，他的那本《白鹿原》才了却他原先之所愿，在他死后，将《白鹿原》枕在头下。然而，我这个此刻还走不了的人，浓情、淡酒之兴，是一去不返，不会再有了，我，作为一个编辑，不知能否争取编出多一些的好书，若还能写那么一点东西，不知能否比过去写得稍微好一些，写得稍微多一些，且能用以作一大把纸钱，烧给在天之灵的他？

二〇一六年六月八日端午、诗人节前夕

原载《文艺理论与批评》一八二期（2016年9月24日）

《回顾前行》中国文艺研究院2017年版

《陈涌纪念文集》文化艺术出版社2018年版

话说关露

一

如今，文学圈内，老一辈的，一个一个地走了，能够知道关露（1907—1982）的，已经不会多了，往后几代人，就更难说了；可是，无论从人品还是文品，她，不仅不该忘记，还是非常值得人敬重的女作家，是一位好同志。她的经历，不在于她个人，应该是新文学史上的一段传奇。

她，多才多艺。早在二十世纪二十年代末，以其本名“胡寿楣”之称，在南京中央大学攻读哲学时，就已经开始发表作品，与欧阳山（1908—2000）、张天翼（1906—1985）成了同学，他们热衷文学，参与“幼稚社”和《幼稚》周刊的活动，并转到文学系。

日军侵华的“一·二八”上海事变，现场激起她的义愤和勇敢，立即就上街张贴抗日标语，上闸北前线慰劳抗日战士，为伤病员医疗、生活募捐……凭她在这风云突变、民族存亡的斗争之中的爱国热忱，正如战争年代沙场的勇士火线入党，她加入了共产党，积极参加工人、学生运动，加入了“左翼作家联盟”。

这位叫“关露”的女作家，在此前后，除了长、短篇小说与散文，笔下诗之新体、旧体是左右开弓，不仅译过欧美，包括巴尔扎克等人的名篇，她还懂俄文，译过高尔基、马雅可夫斯基的，译过普希金的经典长诗《巴赫奇萨拉的喷泉》，还将瞿秋白（1899—1935）未能译完普希金的《茨冈》，补译成一个全本，献给读者。她的杂文，深议时政和社会问题，文艺评论，是从中外文学到她热衷的戏剧。她拜访梅兰芳（1894—1961），且特热情地点赞了程砚秋（1904—1958），对那位当年并不当红的电影演员（明星）陆露明，也以她独特的眼光予以评说。她也玩票，演话剧。她喜欢闻名于世的美国舞蹈大师邓肯（I. Duncan，1877—1927）的表演、编导、教育及其先驱的现代舞之理念，也译了大部头的《邓肯传》。如此一位的“左联”盟员，且是积极参与其活动者，就不能不卷入此中可能既非贴近个人的，又是排除不开个人的，涉及极广的是非。

“左联”为它公开的“左翼”，也就不能不受国际上左翼革命的旗帜之影响。一九三二年，苏联取消那以错误倾向成为苏联文学阻力的“拉普”，翌年成立了统一的“苏维埃作家协会”。一九三五年，共产国际第七次代表大会之后，王明（1904—1974）搬用当年苏联的那套，一再逼迫当时“左联”在苏联驻“国际作家联盟”的代表萧三（1896—1983）写信回上海，提出解散“左联”。萧三去请示和王明一道住在柳克斯旅馆的康生（1898—1975），他是中共驻国际的代表，他说：“‘左联’也的确太‘左’，加以搞关门主义，常常把党的决议作为自己的宣言发表。”康生随后又和萧三详谈国内统一战线所取得的成果，由此被说服的萧三，就在十一月八日写信回国，由鲁迅转“左联”。

当年，上海左翼文化运动，此中党内的主要负责人，实为周扬、夏衍等主持，以他们对当时具有很高威望的共产国际的信任，也积极配合，由此“左联”也自动解散。随之，又成立了鲁迅被“即刻从天外飞来似的加我以‘破坏统一战线’的罪名。这首先就使我暂不加入，且扬起了‘国防文学’的旗帜的‘文艺家协会’”。一九四三年，延安整风批判王明路线，毛泽东主席为此对萧三说：“啊，是你写的信呀！那就是要和解散共产党差不多，那就和‘中联’‘右联’一起搞喏!”又说“反帝而没有无产阶级领导，那就反帝也不会有了。”当年，“九一八”抗战兴起的大上海，“左联”这点事，不会有什么风浪，可是，从路线高度，毛主席从“左联”推演到“中联”“右联”之语，不可等闲。

可是，毛主席的这番话，鲁迅先生一九三六年在《答徐懋庸并关于抗日统一战线问题》中也都说到了。这一点，萧三生前同我说到它时，感触是特别又特别地深，鲁迅先生提出“民族革命战争的大众文学的口号，作为对左翼作家的要求和对其他作家的希望”，也不触犯谁，可是围绕它和“国防文学”这两个口号争论的激烈、尖锐，也不为怪。争论，你有理讲理嘛，哪能由自己为中心，顺者昌，逆者亡，竟可以“轻易地诬陷别人”包括鲁迅，“为‘内奸’，为‘反革命’，为‘托派’，以至为‘汉奸’”呢?虽然争论是没有好话说的，可这样，也太过分了。为此，鲁迅先生“甚至怀疑过他们是否系敌人所派遣”，才说那些“表面上扮着‘革命’的面孔”者，是否主观就是“巧妙地格杀革命的民族的力量，不顾革命大众的利益”者，先生也说：“我决不愿来断定他们是什么人，但倘使他们真的志在革命与民族，而不过心术的不正当，观念的不正确，方式的蠢笨，那我就以为他们实有自行改正一下的必要。”往下，也不需要再争下去了。

过来人萧三，对此可以无限感叹，然而，当时，关露作为一个新的党员，不当家，手无权，一名“左联”普通的成员，哪管得了这些事。可“文艺家协会”，虽然张罗得颇有声势，却无有出于教训的自觉，一切照旧，原先那班人马，换个牌子也解决不了问题，并未获得预期的效果。可关露的加入，参与活动，并支持“号召各阶层、各派别的作家参加抗日民族统一战线，努力创作抗日救亡的文艺作品”，且对提出“国防文学”的口号之周扬的支持，同样自然。最初，她还不能明白鲁迅先生可以“在‘国防’的旗帜之下联合”，却无法接受“国防文学”的本义。先生文字表达的明确，也不容，或疏忽于对它不明确的解读。先生精准的文字表述中，同样的“国防”二字，概念前后截然相反，对它岂容游戏态度？先生对“文艺家协会”和“国防文学”的情绪，并非笼统地反对它，而是反感推行它者，唯我独尊，颇似之后的“唯我独革”并以它排斥非一己之异的言行。可是，既不换汤，也未换药地仍在搞他的那一套。对于并未知其害的关露，这一切似乎也没有怎么影响到她。但她写出的《勇敢的军队——八百人》，以一九三七年“八一三”淞沪抗战，十九路军的蔡廷锴（1892—1968）部的五二四团的团副谢晋元（1905—1941）在守军奉命撤退时，十月二十六日，他率第一营坚守苏州河北岸的四行仓库，在他指挥下，八百勇士，内缺弹药，外无援兵，浴血奋战四昼夜，重创、毙敌二百余人，十月三十一日，奉命退出，至租界，驻扎在沪西的一块空地上，组织生产，准备随时重上战场，时人称之“孤军营”。

这一英雄事迹，过来人都不会忘记，在当年，连小学一年级的幼童都熟知，并加以传颂，它给人以抗战的信心和希望，国人为之骄傲。连致力“纯音乐”的黄自（1904—1938）都写出“中国不会亡，中国不会亡，你看那民族英雄谢团长……”，它也是其时大人、小孩，大街、小巷都在传唱或齐颂的，是最为时兴的歌曲。关露，从“一·二八”到“八一三”，这几年间，她以一以贯之的义愤和热情，这次又加上对英雄的敬仰所歌唱的八百壮士，和她的《保卫大上海》等篇章一样，也为它的“国防”所紧贴的，是时事，不是生活的审美，虽然不乏实时反映出来的现场共鸣，但与此事已经深入全民之心的实效看，还不能不承认，这当中还有不小的差距。不说失败，怕也不能说成功。歌曲的创作，有时为音乐语言的曲调和节奏之和谐唱火的歌曲，往往音乐的成功是在歌词之上，这几乎可以视为一种常态，但也不能把话说绝。曹雪芹《红楼梦》里的《葬花词》，不知有多少人，还不缺名家为它谱的曲，我不敢说不好，可是唱起来，总没有读原诗有味，无法取得广泛的认同。同样，这也不是常态，也不能把话说绝。《中国不会亡》不仅高呼“情愿死，不投降”的军人决死的呐喊，随着“我们的旗帜飘（儿）荡”的一而再，再而三地反复“飘荡”“飘荡”，又欣喜于它在那“飘荡”之中抒发勇士那份决战的从容和胜利的自信，其民心融合于艺术的美学，很有影响。

这里，丝毫无有将它再“炒”作一番的意思，这首歌词也不可能成为文学的经典。但它绝对是一个有趣的、值得研究的文艺现象。在同一个时段，写了同样的题材的，不同文艺形式的作品中，其中的作者之一，同时同地，在同一条件下，反思自己的作品与别人的作品的现场影响之差距，不仅正常，也是一位严肃的作家对自己的负责。为此，关露她所看到的，鲁迅认为可以为“旗帜”，却不可以将它奉为单一的“国防”之“国防文学”，在她落笔唯“国防”时，笔下所贴近的，是时事，不是世事和生活于文艺的审美。在这样抗日的烽火燃烧人民炽烈的心火之中，哪个作家也不相信此时执笔言此可以不沾政治；于此为艺术者，若不能将作品的价值铸为政治与艺术的一体；那么，政治则是审美之外的附加品，艺术又是政治之外的多余。此外，若是谁对此兴趣不减，那么，他也就可以将二者分解为两个课题去说，绝对无法将文艺作品作为一个完整的生命体来论。

本来，这是一个属于文艺基本常识范围之内的事，对于科班出身，且有一定创作实践经验的作家来说，完全是一个不是问题的问题。可是，关露，从她一开始激起于民族的、爱国的抗战之情，也由于她所确实视其为旗帜的“国防”之中，也就自然以此为导向跟着走了。她，忘了，也是其时她所在的境遇之中所不可能去想鲁迅“作家在‘抗日’的旗帜，或者在‘国防’的旗帜之下联合起来；不能说作家在‘国防文学’的口号下联合起来”之要害。事后的感悟，对于不说失败，也是未能成功于《勇敢的军队——八百人》之类的一批写作之痛，也就“痛”在它有违一个作家所以谓之作家所系于写作之真诚的苦。这样，为其要害之“痛”的悟与悔，也很明确、彻底。为此，她和之前的自己告别了，也和那些旧时的“国防”之“同志”分手了。这，自然也没有，也无须像某些后来的人，以某种形式之言，以示“革命”和“英雄”的“划清界限”。说不到一块的，各走各的也就是了。不过，她也一再表明：伙在那一档人中，她从来没有骂过鲁迅，可是，她始终感到愧疚的是，伙在那一档人中，她也没有对鲁迅应有的尊重，有时看到不成话的烂事，她既未伙同乱来乱说，也从未公开站出来维护过鲁迅。此中，可能有些咱们不可知的境况，也不排斥出于世故和人性的弱点。但鲁迅先生一九三六年十月十九日去世，停灵万安殡仪馆三日，前去瞻仰遗容者，从早到晚，络绎不绝。她在其中，没有，也无须有人认出她是谁来。和这一行列中的大多数人一样，她也同样有份对先生道德和人格的敬仰。但，作为一名为文者，她未尊先生之教，失落于自己所为之的文，感到茫然和一无所有，又使她在此中，又有一份不同于左右的沉痛之沉重。她在悼念先生，同时也在悼念自己原本可以留有的，却失去了的文学。三日后，十月二十二日下午，先生移灵万安公墓，她又走进了送葬的队伍。同样，她在其中，没有，也无须有人认出她是谁来。滚滚的人流，在哀痛的气氛中，又是强有力的奔腾。从两侧的人行道上，不断有人涌进到队伍中来，却没有一个是她之前的那一时段合伙的“同志”，这倒使她有从他们之中走出来了的欣慰。那几天，都盛传先生临终时想到他此生“我的怨敌可谓多矣”时，而有“让他们怨恨去，我也一个都不宽恕”的遗言，关露自知，她绝无任何可与先生致成“怨敌”之所为，在中国传统的辈分观上，她这么一只“小蚂蚱”，还不够格去攀附先生的那些是非，可她，也是不可“宽恕”的吗？这可是她放不下的心结！

二

这位在送葬的队伍中，没有，也无须有人认出她是谁来的关露，同样，也没有人可以知道此时她所不同于他人之所想。这也是此中的一则传奇，是中国新文学在二十世纪三十年代的思想形态的巨浪中的一翼微波。

此中，我认识的关露，能够同她面对面谈话，已经很晚很晚，可是知道她，又是很早很早。现在，专写她的传记，已不止一部了，零散的文章，不计其数，可是，没有一处说到她与中国作家协会的关系。当年，二十世纪五十年代，开国之初，我自己也还是一个未成年，说是孩子，不一定合适，其实也只是一个大孩子吧，还弄不清许多复杂的关系中的关系。有一处提到关露的好友李纳（1920—2019），她是我叫“大表哥”的美术家朱丹夫人。这位活到百岁的老一辈的女作家，解放战争时期，美国进步文学期刊《群众与主流》介绍中国解放区文艺时，首推的就是李纳和她的小说《煤》，也是当时文坛并不寂寞的人物。若关露跟作家协会没有关系，关露又怎么会跟她在同一个党支部，这就不是我能说得清楚的事了。好像是关露去到的新单位，还没有成立党支部，她就将组织关系暂寄“作协”。李纳在党支部，还是支部委员，当关露还没有分到房子，先是住在碧野（1916—2008）家，后来用补发的工资，她才在北京郊外的香山，买了一个有三间房的小院。

她，由于过去长期生活在表面奢华的地下工作，而到这山野的乡居，几乎是回归自然的隐居。她定居香山，而且身体不好，支部过组织生活，她既不能进城上东总布胡同，大家也不可能全部将就她都往香山去，特殊情况只好特殊处理。在这个支部里，像李纳这样“三八式”的老延安，已经是很够资格的了，可关露是一九〇七年出生，一九三二年入党的党员，是年龄更大，党龄更长，健康状况，也是在艰难的革命斗争中所落下不少病痛的老同志。从党的同志关系讲，无论谁都该考虑到这些具体问题。所以，党小组的每一次的会议后，当时还年轻的李纳，则必得上香山，将组织生活的情况，和她沟通，她有什么想说和要求的，李纳则在下一次组织生活中代为传达，诸如交党费等事务，也全交李纳办理。在那个年代里，人与人之间，就是这样一种关系，按正理讲，党内的同志关系是应该超过世俗的朋友关系，这样说，李纳是她的“好友”，不假。何况，当年上香山，可不是一件简单的事，若是搭马车去，还是很费事且耗时的，在香山，也得休息、吃饭，同样得耗去不少时间。两个人在一起，仅仅谈一些组织生活的情况，也用不了那么多时间，自然还会有些个人的话题。虽然几十年后我也听到关露亲口给我讲过“国防文学”和鲁迅等事宜，几十年前我也听李纳转述过同样的故事，想来这是她一个难以释怀的心结，或是在圈内同道面前，愿以此为她文学的表白。

不过，我还确实是在北京西单舍饭寺十二号“中央电影局电影剧本创作所”见过关露，可是，打过照面，没有说过话。那年月，这种大单位，谁跟谁也不一定会在一个办公室同事，或有工作上的往来。可在一个大院里，多见几面，也就熟了，什么时候他见你拎多、背重、提不动，准会走过来搭把手，给分担一点。可是，关露出现了，等她走了过去，准会有人指着她的背影说悄悄话：“这就是关露了!”那一身布衫，一个中年妇女再平常不过的形象，我也不知道，是在一种什么状况下，连着她名字都罩上一层神秘的色彩。既然对她有一种神秘感，背后也就少不了有神秘的议论。当明白了抗战时她在上海打入敌伪的地下工作经历，就不需要再多说一些什么了。不知其所以的空白之空间，就是什么都可以去想象的天地。

这“电影剧本创作所”之所在，说是过去的旅馆，咱也不知旧时北方的旅店是个啥样子。一进门，里屋的顶架特高，像是一个大堂，右侧两米来高的上面，又是个一条直溜的，整齐划一地搭了一排像军营的营房似的单间房，这些编剧的名家，在这里像排好队似的，一人一间。我都不知道感到的是它的气派，还是显得窝囊。我认识里面的一位并不是编剧，是编辑的田庄，我们年龄相近，谈得来。在此，自然来稿，少到几乎没有，这么多名气不小的编剧，一两年也没有拿出一个剧本，甚至是一个提纲的，也多的是。他在这个位置上，其乐无穷。像我这样边地来的，没有见过世面者，有他带我认识北京，真是修来的缘分。还有，文艺人，少不了谈文艺时，他对京城文艺之人之事，滚瓜烂熟。我真为他有那么多可谈的高兴，更是羡慕他肚里有货色，有水平，到底是京城的干部。不过，“反右”前，还不见事后证明是艺术创造的，说他是吴祖光“小家族”成员之事，则一无所知。不过，看他人脉之广，绝非一般，还可能确实与那所谓的“小家族”有关。但是说到关露，他也同样只会在关露走过去后，指着她的背影说悄悄话：“这就是关露！”别的，也不知所以。不过，他从旧时报刊剪下一张关露的照片，浓妆艳抹，花枝招展，由此，我想得到，当年她出入那些豪门巨富的酒宴、舞会、红灯、绿酒之间，施展她的才艺在江湖周旋的派头。她那身打扮，在红尘滚滚之中，是滚滚红尘。她那双高跟鞋叩在高档地砖的轻响，经常出入极司菲尔路76号——日本帝国主义扶持大汉奸汪精卫（1883—1944）在南京成立的傀儡政权，伪中华民国政府的特工总部者，和眼前这位中年的解放干部，判若两人。我听田庄说，平日，她也很少跟人说话、往来。像田庄这样，是向她传达精神、散发文件的一位工作上唯一的直接联系人，她也只是点个头，“嗯”或“哈”地哼一声，没有一句话说。整天就闷在那些光线不好，白天也开着的台灯下，谁也不知道她在干什么。我记得她为影片《十字街头》写的《春天里》——

春天里来百花香，
郎里格，郎里格，郎里格郎，
和暖的太阳在天空照，
照到了我的破衣裳，
郎里格郎，郎里格郎，
穿过了大街小巷，
为了吃呀，为了穿，昼夜都要忙，
郎里格郎，郎里格郎，
没有钱也得吃碗饭，也得住间房，
哪怕那老板娘，做那个怪模样……

这是影片中一群年轻的失业者唱的歌，照到当年左翼作家一般的行文，常常是愤怒和沉痛于社会黑暗的控诉和反抗，这里，却是以毫无所谓的嬉笑，坦荡无忌地蔑视现有秩序的歌唱。通常二房东催租所催逼得的窘境和无奈，一声“哪怕那老板娘，做那个怪模样”倒反成了反讽。之后的“不用悲，不用伤，人生好比上战场”的慷慨激昂，才唱出人们的奋发和自信。此词经过贺绿汀谱曲，是没的说的，人生奋进的欢快，唱遍了大江南北。影片中另一首刘雪庵（1905—1985）词曲的《思故乡》，以抗战中的乡愁，深沉于忧郁的艺术，是当年许多音乐会上选唱的曲目，但在群众之中却唱不过它。三四十年代进入中国最红的影星之列的赵丹（1915—1980）、白杨（1920—1996）是以它初上银幕，一举唱红了，演火了他们俩的。赵丹临终，已是中国现代电影界的一位名声显赫的表演艺术家，四十多年后，口里还是不停地反复唱着“春天里来百花香……”向人世告别。在这里，这样说，并非将它炒成文学经典，只是为它曾感染过我们几代人的那种自信、乐观的热烈，和后来看到同此很不相称的关露，总感到这当中还会有些什么事儿的感叹。人生就是人生，哪有单一的悲欢。

本来，“电影剧本创作所”那一排一长溜的编剧们的房间，没有离婚前的孔厥（1914—1966）和袁静（1914—1999），他俩合著的《新儿女英雄传》，不是一般的畅销，是几十万又几十万地加印，版税已不是买几个四合院可以花掉的，分的这间房，除了公务之用，哪能搬进来住？海默，他老婆生了孩子，两边只有一道隔板的隔墙，相互影响，干扰太大，想住在里边也不行，凡此等等，平日房里有人的就不多。那时，法定一周休息一天，到了星期六晚上，对于无处可去的人，自然多了一分乡愁，多了一分寂寞。听田庄讲，这样的晚上，家人团圆观念之浓浓的晚上，常常会听到关露呼唤“井岩盾——井岩盾——”，寂寥的夜晚，尖细的声音，抛在空旷的大堂，听得人很不自在。

关于井岩盾（1920—1964）这个人，我知道。说知道，也只是先后看过他在报刊发表的几首短诗，还当他跟咱一样，是一个“文学青年”。我，二十出头，刚出道，不知天高地厚，哪知对他那些诗乱评了几句，却马上被我当时借调来的单位的顶头上司——冯牧（1919—1995）部长开“训”，显出他平日少见的严肃：“年纪轻轻，才发表了一点东西，就狂妄起来！井岩盾是经过考验的老干部，是我在‘鲁艺’的同学，在敌后干过县委书记，做过陶铸（1908—1969）的秘书！”这些话压下来，就是不让人开口。为此，我倒反而不服，我本来就是就诗说诗嘛，若不以诗论诗，要以官场地位、资历论诗，则未必在理。咱是在这个社会成长的人，丝毫也不敢否认一个人经历中的革命和政治，同样也不能由作者的资历来定诗的优劣。咱，还恰恰是从这一点，不乏受马克思等革命导师所教导的影响，倒反有些反感庸俗社会学的自觉，看他写的没有什么内容，花花草草的，才敢那么“狂妄”。后来，出差北京，附有看望在京住院的部长之任务，竟然在那儿见到井岩盾。他，瘦瘦的个头，精干、机智，还像个在校的大学生。看起来，不是小一岁，是比冯牧年轻多了。听冯牧同他谈“个人问题”，才知道他还单身独居。本来，四十岁以下，都算青年，可这样三十几岁的老干部，“个人问题”没有解决，按照过去的惯例，组织上都会出面调理的。不过，进城了，新参加工作的那些小女生、洋学生，也是少经世故，“组织”出面介绍，一般都会认同，三天两头就结婚了。完全没有文学中男女的浪漫，像是履行人生必经的一个过程的形式。进城了，女学生也不稀奇了，“个人问题”可以自己解决。可是，也不知道是他看不上人家，还是人家看不上他，问题也就只能那么搁着。为此，我想起他写的那些花花草草，也不知此中是否有他的所寄？不过，那样的诗，看来他也难以为继，专业的体制也要改革，要学苏联，作家得自给，就是得靠稿费过日子，有大的计划、需要长时间创作，一时无有收入者，可向作家协会贷款和申请补助。此事，说难也不难。今天，人们最犯难的，买房子的问题，那时就没有这个问题，大家住的，都是分下来的房。食堂包伙，好的十来块，便宜的才七八块钱一个月。稿费最低的，千字也有十几块，不是太懒，或是完全无缘、无天分于文字，吃饭也不是难题。不过，比起老延安高干的铁饭碗，一年发不了几首短诗的“专业”，收入自然没有那么稳当。虽说那是零失业的年代，可是在这个体制下，一位老延安的老干部，不仅不能不管，还得大管特管，哪用操心吃、穿、住、行？可是，待在这个“电影剧本创作所”，就是另外一回事了。为此，他是否愿意、安心写电影，有没有考虑他习惯的分行抒写能否跃入到讲故事、设计戏剧冲突和蒙太奇的转换呢？这就不好说了。

不过，周末，关露那么唤他，首先自然是此时此地只有他们两个人在这里这样待着，不说孤零，也是单人自在的现实。关露是有爱人的，不论什么原因，分手了，各自东西，只能各管各的。那时节，年轻的求偶不成，自有波折，关露她的家事，对外人，自然是秘密。人生的故事，总是悲欢交集。这在别人回家或投亲的周末，他们本来可以和应该有家的，却得这样独度，从人情上讲，坐到一起，从家常到两个人怎么过日子，都是有话可说的。尤其是两个人都写诗，从唐诗宋词，到现代抗战的号角，而且，还懂俄文的关露，译过苏联的高尔基、马雅可夫斯基的诗，旧俄普希金的经典长诗。而且，关露她是“中国诗人协会”创会成员，一九三六年，她对当年诗运，有纵论指点，次年，她和王亚平（1905—1983）在日机滥炸、地上反击之时，在一个俄国餐厅吃午饭，商议要创办一个诗刊，走到郭沫若的餐桌前，请他题一个“不要文的，要有火药味的”刊名，郭老就指着窗外轰轰的炮声说了一声“就叫《高射炮》吧”之《高射炮》的操作，也参加过少时所爱诗的翻译，同她认识的翻译家朱维基（1904—1971）等人，于其时的“行列社”和《行列》诗刊的热闹，对于驰骋诗坛的关露，都该是消逝不了的记忆，永远的欢快。

写诗的人，转换到写电影剧本来，各种具体问题，是少不了的，需要有些交流，都很正常。可关露同井岩盾相差十几岁，从同志的姐弟关系，从相同于革命的一致，又相异于斗争丰富多样的传奇，也是那一辈人永远都说不完的话题。说它，还难免少不了，老在重复地说它，说到动情处，此时在家团圆的同事，也未必比他们同志加同于诗之情，更温暖和幸福。

至此，我要说到白桦（1930—2019）了。他“触”了“电”，写的电影剧本《山间铃响马帮来》被通过，上京作开拍前的修改，也进了舍饭寺。我们是同一个部队的，他是专业作家，名气也大，见了我们这些业余作者，还不忘我们阶级兄弟的感情，也谈得来，有时还请个客，有他的气派。他住进舍饭寺，边地人初进京，还不会广泛交际。周末晚上听到那呼唤“井岩盾——”之声，既不知所以，也不便探问。他这住在所里的客房，还恰恰与关露隔邻。同样，也无交往。有一次，两个人碰巧碰到了恰恰分别从两侧的梯子几乎一同走到中间各自的房门口，钥匙插进锁孔还没有推门时，那边的人朝这头一望，出人意料地，有一声轻快的“小白桦”，它不是呼“井岩盾”那种尖细的声音，还有长声的拖腔。而且，这一“小白桦”的“小”字，也有来历。当时，不仅画界，各个大区还没有撤销之前，光是西南区的戏剧界，就不止一个同名的却又不同姓的“白桦”。他们都是老一代的艺术家，故称“老白桦”。在“小”的风头一时之盛时，“老”的常被误为“小”的之尴尬，使这些“老”的先后在原姓下也用回原名了。于是，这一声“小白桦”的“小”字，是叫得很考究的。之前，她显然为这大院里增加这么一个陌生的面孔有所惊异，并作了一些探问和调查，才叫得出这么一声来的。她比白桦整整大了二十多岁，是他父母辈的人，也就不同于她唤“井岩盾”，还有一分长者对晚辈的亲昵。她再看着，说她没有想到他是这么“年轻”者，既有长者为见晚辈的安慰，恐怕也会想到自己也曾这样地“年轻”过。青春不再，人生易老，除了长叹，又能奈何。她有份难得的坦率：“我能谈什么呢？我的柴、米、油、盐、酱、醋、茶？我的家，我的儿女？没有，没有。但我不甘寂寞，我希望有人经常向我随便讲点什么，家庭生活呀，社会新闻呀，人们为什么吵架，为什么怄气，为什么笑，为什么哭。”她是“不能没有人交谈”的啊。那时，白桦还不乏孩子气，他笔下的文采，先是出自他的口才，讲边地山水、多民族的民风异俗、军民联防、痛击残匪等等，描绘得关露如入其境。白桦有篇随笔，写到他们的谈话，自然比我的转述精确。

……总想试图去探索她最敏感、最神秘的过去。

“关露同去！应该说，您又回到电影界来了。”

“不！我过去也没有做过电影。人们一见到我就想起《十字街头》里的那首歌词‘春天里来百花香’，那是偶一为之的玩票。我没有写过电影剧本。”

“现在可以写呀，您的经历这么丰富和神奇。可以写一部很精彩的电影。”

她脸上的肌肉连连抽动了几下，像笑，又像哭：

“年轻同志！你知道党的纪律吗？铁的纪律里有一条是‘保密’，面对党的机密，我没有自己，我的爱，我的恨，我的青春，我失去的和我得到的，我的诗，我的梦，包括我想告诉你和你想听的故事，都在一个警卫森严的保密室里，那里有许多带锁的抽屉，其中有一个抽屉躺着一个厚厚的档案袋，档案袋上，右上角写着‘绝密’两个字，中间写着一个大大的名字——关露，我在那只袋袋里，至于什么时候打开那个袋袋，让我回到我自己的躯壳里来，我也无法知道……”

看来，从她那里听到我想听到的神秘故事是不可能了，因为她压根就不会讲出来，这是党性。整个房间像死一样寂静，整个楼屋，也像死一样寂静。

当年，白桦感到那种“像死一样寂静”，现在想到它，仍在身边。几十年过去，白桦，我，都还活着，当年我们才二十出头，现在也八九十岁了。过来人，不仅当事，可以为史见证，同时，我们同为任何一位从黑暗的残暴统治下活过来者之一，也都是历史伟绩的见证。可年少时，想象关露的故事之神秘，如今在这寂静中，已由神秘而神圣，信仰的圣洁，以及为信仰做出一切牺牲者的英勇雄伟，也在这“寂静”中肃穆、压严、伟大而不朽！

三

这样的同志，除了敬佩，还有什么好说的呢？

革命胜利了，胜利的总结，首先归功于党所领导下的武装斗争及地下斗争的两大战线。明枪明炮的斗争结束了，沙场归来的将士，敬奉的胜利果实，受之无愧。走出地下的同志，地下的阴影，不是都可以随他走在阳光下而随之能完全消失的。有些丰功的光芒，很可能是要澄清历史的疑点，执政者为了保证组织的纯洁和安全，对黑暗岁月的白色恐怖于黑暗中所看不清的史况，重新查看一遍，不论以何种方式和手段，都是天经地义的，可也不能成为某些简单、粗暴化的借口。

一九五五年六月中旬，有一天见田庄，他紧张、慌忙地告诉我：来了几个警察，他们把关露“逮捕”走了。

“逮捕”二字，听来不说恐怖，也总是不愉快的，总得是犯了法的事。不过，十年动乱，周恩来总理怕有些老同志被无法无天的“小将”伤害，用“逮捕”将他们保护起来，也是中国特色的政治。可在正常情况下，进行的政治审查，就是政治审查，无有证据，只是嫌疑，若先将人逮起来，总不正常。

后来，田庄说得细致了一点：早上（一九五五年五月四日），大家从饭厅吃了早点出来，公安人员迎了上去问了一声“你是关露吗？”她从一种意外的疑惑中做了肯定的答复后，对方出示了正规的逮捕证，说：“你被捕了!”于原有的意外中，她在冲击性的被动中也为之冲击:“我有什么问题?”职业性所无所情绪者，噘噘嘴巴:“到了那里你就明白了!”她镇定下来，一种见惯不怪，镇定的成熟，倒似等闲，得到允许，进房取了一点洗漱的用品，还抓了一条纱巾搭在肩头，像要出游一样。当警方给她卡上手铐，她也顺手扯下那条纱巾，盖在胸口下有了手铐的双手上。这时，院里的人闻讯都赶了过来，警方见此，催她快走，她更是坦然自若，在众人的目送下，那双盖着纱巾的手，像许多知识妇女的常态，握在前胸下。在走出大门并不长的一段路程，她从容自如地往前一步一步，到登上囚车……那块纱巾，那双手，给目睹者都留下永远不忘的印象。田庄对此反反复复地讲。人们更多的是感动她此时此地于此自持的自尊，不愿别人看到这副手铐，为她沦为阶下囚而失颜。

对此，有多种文字版本，我不知道各自的根据是什么，即便都是目击者，我还是选择我那平日忠厚、诚挚的朋友所述及此时此地的亲闻目睹，即便他的记忆也有稍许出入。有个版本说她对警方人士说:“我的历史是清白的!”是自知光荣潜入敌阵，敌我混淆中，是无权不让人对一些繁杂之处看作疑点。

当我想到她从容自如地往前一步一步，到登上囚车，绝对是不乏英雄气概的。说她怕“失颜”，她不是说了“面对党的机密，我没有自己”吗?一位只求奉献，从无索取的革命者，她是不计个人之“颜”的。她后来的步伐，不同样是她所继自己之前的英雄事业（是事业，包括个人又绝非仅于个人），雄伟气壮、顶天立地、气吞山河吗?

这就是革命自身之本来面目!

别的，无须多说。

一九五五年六月十五日，关露受潘汉年（1906—1977）一案株连，被捕。潘汉年，可不是一个简单的人物。早在一九二六年前后，他既在中华书局编《小朋友》，又参加“创造社”，同周全平（1902—1983）、叶灵凤

(1905—1975)、柯仲平（1902—1964），为人所称之的“创造小伙计”，尽显风光。一九三一年五月五日，《文学导报》又发布过周全平、叶灵凤背叛“左联”的情况，及开除“左联”的通告。这就不知道它又是文坛怎样的一出历史公案，今日该怎么论是非了。不过，当年潘汉年同“小伙计”的活动，肯定不同凡响。潘汉年除了《洪水》的编辑和发行，并率先发起，同叶灵凤合作，先后忙于《幻洲》和《A11》的创办、写稿、编辑、发行，基本是由他一个人包办，为自己呐喊和苦斗争得阵地。据一份《潘汉年传略》说道，“创造社出版部被查禁，和叶灵凤等四职员被捕事件”中，潘汉年为营救被捕伙伴和恢复出版部的营业做出了极大的努力。“在他的积极奔走和中共领导的外围组织‘中国济难会’，以及郑振铎（1898—1958）、高梦旦（1870—1936）的支持帮助下，被捕者很快获释，出版部也迅速解禁。潘汉年在此一事件之中的坚决态度及其出色的活动能力，为人注目。”

潘汉年入了党，北伐军需要宣传干部，郭沫若邀他加入，为《革命军日报》总编、国民革命军总政治部宣传科长。部队东进上海，他亲身经历了蒋介石策划大规模屠杀的“四一二”反革命政变。一九三〇年前后，曾任左翼文化总同盟中共党组书记，写过不少有其个性和特色的小说，如《法律与面包》《离婚》《牺牲者》《浑沌中》《她和他》等，这位左翼文学家，他的文艺领导和组织领导的开拓性工作和功绩，很容易让人将他的文学创作放到了一边去，忽视了他于此中的作为。尤其成了职业革命家，他一九三一年调入“特科”，参加领导工作，转入到隐蔽战线、统战等工作，和文艺界的关系，自然没有之前密切。不过，他统战的才能，在搞文学时，也有很显著的表现。跟他长期合作的叶灵凤，在新文学运动中是颇受争议的人物，曾称之为“第三种人”。他们合编的《幻洲》半月刊，内容就分上下两部，上部称《象牙之塔》，由叶灵凤负责，下部叫《十字街头》，是潘汉年编。“象牙塔”，是文化界的左翼一直视为布尔乔亚的文化沙龙，是革命文艺的逆流，是极力批判的负面现象。此时，潘汉年虽然还没入党，他的进步、左翼的走向，是看得很清楚的。表面上，潘汉年对“象牙塔”并无异见，实则，他仍循左翼之见，以其莫大的自信，将《象牙之塔》与《十字街头》并列一起，由读者选择，在那种特殊的历史条件下，它肯定比简单化的呼口号搞批判好。同样，在“五四”前后那种特殊的历史条件下，潘汉年为新文化运动之中的“平民文学”所努力的影响，不可低估，他颇为自觉的那份莫大的自信，有其根由；潘汉年后来之职、之权，同样有其渊源。

一九三九年十一月，关露收到八路军办事处转来重庆叶剑英（1897—1986）的电报，要她上香港找“小廖”，她按布置去到了香港，那位俗称“小廖”的廖承志（1908—1983）和潘汉年一道到香港饭店见她，派她到汪伪汉奸特务头目李士群身边去担任联络工作，利用李士群在敌伪内部的矛盾，进行有限度的争取分化工作。此时，此地，交下任务，只能接受，不容讨价。潘汉年嘱咐：“千万要注意，你在那儿只能用耳朵和眼睛，不要用嘴巴。”又说：“今后要有人说你是汉奸了，你可不能辩护。要是辩护，就糟了。”从此，她在潘汉年直接、单线领导下，只用耳朵和眼睛完成交下的每一项任务。并遵照“不要放过这个机会”的精神，进入日本驻蒋介石当局的大使馆和“海军报导部”合办的《女声》。在日本人的社长、中文名“左俊芝”的田村俊子之下，她是三个中国编辑之中编小说、剧评、杂谈专栏的一个。她奋力写文章，以“不谈政治”谈恋爱、家庭、风花雪月，以代“大东亚共荣”的政治，这，自然是另一种“政治”。一九四三年八月，获得组织允许，她代表《女声》上东京参加“大东亚文学者代表大会”，指定发言的题目就是《大东亚共荣》，她向领队提出：“请你告诉日本人，我是搞文学的，现在是妇女刊物的代表，不懂政治，这个题目我不会讲。如果一定要我讲话，我自己想个题目。”她也以《中日妇女文化之交流》闯过了这一关。然而，关露此次的东京之行，可谓十分风光，白桦当时在敌占区，才十二岁，都看熟了她此行的，即使不是上面的那张照片，也是类似以浓妆艳抹的风姿之展示。二十多年后，白桦见了真人之前，就以此认准了她。此照之如此风光，当然，媒体，更是旧式媒体之所以是媒体，无法责怪它要将其所报道的，尽量扩大、渲染、夸大、张扬出去，以取得最大效果的商业运行。这在当时，不论是否自觉或意识到，这对掩护她的真实身份，未尝不是一道遮眼法。而且，田村俊子病故，关露接手她的工作后，在《女声》一九四五年六月、七月连载了苏联女作家万达·瓦西列芙斯卡雅（B. Василевская，1905—1964）写二战反法西斯的名篇《虹》。今日看来，也不能不敬佩她闯险的、非同一般的勇气。她在介绍这部作品时，有意绕开了“反法西斯”“祖国”的话题，以《女声》为妇女杂志，谈妇女问题。以作品为女作家所写，为妇女发声而载。作品写到男人、年轻人都上了前线，留守的老弱妇孺，团结一致，不屈不挠。侵略者当面杀死女游击队员刚刚出生的独生儿子，又扒得她精光，在雪地一身赤裸地受其驱赶。她没有出卖同志，也没有掉眼泪，最终被敌人投到冰河殉国。它对中国，且是敌占区的读者之感动、启示，不言而喻。《女声》为当时苏联还没有向日军宣战，且有《苏日中立条约》，为“日苏友好”作为由头介绍了此书。关露懂俄文，完全可以直译此书，却用了从日文转译的文本。此中，不仅有她的勇气，且有她非同一般的智慧呵。潘汉年于此前后有诗道——

遍地烽烟何日休？云山遥隔几回秋。
鸾凤漂泊应同恨，淮水长流故国愁。

——《无题》

南天遥望待飞鸿，百日冥冥极目空。
久别方知相念苦，关山万里梦魂通。

——《怀友》

这些诗，具体地，也不一定是寄给某一个人的，可是在这条隐蔽战线上，工作，乃至生死的相系，却是绝对的，永远的。两年过去，抗战胜利，国民党就要抓关露的“汉奸”了。也许他们已经怀疑、感觉到她与中共有所关联（更不要说是党员了），在民众面前，用“汉奸”之名除之，比抓“异党”之谋，更气壮，有脸面。

这类事，我自身都不乏伤痛。少年时，我自己的亲表舅，抗战前从东洋留学归来，那年头的“海归”，工作待遇之优越，回来两年就在南京置产，买了房。南京沦陷，自然归敌。胜利归来，霸产的汉奸，摇身一变，竟然又是“劫（接）收大员”了，告到法庭，表舅听到宣判竟然是汉奸胜诉，当场猛地栽倒，气绝法庭。蒋介石就是这样在维持他的统治秩序，小百姓能奈他何。可是，这些成了“劫（接）收大员”的真汉奸，还不敢说他所在的汪伪政权里没有假汉奸，抓几个假的给他真的垫背，更是他们的拿手好戏。何况，表面上还不能说关露和敌伪、日本人毫无干系，人家要抓她“汉奸”，轻而易举。消息传出，一九四五年十月十五日，天还未明，朦朦胧胧的清晨五点，“一辆美国军用吉普车停在静安寺的‘百乐门’舞厅前面。受夏衍委托的交通员小高把关露领到这儿，和她一道上了车。关露看见，吉普车上坐着几个穿军装的美国人。小高告诉她，他们是上海美国陆军部派去会见新四军的人”。此时此车，关露入座，夏衍则认为：“关露在上海住的时间长，认识的人多，这样的走法比较安全。”情报人员的行为色彩，也得有一些在中间色的模糊。此时，即便有谁认出她来，在这二战刚胜利的上海，所称“盟军”的美军，四处大声地“顶好——顶好”地发疯，若看到关露她在美国军用吉普车和几个穿军装的美国人坐在一起，也不好，乃至不敢说什么，更不敢有什么质疑。可是，她还就是这样由组织安排，迅速地转移到了苏北解放区了。

《新文学史料》季刊一二一期（2008年11月22日），刊有楼适夷致《关露传》作者丁言昭之语，讲抗战胜利不久，一九四五年十月，他随“浙东纵队”北撤——

……途经上海观音堂“淞沪支队”根据地，部队稍做逗留从事休整，此时有美国盟军驻沪军官数人，以慰劳名义前来观察，同来的一位女翻译，即为关露，当时我参加接待，甚觉惊奇。当天，美军返沪，关露留下，一度住淮阴华中版《新华日报》大院。我时任编委，多有接触，她身体不大好，精神不安，一日上街去“新华书店”，被沪上来的青年发现，大呼“捉女汉奸”，（她为之）惊慌失措，经公安警（察）保护回来，却精神失常。后来送乡间板闸休养。

此事对关露心身之伤害，可想而知，精神失常之“常”，又何在呢？“今后要有人说你是汉奸了，你可不能辩护。要是辩护，就糟了。”她不“辩护”，谁为她“辩护”？她不“辩护”，是否就是默认？这是一个人的爱国热情、民族精神之“常”，正是此时伟大的民族精神为其支柱之“常”。若于此失“常”之不“常”，可就糟了。然而，叫关露为此“要是辩护，就糟了”的潘汉年，按理说，他总该有个办法为关露“辩护”的，可是，他要为自己“辩护”，都像没有遇到那个时机。一九四一年十二月，太平洋战争爆发后，潘汉年又利用日本驻香港领事馆的掩护，将处于危险状态的中共在港的情报班子安全撤离。他自己也由香港转移到上海，是一个化名“萧叔安”的“小开”，住在愚园路二一八号“百乐大酒店”的豪华客房。一九四二年春夏之际，他两次亲自走进李士群所在的愚园路的公馆：

会见已担任伪江苏省长仍兼特工总部头目的李士群，要求他为在上海活动的中共地下人员尽量给予安全保证，同时要他提供伪军在苏北和淮南地区进行清乡活动的情报。

一九四三年四月，潘汉年再度奉命前往上海，拟从李士群那里获得日伪的即将对根据地进行“扫荡”的情报。不料李士群为了向汪精卫邀功，乘机诱骗潘汉年到南京，挟持潘和汪直接见面。会见时，汪精卫意在拉拢中共派人参加他所搞的所谓“参议会”以壮其门面，潘汉年虚与周旋，婉言拒绝了汪精卫的要求。随后，潘汉年返回了根据地。

现在，不知是历史的一切都随时间的过去昭然若揭，还是到时解密，对直接、单线领导关露的潘汉年，时下对他反倒有这样的披露。从以上所看，敌我斗争的情报人员，闯险深入敌人心脏之所为，完全是现代惊险片的情节。潘汉年自然是一代英雄。他与之周旋的李士群，正是他派关露在敌伪内部的矛盾进行有限度的争取分化工作所利用的人物，并以在他身边之便，好向我方的联络。此中事务之交叉，从情报学的角度看，怎容忽视？尤其是他与汪精卫直接见面，有所接触之事，在开国初期，“肃反”前后，当时的大小机关，大小干部都传遍了，一概认为，不可思议。此中，是“李士群为了向汪精卫邀功，乘机诱骗潘汉年到南京，挟持潘和汪直接见面”，还是潘汉年“拟从那里获得日伪即将对根据地进行‘扫荡’的情报”？这当然不是听哪个人怎么讲的问题，由此怀疑他为“内奸”，也不为怪。怎么能消除这一“疑”，也不是一“辩”就可以“白”的，必须经过严格的政治审查。他要有问题，他直接、单线领导的人，一个也脱不了干系，关露当然不能例外，何况他们俩工作所面向的敌人，都是同一个李士群。

四

以当时的名家杨朔（1913—1968）为组长的“铁道部总工会文学创作组”，关露正是其成员。一九五五年六月十五日，一个团干部把关露叫到办公室，面对向她而来的两个拿出逮捕证的公安人员：“请你跟我们去一下！”

她困惑于惊恐了，因为反胡风运动中，为她在“左联”与时任宣传部长的胡风的接触而隔离审查，后来，证明，并且宣布了她不是“胡风分子”，怎么现在又找上门来？“我的问题已经搞清楚了，还有什么弄不清楚的，在这儿说好不好？”公安人员客气地，又是没有商量余地地说：“不，请你到我们那儿去谈吧！”

关露受潘汉年一案株连被捕，关押在“功德林”监狱，也就是后来名声特大的，北京北郊、燕山东麓、城脚下的“秦城”监狱的前身。不过，它后来的扩大，盖了许多仍是一人一小间，里面也有卫生间抽水马桶的单人监舍之楼的景象，又是“功德林”无法相比的。对于一位为此曾“精神失常”者，再遇此难，心身之创，可想而知。可是，这绝不是人性感伤的情感剧，而是英雄战斗的壮丽史诗中的华彩乐段或如歌的行板。战地，不是即便，是肯定有死者、伤者，它不需要凄凄于眼泪滴下小小的同情，有伤痛，也是雄伟的悲壮。否则，文章写到这里，也就无法写下去了。

何况，任何时代，任何体制下，都有维护其体制的安全工作，旧时，特务是对付人民的，天地变了，则反之，是人民的情报人员。一个人，可能一生也不会跟他们之中的谁打上一回交道，可一时一刻也从未离开过他们的保维。平日，平安无事，乃至长久的平安，甚至有人为平安的长久之惯性的无异而厌其平淡，为这无有什么花哨而感到无趣、乏味的厌烦……，也都是有他等的所在。若知战争、动荡、离乱之无有平安的朝不保夕、生离死别、饥寒交迫、居无定所、漂泊无依、前行无路、后退路断、欲哭无泪、处处是威胁、时时是不安……乃至对此有所记忆的过来人，就懂得和平，乃至平安的长久之惯性的无异而平淡，或由此感到无趣的乏味之平安，却是千金难买，同样是从这些同志的贡献或牺牲所获有的。为此，对他们，我们当感激，不是感伤。

关露在“功德林”是怎么度过的，不得而知。别人也怕触及她的伤心处，不敢多问，谁要真的问了，她也不会说什么。事后，她胞妹说到监房里生活条件差，只有一张床之类的叙说，那本是监房所以是监房的必然，在里面失去自由之苦也是在此者所必须承受的，无有什么别的好说。倒是一九八〇年十月《诗刊》有三首她自己要发的，一九七三年于狱中写的旧体诗：

久不提审，疑有不测风云

云沉日落雁声哀，疑有惊风暴雨来。
只要江山春色好，丹心不怯断头台。

岁暮放风

漫步庭园不敢前，羡它霜叶舞翩跹。
萦回好梦无音信，风雪愁怀又一年！

盼得写作条件

戎马从来喜战场，忠贞不为世流芳。
文章贾祸成奇狱，犹恋风流纸上枪！

它很容易被人列入当时盛行一时的“伤痕文学”，又绝非以“伤痕”而为“文学”，用“文学”以动人心者的“伤痕”。其中，不乏反思历史的深刻。它将文学所以是文学的新文学传统，被十年动乱破坏殆尽的恢复，功不可没。可是，一旦到了它成为“文学”时尚，在弄潮者中胡编乱造、千篇一律，游戏血泪，游戏文字，也歪走到另一个极端而自毁，不值一提。

关露不同，她既有“疑有不测风云”之不安，又有“萦回好梦”“戎马”“战场”之志，过去的献出，现实的考验，都是“忠贞不为世流芳”且“丹心不怯断头台”之浩然正义，且“犹恋风流纸上枪”，以笔为枪，不忘以笔斗争，确实是女中丈夫的英雄气概，与“伤痕”，正是鲜明对照，是为人生和文学的丰富多样，并以其深刻之存在而光辉。

以此看她精神风貌，高山仰止，不谓不重要，但对她那么多年的具体情况，毕竟一无所知。

人生书写于此所留下的几个删节号，不是空白，是时代大的交响之中的几个休止符，以其无声的内蕴，为管弦更壮阔的奔流所写下的转折点。

很巧，我对株连了关露的潘汉年的最后，倒略有所知。

因为我的“五七”同学，更是出名的学者、出版家的钟叔河，十年动乱，遭灾遇害，在井冈山下，对外名为“湖南洣江茶场”，实为“湖南省第三劳动改造管教队”，通信地址为“湖南省茶陵二十七号信箱”这个有点说不清名堂的地方。老钟为其所谓“攻击文化大革命”被判刑十年于此“管教队”。一九七五年春，在他们的监房之外，另外修整了一座旧时的小平房，五月，先是住进了一位买了鸡又不会杀鸡，杀了鸡又不会煺毛开膛，没有孩子，带了个玩具娃娃的老太太，人们说她“不是犯人”，带了不少行李。七月，又住进了一位面容清癯，半头白发，穿着旧了、质地很好的干部服的老头。应该是小两口老了成了老两口，在此的团聚，是人老还有永远不老的爱情。他们有电视机，还有不少的书，有看到它的人说，好多都是鲁迅的书。他们还有钱买鱼和蛋吃，抽的又是好香烟。“有两个去给小平房修阴沟的犯人，还从老头儿手上弄到了一包‘牡丹牌’（香烟）。”看样子是犯了错误的大干部；大家也知道那是“特殊犯人”。同犯们还见他俩上商店买东西，上邮电所取报纸。是自己起火，在这里，这也是很起眼的不一般。那老头，还不时从木工间拾些刨花和锯下的碎木废料中，捡、称、交钱，提回一些去当引火柴。而且，他还有钓鱼竿，当然是他“假释交公安部管制”，公安部安置他在北京南郊团河劳改农场居住，团河若是有河，垂钓，也许是可以改造这些原本为政者散淡他的于政之心。这些，都是之后才可能知道的。在团河，还允许有进城购物和探访亲友的“一定自由”，可是，到了这井冈山下，再转，方圆都是茶场之地，“一定自由”也成多余。

可是，一般犯人看他俩，还是蛮特殊，更神秘。

有一次，劳改队的干部对钟叔河进行“前途教育”，叫他相信党的政策时说：“潘汉年都不杀，你就更不得杀了，是吗？嗯？”照他说：该杀的我们都不杀，胡风、潘汉年等，都不杀，得养起来。别的，还能例外吗？“潘汉年就养在我们洣江茶场，是中央交的任务。”干部强调，这本来是不让他们知道的，偏偏他还就这样说了出来给钟叔河听。老钟为此，无比震惊和激动。眼前这位原来看似神秘的人物，面纱揭开了，不神秘了，不神秘的人物，他敬重。

老钟对潘汉年的辉煌历史了如指掌。开国时，他担任中共华东局委员兼社会部、统战部长的副市长、中共上海市委第三书记、上海军事管制委员会秘书长等要职，是上海市长陈毅左右、实际负责的重要干将，是无法不让人瞩目的人物。一九五五年四月三日，他在参加中国共产党第八次全国代表大会之间，为其从事情报的工作者中有“内奸”之嫌被捕。这一时间点上的正反之差的政治要闻，无人不知，人人皆议。当年，在运动中，历史上做过地下工作、被捕过，常见的质问词是：别人被捕遭杀害，你若没有自首、叛变，怎么能活着？将复杂的世事，看得太简单、太绝对。以“对于摧残者的憎的丰碑”之诗人的“左联”五烈士之一，原名徐柏庭的殷夫（1910—1931）虽然最后还是被反动派杀害了，之前，他那在军中当高官的大哥徐培根却不止一次公开保过他，他也那么公开、堂堂正正地出来。而且，反动派草菅人命，随便逮人，是其本性之必然。但对证据不足，或没有证据者，有时也是会放人，为其执政所应事的点缀。大千世事，哪有那么简单，哪里容得不负责任地说绝做绝？钟叔河为自己叫屈，更为潘汉年不平。中国革命的胜利，除党的领导下的武装斗争，那么，另一条战线的地下斗争，不是胜利于现实成果的存在吗？若想改写这页历史，又怎么明白眼下的现在呢？世上，哪有那么多人好“蒙”的啊？知名学者老钟所以是老钟，年轻时的智商就出众，这是大墙锁不死的。

可是，大墙，大墙，世上监规再严、管得再狠的监狱，也是会有漏洞和空隙的。时间长了，同犯间也有偶遇，可以容许有说几句话的机会。老钟有次见了潘汉年，一声“潘老”，叫对方有几分疑惑的注视，然而，成熟的深刻，也懂世故，转为安详、恬静，听完老钟自诉的冤情，他只轻声说了一声“相信人民”，没有当套话讲的油滑，是声音轻轻，诚意重重。再一次遇到时机，老钟又说到自己每年写篇《申诉》，不管是否有用，只要把自己的道理讲出来就行了。他也是没有吱声，老钟见他凝望了自己一眼，“不知是示意我在这种环境下最好少冒风险呢，还是对我所讲的情况表示迷惘和惋惜，然后就提着篮子（篮子里放着报纸）走过去了，只轻轻地说了一声‘你还年轻’”。那时年轻的老钟对此听来，“它似乎蕴藏着深厚的关怀和热烈的鼓励，‘你还年轻’，这就是说，你还有坚持下去的力量，你还可以看到该倒的倒下去，该起的站起来，你还可以看到历史的公正的裁判”。也就是“相信人民”的另一种方式的表述。

这里，若容我插嘴，我倒感到，此话倒不乏“你还年轻，莫太天真，不知利害”的告诫。因为劳改单位只是执刑单位，不问原案的事宜，不然，则看作对它改造秩序的扰乱，弄不好，会给自己带来不少麻烦，甚至痛苦。几十年过去，年轻的已不再年轻时，想起此话，是够回味的。像说“相信人民”，他没有一般人当套话讲的油滑，说“你还年轻”，是他此时也以此中的利害，以其善心，又以不出此时此地之格的言语之告诫。老者，为其老，尊者，有其尊。

看来，不仅潘老他夫人董慧“不是犯人”，保有不菲的月薪，就是潘老自己这种“犯了错误的大干部”，生活上，组织上也会予以一定照顾。可是，即便这些条件，足以维持在大墙之外一般人的，乃至超过他们的水平，也还是关在大墙之内。在大墙内，他比按监规吹哨子起床的犯人，还是另有条件，每天天不亮，五点来钟，就在外练太极拳，接着还搞些家务，打扫里外，做些体力劳动，总还是想练好身体，能健康地活下去。可是，这块茶树特盛的好土地，它的“卑湿”对老人“寿不得长”，他来了才一年多一点，就明显地衰弱、病倒、病重，住进管不了事的茶场医院，经过多次申请，才转送到长沙正规的“大医院”。病重难治，一九七七年四月十一日逝世。事过一年多，董慧还在要求对她原来“停止党籍”的处理，后来，她还是在予以“恢复党籍”时走了，不管怎样，大家送的花圈，还是称她“董慧同志”。她“不是犯人”，也跟丈夫一样死在此地，真是同命鸳鸯。

此时，十年动乱已经结束，潘汉年没有等到廖承志率先提出，陈云积极支持，中共中央《关于为潘汉年同志平反昭雪、恢复名誉的通知》于一九八二年八月的发出，他就走了。他除了听不到《通知》已经称他为“坚定的马克思主义者，卓越的无产阶级革命战士”，更有——

> 潘汉年同志被错定为“内奸”，最主要的原因，是在他被逮捕当时的历史背景下，违反了不同性质的矛盾只有用不同方法才能解决的原则，严重地忽视了对敌隐蔽斗争的特殊性，混淆了是非界限，以致做出错误决定。其结果不仅使潘汉年同志长期蒙受冤屈，而且牵连许多过去同他有工作联系的同志，使他们长期蒙受了冤屈。这个沉痛的历史教训，全党要永远引为鉴戒。

潘汉年没有看到他的遗憾得以弥补，只能是永久的遗憾了；秀才们写出“在天之灵当可瞑目”之类的文字，只是他们文采的潇洒，唯物主义者谁相信有“在天之灵”？倒是死者无知，生者有灵；事后，将潘汉年夫妻的骨灰移送到北京八宝山革命公墓安放，也是领导的一番心意，由此，人们也知人世自有公道在，是现有革命的体制下之公道。死者无知，生者得知组织上为此反思到严重忽视了潘汉年“对敌隐蔽斗争的特殊性，混淆了是非界限”，“这个沉痛的历史教训，全党要永远引为鉴戒”之“鉴戒”。要是真的有心，认真地“鉴戒”，那么，无疑是可以让我们过去有时从机械论的思维模式造成的失误走出来而战无不胜，这就不是潘汉年即便有知能无憾，也比不得为此全民之所获！

此时，许多过去同潘汉年有工作联系被株连的同志，为此还了他们政治清白之喜，是他们此生最大的喜庆，关露更不例外。在这一点上，她比潘汉年还幸运。一九七五年出狱，恢复了党籍，住在香山，还是村支部的书记。一九七八年归队，回文化部，参加了有纪念碑意义的，为五湖四海、老、中、青大团结的第四次“文代会”，一九八二年四月二日，她还在中组部《关于关露同志平反的决定》上签了字。

也是在这之后，有一天，我们喊她“老太太”的丁玲很慎重地把我叫到一边：“你住在朝内大街一六六号，关露是在二百零几号，文化部旧的大楼里，吃过饭散步时跨过街到对面就是了，你就说是代表我去看她就行了。她孤零零地一个人待在那里，没有人去总是不行的！”

这个事，我当然得照办，可是，我怎能代表老太太？她拉我坐了下来又跟我说了不少关露的事情。那些事，对我并不新鲜，可是她说来，却有一份分外的亲切动人。那时她快八十岁了，受了那么多磨难，多病缠身，组织上分了木樨地的部长楼给她住，“作协”的司机对她也特好，老太太平日要用车，也很方便，随叫随到，就为她对每位司机都有一分阶级情，很亲切，司机班也是个个都争着跟她跑车。她去世，司机们是破例地要求讲话悼念，以寄托他们对老太太的一份特别的情谊。

可是，从木樨地到朝内大街，并不近，走一趟，仍然难。虽然按右派一律摘帽的政策，“作协”也不敢对她例外，右派按邓小平的指示，不能平反，只给“改正”，全国几十万右派都如此，个人若例外，也未必是好事。本来，一九三三年她被国民党特务绑架，软禁南京三年之事，明明一九四一年元旦在延安，中组部把陈云、李富春亲自审定和签名的，认为“自首的传说不能凭信”“认为丁玲同志仍然是一个对党对革命忠实的共产党员”的历史结论通知了丁玲。然而，明明是中央的结论了，作协不仅五七年

“反右”时又拿出来“翻烧饼”，还由张光年出面扬言：丁玲的历史问题不能“翻案”。

有一位当年在南京一度是丁玲看守者的林金顺，当年，这个十几岁，天良未泯的孩子，执勤时给过丁玲一些方便，丁玲也曾劝他离开那血腥的魔窟，一九七九年，他在传媒看到丁玲的有关活动的一些消息，从老家江苏丹阳致信丁玲，为当年“不断聆听您老诱导教育，时至今日，言犹在耳”。这不仅是哪一个作家个人的事，应该是现代文学中的传奇。可是，整人的人，一心拼命只想弄到、弄不到就“创作”她“自首”的材料。此事，本来她这位可以直通中央的人物，是可以直往上捅的，可是，虽然个人也不乏人性的折磨，她还是选择相信组织，也不解地、痛苦地等着组织来过问，这也是那一代共产党人之本性。所以，在她说了一时无法去看关露之难后，又叹了口气，说：“我也怕去看她，怕看到她，我自己反倒收拾不了自己……”

这一句话，突然一击，我不知是收拾不了自己，还是失落了自己，茫然无措，无以答对。我想，是我个人之所想：她被绑架，和潜伏在敌阵的情况，自然不同，可是要审查的，都是在敌人那边的敌我之间的事，在革命的同志面前，对那种历史背景下，不同性质的矛盾不能予以不同的认识，求得同志的理解，那么，此中的复杂演化为对个人的种种，绝对是不好受的。何况，有的还是别有用心，先验性地混淆了是非界限。这样，老太太她自己一步一步走来就很不容易，看到关露，她更想到对方的不易、人生的艰难，回头的后怕，她还是真怕看到关露。

所以，我去看关露，心情沉重。我们各自的所在，确实离得很近，斜对门，跨过马路就到了。我看到多份有关她的文章，说她住在“文化部宿舍”，有的，没说何处，倒附有照片，是老北京旧式的平房。不过，我亲眼看到的都不是这些。这城中心根本没有文化部集中的、专门盖的，为其职员的宿舍。我斜对门的，是文化部原来的办公楼，文化部搬去不远的沙滩北街甲二号的新楼里，与改称《求实》的《红旗》，是从中分开各占一半，中间的大楼梯也是分开从两边上下。当时作家协会也是搭了不少帐篷在那个院里办公，对此，就不知原来是准备怎么安排的了。我走到斜对门的楼，里面空空荡荡，这是第一眼的印象，后来知道，上面有一层楼，还住着副部长周巍峙及夫人王昆的一大家子。

守门的老头吼着："你找谁呀？楼里早空了！""找关露——""这里哪儿还有个什么'路'（露）哇？门前不就是一条朝内大街的大马路嘛，你找错门了！"我想这不是幽默，是守这么一座楼，把他守烦了的发泄。我站立在那儿，停歇了片刻望着他，一字一板地对他说："我没找错门！这些天都有人来过！"这一来，老头儿也歇了一口气，向着也望着他的我，过了半晌，才想起了什么："是有那么一个常有人来找的人，可不是住在这里，是在墙外的偏舍——不过还是得从这道门进去……"老头儿好心地引我从后门走出，指着这楼外的墙边。

这个所谓的"偏舍"，确实不是楼内的建筑，更不是什么"文化部宿舍"，别人看到的是不是它，无法知道，我只能说我所见到的，是这么一个地方：它是文化部旧楼与隔邻另一家的外墙中间，一条窄窄的、两米多宽的一条巷道，上头搭了个顶棚，安了门也就可以住人了。很可能是原来请的什么外地的杂工，利用这个空当想了这么一个办法栖身，免得出外租房。这个巷道，里面有四五米长，铺了关露和请来的小姑娘脚对脚的、中间放了一些杂物的两张床。头顶里墙的那头，是小姑娘的床头和放煤气罐的灶台，关露这头，靠在门的近边，躺在床上，伸手就可以摸到进出的门。床前比门稍宽一点的一个长条，则是做饭、生活、待客的全部空间。里面不见阳光，阴暗、潮湿。

楼适夷见"人已病殊，在一阴暗狭室中，生活已不能自理，依赖雇一个阿姨照料，又屡受欺凌……她常来电话告急阿姨跑了，我只能命儿子去看看她，帮助找一个阿姨"。适夷说的"阴暗狭室"，可能就是我所看的这个地方。关露说："请来的小姑娘，本来是想来大城市里开开眼界，看看同乡间不同的另一世界，可没想到，这里不同的，还不如她的乡下，所以留不住她们。"听说她的好友陈慧芝在照料她，我一次也没有碰到过，可能我都是黄昏后去，陈慧芝安排好她的事，也得回家去料理了。

她听说我是丁玲叫来的，兴奋得在床上坐了起来，不停地叙说她从一九二八年夏，朋友给她介绍丁玲在《小说月报》发表的《阿毛姑娘》她所读后之情起，一直都有说不完的话。丁玲一九三三年被国民党特务绑架软禁南京，关露是接替丁玲原来在"左联"创作委员会的工作。一九三六年，丁玲乔装逃离出来到了延安，并负责"西北战地服务团"的工作。国民党反动派限令"西战团"离开西安，否则以逮捕负责人相威胁。这么一来，负责人丁玲，遵照毛主席指示对西安国民党反动派进行"磨而不裂"的摩擦斗争，反而直闯衙门，直接会见了胡宗南、蒋鼎文，有理、有节、辩理、夺胜地进行合法斗争，敌方无奈，无法干涉他们在西安坚持的抗日活动，"西战团"并进行了第三次公演。在此抗日高潮之际，如此之事，无法等闲，关露写了《女作家印象记——女战士丁玲》，刊于上海一九三〇年《上海妇女》第二卷八期。此时，上海已沦陷为"孤岛"，且是她奉命打入敌伪，为党做情报工作的前夕。以她为此与丁玲那份不一般的感情，自然同我有说不完的丁玲。

可是，我既不可能有丁玲对她一样的感情，却同样"怕看到她，我自己反倒收拾不了自己"。因为，我固然为她见我像所有于孤寂、抑郁者看到任何来访者那么一样的愉快、兴奋，同时，我也很快感到自己无能制止她无休地说话于兴奋而精神、体力的透支，而且，她对此有一份本能的感觉，又迫逼自己还为此在振作、挣扎的劳累和萎靡，倒叫我有在一旁的为难。她兴奋所焕发的乐观，也予人更深的沉重。我不知道，且在怀疑这种看望的关切，是否真能有益她的身心健康？若不是这样，那不是来催命吗？想到这，我也是真的"收拾不了自己"。然而，不再登门，我同样不知道，也同样怀疑是否又能有益她的身心！咱这样与之无关的小辈，去十次、百次，也不抵丁玲、楼适夷、王炳南（1908—1988）、李纳这些真正的老友去一次所能予以她心灵的抚慰。

何况，我凭什么能代表丁玲呢？她的所嘱，又不能不从，然而，每次所见所思，也不敢同老太太实话多说，害怕反而给她带来不安。真难为人呐！

仅仅从她再讲自己投入“国防文学”可没骂过鲁迅这么一件事，她严于律己，为人之认真的精神，让我铭记终生；仅仅从关露投入隐蔽战线，“有人说你是汉奸了，你可不能辩护”，她不“辩护”，谁为她“辩护”？她没“辩护”，形同默认的委屈、蒙冤，知者，同样是终生难解的愁闷！

我所以细写她最后所居之状态的“伤痕文学”，实在是为潘汉年平反的《通知》有：“凡因‘潘案’受牵连被错误处理的同志，应由有关机关实事求是地进行复查，定性错误了的应予平反，并将他们的政治待遇、工作安排和生活困难等善后问题，切实处理好”之令，可是，这些话，“有关机关”听了吗？解决住房问题，机关若是也有困难，空着这么一幢还未处理的大楼，副部长的一家可以住一层，给关露住一小间，绝对是无碍这大楼的损耗，更无损“有关机关”执行上级指示精神的党性原则！关露虽非什么副部长，可她半生历险所做的贡献，不敢全指，恐怕还是可以和某些副部长比的，就是另一个普通的下级工作人员，当前者在这么空着的一幢楼里，可以占一层，给关露栖身，以一小间予以一定的照顾，绝对是维护，而不是有违党的原则！若是这也能写成一篇为此受伤者的“伤痕文学”，可落笔那“伤痕”之痛又何在呢？有“伤痕文学”于时尚者，通常推演为政治秩序运行于有权的某些人（如中央领导的某人）之过，对此，不敢说一概如此，也有不是如此而如此者，则不免本末倒置。有的问题，实为这些违令不行，或行于扭曲和乱来的腐败，败坏了政风，涂黑了政誉，该千刀万剐的败类！如此说“伤痕”，若不能将颠倒了的是非再颠倒过来，我等无奈它何，历史、时间总是要还其史实的本相！

然而，眼前，凄清冷寂的关露，虽然有不少朋友及胞妹的关心，可是她没有自己真正的家，这些看似纯属个人之事，实际也是政治的涟漪。旧调唱“天公造酒又造爱，为的是天公地母常相爱”，若无天公地母的相爱，又哪里有家庭、儿女？

关露一九三二年刚加入“左联”不久，就认识了身材高高，一身书卷气的沈志远（1902—1965）。他是受党派遣，一九二五年赴莫斯科，先后在中山大学学习、莫斯科中国问题研究所当研究生，后在共产国际东方部编译《共产国际》中文版和参加《列宁选集》部分翻译的。一位博学多才，三十多岁，按现在的观念仍属青年者。他回到离开五年的上海前，是在莫斯科身负与妻子李汉辅的婚变，同刚坠地的儿子永远分开之痛而归的。此时此情，他与关露相识，不说一见钟情，也是很快坠入爱河并同居。可是恋爱的蜜意，不是完全能融入日常生活的具体；虽然男女都是党的同志，儿女之情的摩擦，并不会因此消除。关露，白天还要为生计，也为掩护其身份，做她那份公开的工作，天黑了，还要为工人、学生运动奔波操劳，常常到深夜十一点才回家，第二天一早又匆匆出门，无暇顾及家庭，难以履行沈志远颇为不满的、他所认为的“做妻子的义务”。一九三四年，沈志远因为弟弟被捕，回到金华老家避风，两者关系也渐疏远，他再回上海，也跟关露分手了。关露的爱情，献给了她的信仰，就不能完全顾及这一个男人。

可是，男女之情并不回避、抛弃她。再一个爱她的男人，是开国后长达九年的中美大使级华沙会谈的中方首任首席代表王炳南。早在一九二五年他就入了党，留学日本、德国，曾任德国共产党中国语言组书记、国际反帝大同盟的东方部主任等职。抗战胜利后，曾为毛泽东主席的秘书，参加国共重庆谈判，亦为中共驻南京代表团的发言人。新中国成立后，任政务院外交部办公厅主任、副部长等职，协助周恩来总理开展外事工作，是外交界不同凡响的人物。“七七”事变后，党派王炳南到上海工作时，由

"一位德国的老同志"介绍他认识关露。而且，他年轻时在德国，也有一位获柏林大学哲学博士学位，由于参加反纳粹活动两次被捕的，爱他的德国姑娘安娜利泽。她出狱后，仍然严重地面临抓捕关进集中营的危机。于是，她跟王炳南选择了结婚，改名王安娜，持中国护照来到夫家的中国。这位德国媳妇和她丈夫，似乎同那"一位德国的老同志"与关露的缘分一样，同关露以后的往来也日趋密切。我也一直很固执地认为，正因为他们都懂多种外语，是他们容易谈得来的重要因素。丈夫以他对母语的感情，读了关露的诗文，包括她的自传，对她也有了更深的了解。全面抗战的开始，王炳南的工作转移到武汉和重庆，他就将自己在拉都路的房子的钥匙交给此时无处落脚、不然只能去租房的关露。这，自然是有那种都是党的同志关系之信任和托付，此中个人的感情，尤为明显；可是，不断有些在这孤岛无处可去的朋友挤进来，她反屈身在阁楼里。此时，王安娜也利用她的国际友人身份，在周总理的安排下，在敌占区为我军采购医药等急需品，为我们做了不少工作。此时，她恰巧遇到一个在柏林读书时的日本同学，未向组织请示批准，就跟同学上日本玩了几天。此次，两国交战之际她的敌国之行，不仅无法说清楚自己，更加无法为王炳南交代，爱情中的政治，自然首先得清白政治，不是离婚，是长夜长谈，她为了保护王炳南，也分手于爱情中的政治。王安娜去了宋庆龄（1893—1981）"保卫中国同盟"工作，后来回了德国。几十年后，人老了，一九七九年，她又来到中国，探望原配的丈夫和人已中年的儿子，及那之前她未曾见过、抱过的孙子。婚变未能割断旧情，人性的本然，是精神气质很高的境界。

可是，当年王安娜走后，这一事变自然促进了王炳南之前与关露的友情升温，鸿雁传书，更传情。抗战胜利后，国民党要抓关露的"文化汉奸"，为此，如前所述，她已转移到了淮南新四军驻地，敌人也造谣说，解放区在收罗汉奸；可是王炳南为她到了自家的地盘，也就准备上淮南去看关露；他将这一想法告诉善解人意、体恤下情、时任中共驻南京代表的负责人周恩来时，一盆冷水泼得他不知是清醒还是懵懂。周总理自然明白关露是为党做出了贡献的好同志，也愿成全王炳南这份儿女情，可是，眼前敌人故意在叫嚣关露是“文化汉奸”，又道此地收留、窝藏汉奸，王炳南又是这里出头露面、有代表性的外交官员，这桩婚事一成，敌人又要怎么叫嚣？影响又会怎样？总理又怎么能成全呢？

棒打鸳鸯的分离，是两个人对大局都有同样的顾全；两个人此时处于同样的形势下，又是同样无法不顾政治，只顾一己之情。直到关露去世，王炳南悼念她之情，仍然深深，不减当年。这无碍他另组家庭，并有了孩子，这是世俗秩序的必然，同样无碍他心里还装着关露；可惜，这一世俗的秩序，却没有关心到关露，王安娜再来中国，并未看到她的好友关露能帮她照顾与她情未了的王炳南，反而分开得更远了，人道沧桑，本当如此。直到她离世的一刻，也正如她重重地来，却轻轻地去。

有文章说：是关露她在病痛中知道潘汉年已予平反，由此，自己于这尘世已无所挂牵，才以服安眠药摆脱病痛而静静地、轻轻地离去。此说不确。据《新文学史料》季刊一二一期与楼适夷同说关露的钟潜九道：“前天星期六，关露忽然接到文化部副部长周巍峙给她的一封信，这封信是由梅益带给关露的。关露看了这封信，就交给了梅益同志送（回）给周巍峙，于是就发生了关露服安眠药而死的悲剧。”时至今日，此信内容，未有一字半句的披露，又可以肯定，它是关露致死的直接原因。我想（是我想!）周巍峙身为那么大的高干，官场的运筹，会有他的艺术，不会说出什么刺激的话语，可是，对于此时“犹恋风流纸上枪”而在乐观等待的关露来说，若讲我们（当然是代表党和政府的“我们”），现在对你已经是落实了政策了，还可以表面“谦虚”地说，“你若另有要求，可以请组织考虑，个人也无能为力”等词语也就够了。关露由此想到此后就在这“偏舍”如此地了此一生，服安眠药谓之的“轻生”，未必不是尊重生命之所以对生命的尊重。

楼适夷说：

> 听说生前无人理睬，死后冒出了争遗产的人。文艺界开了一个追思会，有一位主持人流了眼泪，说生前疏于照顾，实际他那时是个当权派，关（露）的情况有人多次反映，即不予置理，此时，对（关露），徒抛死后之泪，也颇感动了人心。

楼适夷是口快心直，在外闯荡一生，乡音不改的前辈，一句“颇感动了人心”，绝对可以做多种解读。对于“关（露）的情况有人多次反映，即不予置理”者又是谁？悲剧的悲剧，正是诸如这些正事“不予置理”，又爱指手划脚以示其威的腐败，深深刺及我们时代的伤口。

我对关露没有更多的了解，只能看到她的背影，永远的背影，抬头，只见眼前的高山！人性的感伤、忧愤难免，可在这不尽长江滚滚来的时代波涛中，一滴水也可以反映一个世界，回到波涛中，也还只是一滴。

古人说得好：“问君能有几多愁，恰似一江春水向东流！”

白色花，阿垅

一

近日，在老橱柜的故笺旧札中，突见周扬和袁水拍（1916—1982）开国初写给原名“陈亦门”——也是以其诗、文论，尤其以诗论著称之文化大家阿垅（1907—1967）的信。一时，我都说不明白此时自己处于一种什么样的心境。人道沧桑，这些信都写了六十多年了，阿垅也走了半个多世纪了，这些信的影印件到我手上，也是二十世纪八十年代初，落实政策，发还这些过去抄走的文稿时，阿垅的独子、我惯称“小沛”的陈沛，复印寄来给我这个“叔叔”的，转眼，也近四十年了。这百年的文学，或扩大为文化，是谁也无法回避所谓的“胡风问题”，阿垅又是此中绕不开的中心人物，周扬给他的信，自然不容等闲。信后未署年份。从袁水拍的信所署的一九五二年来看，它也可能，或应该是这同一时段前后的事，也就是“胡风问题”的敏感时期，此信也就很有意思了。在此，咱们还是先看原信吧。

阿垅同志：

两信收到，你的两篇文章也看了。我对于陈涌和史笃两同志批评你的文章，他们的基本论点我是同意的，虽然他们的文章也有一点，如说理不够充分，史文（的）态度亦不够好。你前次的自我批评，我也觉得是好的。因此，你这回的文章，完全是替自己辩护，没有一丝自我批评，而且连上次的自我批评，也自己取消了，这是不好的。你花了许多篇幅辩明描写私生活的必要，对于当前的创作，这有什么好处呢？所讲私生活，照一般的了解，即是指一个人在政治的、社会的生活以外，纯粹属于私人的生活。在艺术上表现一个伟大人物或一个普通人，当然要表现他的个性，描写他的个人生活的。这是不成问题的，但重要的是描写他政治的、社会的活动，他的事业和功绩，以及作为他生活基础的体力的精神的劳动，离开了这些，任何个人生活、身边琐事的描写，都是无价值的，无意义的。

你的理论基本点，就是抽象地强调作家深入生活——而在你看来，生活又是到处存在的——因而强调作家深入私生活，另一方面则忽视甚至拒绝作家要深入工农兵斗争生活，描写他们的阶级斗争和生产斗争，并从中改造作家的思想，改造他的人生观，这是马列主义、毛泽东文艺思想的灵魂和核心，你的理论恰恰忽视，甚至拒绝这一些，甚至认为我们在理论强调这点是公式主义产生的原因之一。这就是我们和你理论分歧的根本点。

你的文章尽管旁征博引了许多马列主义、毛泽东著作中的字句，但却阉割了它们革命的核心。所以我觉得你的这种理论是不正确的。而你的两篇答辩文章的态度也是不好的。如果你一方面检讨你理论上在这一方面的错误观点，同时修正陈、史文章中说得不够、不恰当、不正确的地方，亦对目前文艺理论创作上一些公式主义倾向从正确的高度进行适当的批评，那我们是非常欢迎的。对当前的文艺运动，亦是有益的。但像你现在写的这两篇，则是于你于读者都没有好处的，因此将它们退回你，并写了上面的意见，希望你重新加以考虑，如我有说得不对的地方，亦望指正。

此致

敬礼

周扬

六月九日

这封直接写在每页八行如旧时“十行纸”格式于“中央人民政府文化部公用笺”上的信，周扬是用毛笔工整地直写了四页。对于时任文化部党组书记，也是全国文艺界的最高领导而言，这绝非他平日一般的公务处理，是用了心的费时费力之作。此信面面俱到，宣示“我们和你理论分歧的根本点”也是明确划清界限，明确了他对包括阿垅在内的，一大摊子人、事的，所谓“胡风文艺思想”一以贯之的反感、排斥。当年，周扬一言九鼎，是文艺界独尊的大佬，能如此以友善的言辞向阿垅放话，也可以说，此时他还是把阿垅看作一个人物，虽是无职无权的文人，却是新文化运动，尤其是抗战之中颇有活力、很有影响的“七月”这支队伍中的代表人物。

可是，一九四九年七月召开的全国“文代会”，阿垅却是上海的当然代表。彼时，很多知名作家，如沈从文，都未能通过资格审查准予参会。相比之下，就该知道当年人家把阿垅是放在一个怎样的文学位置，才好研读周扬写给他的这一封信。因为，周扬是除了以文化的领导显赫文化界，很多时候也是以文艺理论家的儒雅之风亮相，甚至可以说，不论他的理论怎么样，这件理论的外衣，绝对增添了他这位文艺领导于文艺的权威性。

可是，在这个行道，阿垅著作等身，他所钟爱的学子林希道：

一部百万字的理论著作《诗与现实》，只因为有人写了一条不足百字的批语就被打入冷宫，他的一篇《论倾向性》的文章竟似犯了什么天条一般，受到了残酷的围攻，他许多精彩的文章和著作，如《作家的性格和人物的创造》，四十万字的理论专著《诗是什么》，使仇恨他的人都犯愁加罪无词，但也仍遇到冷遇。其原因就是他的理论，直到他的存在，都被热衷于宗派活动的人视为一种威胁。

以上对阿垅身受不平的激怒，也是事过多年的事后之言。

开国之初，周扬在他所居的文艺领导位置，还未显出他以权力所运用文艺于文艺之外的权威时，阿垅的理论地位，不在他之上，也不会在他之下的状况，此信的笔墨，也就可以看到某种于此的平等，或为领导的礼贤下士之风。

当时，周扬和《人民日报》负责文艺部的袁水拍手上的两篇阿垅的文稿，其具体之所写，毫无所知。不过，这两篇阿垅的文稿，不是让一般编辑，而是由袁水拍亲自退回，显然也是特例。之所以退稿，应该与周扬之信所批评的写私生活之说有关。因为不能读到原作，也就不能为第三者研读和了解原作的全部真相。

不过，周扬信中表示同意批评阿垅的陈涌和史笃的文章。几十年过去，有些话也不好说。史笃，是蒋天佐当时用的笔名。他一直在认真做翻译，主要是俄文翻译，此外，不见他参加文艺评论界的活动和立说。陈涌是报刊公称的我国“马克思主义文艺理论家”，可是，《中国文库·陈涌文论选》中，没有看到他批评阿垅的文字。也许编者，包括作者，在陈涌的全部文论中，掂量每一篇的分量时，出于对它轻重的考虑而做此舍弃。不过，从这里将陈涌牵扯出来谈胡风问题，也必然更广、更深地涉及这几十年文艺运动中的倾向斗争和反复的过程和认识，也可以向更深层次的根本问题推进。这也就不是只在胡风身上看当年的“胡风问题”了。

几十年过去，陈涌同志对此有新的想法，这在他晚年对中国艺术研究院马克思文论研究所派人对他访谈的答问，已经可见一五八期的《新文学史料·访陈涌》应该比周扬对它的评价更确切、精当。还是抗战时，胡乔木从重庆回延安后，他找陈涌谈过一次话。

> 他曾经给我讲过“胡风是个资产阶级左派”，我当时就感到很意外。看起来，这种讲法和后来对胡风问题的提法相比，也算比较缓和吧！当时，没有听说过“资产阶级左派”这类提法。冯雪峰有一本书《论民主革命的文艺运动》，这本书是冯雪峰在胡乔木、何其芳他们与重庆、文艺界的一个座谈会上的长篇发言，后来印成的一本小册子，我也读过。胡乔木回到延安找我谈话时，提到过这本书。当时，我认为，这本书梳理了党领导文艺的一个过程，他对“五四”后党领导文艺的每一个阶段都从民主主义、现实主义、统一战线三个方面来总结和分析，我觉得这本书是符合党在民主革命时期的基本路线的，而且文章也是有深度的。民主主义就是反帝、反封建的政治方向；现实主义是文艺的要求；统一战线是党的政策。现在我还是这样看法……

从陈涌所述及的种种，当年针对所谓“胡风问题”开展的批判和运动，实在有个很不简单的思想背景。

不论怎么说，上述的情况，让我们已经无法对周扬所表示他对阿垅所持的观点和态度再说些什么了。

二

当年，一九五二年七月，胡风是奉了周扬之命，从上海到北京。他见郭沫若说“这次是来接受批评的”。周扬转交周恩来总理给他的书简道：

知你已来京，但我正在忙碌，一时无法接谈。望你与周扬、丁玲等同志先行接洽，如能对你的文艺思想和生活态度做一检讨，最好不过，并也可以如你所说，结束二十年来的“不安情况”。舒芜的检讨文章，我特地看了又一遍，望你能好好读它几遍。

……

看来，这个检讨，已非写不可。

早在抗战胜利后的内战时期，一九四八年，在香港出版的《大众文艺丛刊》第二辑《人民与文艺》已传开了。南北“二乔”的“北乔”胡乔木在北方根据地，“南乔”的乔冠华则在华南，在《大众文艺丛刊·文艺创作与主观》点了胡风的名，批了后来将他上半句“人民大众身上负有统治阶级加给他们的”这些所删去的文字，只留有“精神奴役创伤”后的“主观战斗精神”这几个字而加以批判的文字。为此，此时在上海“地下”的“湖畔诗人”和文艺理论家雪峰看到这样将炮火对着他们在内地的朋友而来，就说了：“这叫我在内地的工作没法做了。”

后来，在香港，潘汉年也说：“目前正是黎明前的黑暗，理应团结一切能团结的人士，为推翻旧中国建立新中国而努力，怎么能在此时掀起这样无谓的斗争呢？”潘汉年此时就是地下党南方局负责文教者，他都不知此事，又缘何如此？七十年过去，也不见有个说法。当时，胡风对冯乃超说，今后我要采取“三不主义”：不写理论文章、不当编辑、不担负文艺团体的职位。可是，此时，还不到北京，就有请他考虑“职位”的提出，他可以不回应，可“不写理论文章”，还是要为他写过的“理论文章”再写检讨。

然而，此次“是来接受批评”也好，“写检讨”也好，可是，“检讨”或是有人叫他“认错”，他不仅没有动笔，还不知道该怎么考虑。人无完人，文无完文，文章没写好，也写不好。这个“检讨”，不就是要他承认自己反对工农兵文艺方针哪？这，怎么能行！他一再强调：“无条件地成为人生的战士者，才能有条件地成为艺术上的诗人。”为纪念《在延安文艺座谈会上的讲话》发表十周年，他还写了长文《学习，为了实践》，怎么成了反对毛泽东思想呢？“舒芜的检讨”已抢先了一步，走在他的前头，并立竿见影，已有轰动效应了。此事，路翎已经告诉他了。

为此，也就不能不先说几句路翎和舒芜（1922—2009）。路翎，此时在重庆，一九四〇年，他第一次到北碚的石子山，来看胡风，此时，他还是一个十六岁的少年。之前，因为家境不好，抗战的国难中，他在收留难童，有书念，有饭吃的，在古庙上课的，陶行知先生创办的“育才”，是员大龄学生。他上完普通班，分班时，他自愿到了文学系，胡风、艾青就是他的老师。后来，由他继父介绍，在当局经济部矿冶所会计科做一个填表格、记账等杂务的小职员，住在刘家大院碉楼的顶层。此时，他还有信对胡风说“准备去新疆”，很可能是漂泊无依，像他小说里所写、所熟悉的流浪汉，一无所有，乞讨、算命、拉洋车，寻其生计，哪里能去就上哪里。这也许就是他关心矿工，常上“白庙子天府煤矿”下矿井之故，从他写的《卸煤台下》《饥饿的郭素娥》等，都可以看到他在这方面生活的积累。他对胡风说：

> 我没有父亲，我不知道他是什么样的人，长子或矮子，快乐的或是愁苦的。他在我一两岁的时候就死去了。他只知道他姓赵（这个姓是在祭祖的日子我家里就默默地记起他来。在母亲和祖母，她们是忌讳它的，它也使我感到痛苦）。这里的家是我母亲的后一个丈夫，他是一个公务员，是精神的赤贫者，有小感情：愤怒、暴躁和慨叹。我简直一点也不愿提起这些。在小学的时候，我就有绰号叫“拖油瓶”，我的童年是在压抑、神经质、对世界的不可解的爱和憎恨里所度过，匆匆地度过的。我在心理上

和生理上都很早熟，悲哀是那么不可分解地压着我的少年时代，压着我的恋爱。

从这段自述，也容易理解，之后他遇到阿垅和胡风对他的真诚，他也视他俩为亲人相依之故。旧时，中国是以十五年为一辈人；胡风大他二十一岁，阿垅也大他十六岁，他看他俩为父辈，也在理；他们终生相敬相爱，也在情。他确实早熟，心理的早熟，懂得也珍惜他俩对他的情。生理的早熟，他早恋。他爱上舞蹈系戴爱莲名下的李露玲，却被他的好友夺走了。他是真的被“悲哀”“压着我的恋爱”，气昏了，倒在地上半天都起不来，也走出了“育才”。这一点，转折了他的命运和道路。早熟的生理，幼稚了人生。幸有好运，遇到了阿垅，之后又从阿垅，重新认识了胡风。

此前，他听胡风从文化讲的文学，可一点也不懂得自己这位老师。走出“育才”，一九三九年四月下旬开始，为向《七月》投稿，他同胡风也已经有了书信往来。他写了不少诗，寄过被七月诗人庄涌指出“模仿艾青”（他就是艾青的学生嘛，有什么好怪！）的长诗《妈妈的苦难》和短文《沙明》给胡风，被退回。翌年《七月》五辑三期头次发表了他的《“要塞”退出以后》，他到了石子山找胡风。这次，是谈他的一篇《何绍德被捕了》的修改问题。在那白色恐怖下，单从作品的篇名，也隐隐约约地感到这位小青年的风采。而且，他特敏锐，胡风提的任何一点小意见，他都以他感悟的天赋，能艺术地、形象于人物内外刻画地改出来，叫胡风感到同他谈话的愉快。之后的《七月》，几乎每期都有他的作品。直到这样出来他的中篇《饥饿的郭素娥》，乃至八十万字的巨篇《财主底儿女们》问世，他已是大后方公认的青年才俊。不仅总在争夺各种文化活动主导权的国民党拿不出人来相比，就是左翼、进步文化圈内，也认为他为大家争了气。

他这样在胡风身边成长，跟胡风的感情、关系，自然很不一般。舒芜是路翎在合川念书时认识的，只比路翎大三岁，可老成多了。读过很多书，口里也是一套一套的。他介绍路翎进了他工作的中央政治学校，虽然只是当了一名图书馆的助理员，在当年彼时彼地，也不是一般的人情。虽然，后来说阿垅“歪曲了许多，伪造了许多，他伪造历史”。这已经是一九五二年阿垅给路翎的信中所说的。当年，舒芜跟路翎见到胡风时，胡风知道路翎跟他读了一些书，而且是些平日不太涉及的哲学书，为此，感到他还是有益路翎的朋友，也就没有多想他怎么能到国民党中央政治学校工作，还有介绍路翎去的能耐之思想倾向。有次，胡风看了舒芜反驳郭沫若论墨子的文章，感到其中有些新见。后来同陈家康与乔冠华谈起此事，他们很感兴趣，就要胡风领他们与舒芜见个面谈谈。这一见面，能言善辩的舒芜，很会迎合对方，博得好感。胡风也感到他有才学。

一九四四年五月，停刊的《七月》，以《希望》之名登记送审，准备出版。它也像《七月》一样，愿出台更多新发现的文学青年。此时的舒芜，说他是个青年，名副其实。自然也是胡风所关注的。他的来稿谈哲学，不是不可以在文艺，还是文化之内的。可与《七月》下来的风格很不协调。据梅志说，那时舒芜的《论主观》“放在胡风的抽屉里已有半年，介绍不出去，舒芜常常问起它。胡风对它的观点持保留意见，有些内容也拿不定主意，但最后还是在这一期冒险发了它，在《后记》上，胡风含糊地提了几句无法说清的用意，没想到这事竟给他带来了难以想象的后患……”。

梅志说的“后患”，可以笼统地说是带给“七月”各家二十多年的灾难。可是，我这个当年的文学青年，听那些老延安、老革命说，延安大整风，是后来的解放战争、全国的解放所先于刀枪而胜于思想的凯歌。若无此，绝无后胜。整风中，毛泽东主席发表了《矛盾论》和《实践论》等论著。《论主观》的出台，无疑是对着前者唱的反调。为此，“七月”从胡风起，所有各位之言，也都囊括进《论主观》的哲学基础论是非了。过去片言只语或闲言碎语，由此也成了负面的“文艺思想和生活态度”，周总理才让他“做一检讨”。不过，梅志说的“后患”，也是往后之事，当年还没有那么严重到外化的程度。

所以从路翎和舒芜那里绕了这么一个大的圈子再来说阿垅，实乃阿垅，乃至“七月”的诗人作家之灾难，都离不开这个背景。路翎告诉胡风的所谓“舒芜的检讨”，实在是舒芜太会察言观色，迎合各方。当年，不论舒芜的《论主观》在延安有什么反应，他都可以完全不用在乎，何况还有针对延安反应的，对他欣赏喝彩的呢。他知道要检查的“胡风文艺思想”之弊，始于《论主观》，也就很能“察言观色”地赶忙抢先写出《舒芜的检讨》，并说他的理论完全是依从胡风的，自己也就洗刷得一干二净。

舒芜将胡风在“七七事变”后，为抗战的担当所创办《七月》和围绕它活跃和有成就的作家群，完全违背大家是以文会友、因文结缘的这一根本事实，“承认”他和他们是一个不满现行秩序有组织的“小集团”。这一来，问题就复杂了，严重了。可是，九月二十五日《文艺报》发了舒芜的《致路翎的公开信》后，当天，林默涵（1913—2008）约谈胡风，长达数小时，说他看了路翎提供有关舒芜的材料，他相信是真的。并说“路翎是有贡献的”，他的作品解放后不能出版发行，是下面不了解情况，以后会解决的，路翎还可以做很多工作……对胡风本人，他夫人梅志（1914—2004）回忆：“林（默涵）提的问题是：有的文章提得不够明确，容易生副作用；其实大家都很忙，没有时间老谈过去的问题……林的态度很亲切，使胡感到欣慰，觉得领导还是讲道理的。”为此，由“这次是来接受批评的”心态，变为也要接梅志上北京住下来的主意。在上海来的戏剧家杜宣（别名，桂苍凌，1914—2004）的参谋下，在离北海后门不远的太平街买下一个小院。不久，一九五三年一月号《人民文学》头条发出了路翎的《初雪》，这真是这一年文学的报春花，反响热烈。在志愿军赴朝两年多“援朝”的文学中，别具一格，他将志愿军一位驾驶兵在路上抱来一个朝鲜孤儿的故事，为我们抗美援朝的大义在人间的冷暖中表现得刻骨的动人。译成外文后，外国朋友亦说它是世界级的作品。更重要的，是周扬在他的工作报告中表扬了《初雪》。

从这里，返回来再说阿垅收到周扬的信，正是在这么一个时段的文艺背景和气氛下写出的，为此，他才会对直接下属的阿垅，有礼贤下士之态，或是同路不同心，予以面对可以团结的“先生”所露出的微笑。

三

一九五五年五月十三日，《人民日报》发表了胡风的《我的自我批判》，同时有《关于胡风反党集团的一些材料》。“材料”的不实，方式的简单，确实不可能达到预期结果。可开国的新政，为意识形态的安全，如此所为，也不难理解。马克思一八四三年在《黑格尔法哲学批判·导言》道：

> 哲学把无产阶级当作自己的物质武器，同样地，无产阶级也把哲学当作自己的精神武器。

没有想到，原先的实情弄混了，想以此武器扫清意识形态安全的障碍之努力，也就成了大家不忍看到的那个后果。

然而，总有那么一些政治投机、诈骗、窃取私利者，推波助澜、添油加火，更坏的是，无中生有，用心之极，使问题弄得更复杂，扭曲得变形、变质。如诗人绿原于学生的救济金跟不上抗战时大后方的物价飞涨，通货膨胀，过着半饥饿的日子，在当局的号召下，他从复旦大学到了远征军。分配当译员的可能，既解决了吃饭问题，也能进一步学习英语。可是，他在受训期间没有参加“集体入（国民）党”，认为“有思想问题”，“外事局”的分配通知则从“航委会”改调去“中美合作所”。这一来，问题严重了，他东躲西藏，隐名埋姓，胡风赶忙设法让他尽快逃离重庆。到川北，住在气象局当小职员——“七月”同仁的化铁处，靠朋友，包括阿垅、路翎的慷慨援助，才在他找到教书的工作之前，得以活命下来。如此弃“中美合作所”者，不知是哪一位于此编织的“材料”中，竟成了在“中美合作所”工作的特务等等。

这些人的“错误”，或曰“罪行”，都是那多白纸黑字的理论害了他们。当时，且莫道说错了什么，就是人家看得不顺眼的，也有“难以想象的后患”。直到胡风去世三年，一九八八年六月在全国向全体党员下达了中央政治局常委会讨论通过的中办发（一九八八）六号文件《中共中央办公厅关于为胡风同志进一步平反的补充通知》。才将原来（一九八〇）七十六号文件虽然在政治上为“胡风反革命集团”一案平了反，却对胡风的政治历史、文艺思想等活动，仍然沿用了原先“大批判”中的那些栽诬所留下不少“尾巴”的不实之词，予以“撤销”。既有不彻底的平反，才有“进一步平反”。《通知》中，“小集团”的问题不存在了，原先定阿垅为“胡风反革命集团骨干分子”之罪名自然不能成立，说是冤案，也理正。周扬信中“我们和你理论分歧的根本点”所划清的界限，按照二次平反的文件所说——

> 《通知》中说，“胡风的文艺思想和主张有许多是错误，是小资产阶级的个人主义和唯心主义世界观的表现”。经复查认为，对于胡风同志的文艺思想和主张，应按照宪法关于学术自由、批评自由的规定和党的“百花齐放，百家争鸣”的方针，由文艺界和广大读者通过科学的正常的文艺批评和讨论，求得正确解决，不必在中央文件中作出决断。这个问题也从《通知》中撤销。

这些话，也是对胡风一路人有了第二次的平反，才可以这么说的。可是，史实是不以此为转移的。首先，绝对不能忘记，胡风的这些理论，是他在国统区根据那里的情况写给那里的读者看的。无论理论，还是实践，都不能离开具体的时间、地点、事实，这也是马克思主义对待问题的起码态度。林默涵所说的胡风“有的文章提得不够明确，容易生副作用”，很中肯。可是什么话都说白了，反动派也不是吃素的。在解放区批胡风在国统区说的“主观战斗精神”，从唯物同唯心史观敌对的对立，对它持有异议，不怪。可是，唯物主义者并不否认个人主观能动性的意义，这也是唯物还辩证之理。马克思、恩格斯一八四四年在《神圣家族》道：

> 历史什么事情也没有做，它“没有进行任何战斗”！其实，正是人，现实的、活生生的人在创造这一切，拥有这一切并进行战斗。并不是“历史”把人当作手段来达到自己——仿佛历史是一个独具魅力的人——的目的。历史不过是追求着自己目的的人的活动而已。

马克思一八四五年写的，身后由恩格斯一八八八年收入《路德维希·费尔巴哈和德国哲学的终结》出版，予以公开发表的《关于费尔巴哈的提纲》道：

> 从前的一切唯物主义——包括费尔巴哈的唯物主义——的主要缺点是：对事实、感性只是从客体的或直观的形式去理解；而不是把它们当作人的感性活动、当作实践去理解，而不是从主观方面去理解。

先圣之言，是充分肯定了人的主观能动性。从文艺创作来说，马克思在《1844年经济学哲学手稿》中也有“人也按照美的规律来塑造物体”的名言，这同样也是能帮助我们理解它的。胡风自称信仰马克思主义，还不是马克思主义学者，也不是共产党员。他之所说，哪怕“提得不够明确，容易生副作用”，不论是作者思想倾向和水平，还是由于当时国统区的某种情况所致，这一遗憾，再怎么说，也不能上纲到对抗解放区的文化政策而论。何况，国统区千千万万受欺被压的劳动人民，有不少是忍命、宿命的，若是有点主观能动性，乃至能鼓动反抗，而不是煽动解放区翻身当家做主的人民造反，怕是不能完全视为消极的。重要的，还是要看此话是在何时何地怎么说的。

尤其是“精神奴役的创伤”，在国统区亿万受反动派的欺压者，他们不是被奴役吗？被奴役者的精神，不是被奴役的创伤，还能是幸福的花朵吗？

若是先验地以人划线，不是以事看人，那么，这一“先验”，恰恰不是声称反对“唯心”观者所对立的“唯物”武器啊。

可是，先验一统，不仅胡风，凡列为这一所谓“集团”者，皆莫能免。路翎分在中国青年艺术剧院，他写的剧本《英雄母亲》，在周扬也提出反对公式化、概念化之际，都感到它别有风采。张瑞芳、吴雪这些戏剧明星都下乡体验生活，准备开排，一反胡风，这个自然有不同于一般农村妇女的《英雄母亲》之英雄处，也被先验的所谓“主观战斗精神”殉葬了。

阿垅，列为此中“骨干分子”，他的“到处有生活论”，更是不能不批。从周扬给他的信看，目前，虽然不见被驳的原文，过来人就从周扬所说，也略见端倪。从我们仅能看到阿垅一九四九年九月写于上海北站职工宿舍“虹江路”，刊于翌年主要是罗飞、梅志、罗洛、化铁“七月”同仁编辑的《起点》二期，署名“张怀瑞”，是寓其怀念爱妻张瑞之意，这倒是了解作者的一份信息。从标题《略论正面人物和反面人物》，正是针对其时周扬本人也表示要反对的公式化、概念化而来的。不少都是从马克思、毛泽东、高尔基等所言引发开的。虽然周扬信中批评阿垅“尽管旁征博引了许多马列主义、毛泽东著作中的字句，但却阉割了它们革命的核心”。有趣的是，周扬原信的手迹中，“马列主义”四字，都是事后添写在“毛泽东文艺思想”一旁的。阿垅对“马列”的学习和引用是否到位，大可商榷。可是他对现实中文艺创作中所谓的“正面人物”之“神化”，不也是反对概念化吗？他是念念不忘马克思反感不食人间烟火，丧失了血肉和性格的影子之“脚穿短靴，头带神光”者。

以上“脚穿短靴，头带神光”的译文，可能是新中国成立前的，与人民出版社一九九八年版《马克思恩格斯全集》十卷三百二十四页有异。之前，它不同于引用得很多、广为人知的引文，需要对它做点说明。它出自马克思、恩格斯《评科西迪耶尔公民前警备队长阿·谢努〈密谋家，秘密组织：科西迪耶尔主持下的警察局：义勇军〉1850年巴黎版》——

> 如果用伦勃朗的浓重色彩终于把革命派的领导人——不论是革命前的秘密组织里的或是报刊上的，还是后来官方的领导人——栩栩如生地描绘了出来，那就太理想了。在现有的一切绘画中，始终没有把这些人物描绘出来，而只是把他们画成一种官场人物，脚穿厚底靴，头上绕着灵光圈。在这些神化了的拉斐尔式的画像中，一切绘画的真实性都消失了。

拉斐尔（Raphael，1483—1520），伦勃朗（Rembrandt，1606—1669），都是那两百年间宗教画的大家、圣手。《马克思恩格斯全集》国内一九九五年的中译版第一卷第一百八十八页，《第六届莱茵省议会的辩论（第一篇论文）：关于新闻出版自由和公布省等级会议辩论情况的辩论》，曾说：“伦勃朗曾把圣母像画成尼德兰的农妇。”有了这句话，有了他对伦勃朗的世俗精神和人性的点赞，才有这种同拉斐尔的比较。阿垅借用马克思之所说，不完全是针对革命领袖人物，而是针对一般的人民群众，乃至针对统统的“人”于文学的公式化、概念化之批评，恰恰是针对以此袒护了它的庸俗社会学。然而，原文引用马克思反对为革命者头带“神光”之说，恰恰是过去那些自称马列文艺，且为专家和权威者闭口不说，从未提及的。对此茫然，无须诧异。实为此一“主义”，已沦为其实用者改变了它的原貌所致，同时，这一切，也有宣称的这一主义，又不愿和可能进入这一知识范围者，只有以他的所想、所说的样子之主观，自然无有马列主义自身之客观。

为此，提供真格的马列主义，对英雄人物塑造所不同于庸俗社会学之说、之思考，不想反而成了忌讳了。阿垅对它的引用和应用，即便掌握得不准确，乃至走了样，恐怕还不能说“阉割了”马列主义“革命的核心”。阿垅提出的写“私生活”和周扬的只能写“公生活”，这一“公”“私”，从语言的表述看，正是一题两极的说法，都是同样的不周全、不确切。当年许多如周扬要求描写的“阶级斗争和生产斗争”，往往被写成“阶级斗争和生产斗争”一些过程的交代，忘了文学是人学的根本，是不能不与周扬对其指导性的表述不周无关。据马克思和恩格斯一八四五年到翌年合写的《费尔巴哈一般意识形态·德意志意识形态》所说到的“人”，首先“无疑是有生命的个人的存在”，他们为创造历史，“必须能够生活”“首先就需要衣、食、住以及其他东西，因此第一个历史活动就是生产满足这些需要的数据，即生产物质生活本身。同时这也是人们仅仅为了生活就必须每日每时都要进行的（现在也和几千年一样）一种历史活动，即一切历史的基本条件”。这里，先圣们绝不是忘记了，或是不知不懂“阶级斗争和生产斗争”，对这，别的咱就不说了，由此，是否从先圣所言，可将“生活”二字的含义放在一个更广阔的天地来看它和解读呢?

“人”者，既是生命个体的“存在”，为此谋生做工，辛劳之后却难保温饱，由此才会为生存而斗争，才有他阶级的人，英雄的人。然而，无论怎么样的人，他的生活，都是一个完整的生活，衣食不可能与斗争无关，斗争也不可能只是离开此中的挥拳呐喊或刀枪相见。若简单化地将它分为“私生活”或“公生活”，并不妥当。马克思和恩格斯还特别反对将“历史的东西则被说成是某种脱离日常生活的东西”，更不是周扬所说的那种状态。这已经是文艺的一般常识，在此这般地说，已有对权威们的失敬。因为过去对阿垅的“到处是生活”并为之的“论”，批得很厉害，由此，什么是“生活”？也让人困惑，加以“身边琐事”的概念同样模糊，为此，他们所说的“生活”，不论公的、私的、琐事或伟业，我只知道：文学的人学，凡是有助于刻画人物典型环境典型性格的，不论它是什么，哪怕一草一木，都是艺术中所不可缺的生活，它绝不是离此设想的，更不是由此固化的什么东西，乃至由于谁这么说了，则认为抵制、对抗了现有的文艺政策而有罪。

不仅如此，阿垅作为创作组长，尤其是编辑部主任，发现、辅导年轻作者，本是分内工作。对不同的人，根据各人的特点以不同方式，不分时间地点所认真、负责的热情，却成了“腐蚀”青年，拉拢他们，壮大自己力量，组成反革命队伍获罪，更是奇谈。典型的例子，就是他对原名“侯红鹅”的著名作家林希，这位新时期以写天津解放前的世态系列长篇，翻译成多种文字，影响广泛，海外称之“津味作家”者。当年，阿垅看中他，是有眼光，说成“腐蚀”，则别有用心。因为，一九五五年，部队准备照苏军的形式改编，文艺工作者成为军中的“雇佣人员”，我嫌“雇佣”与“革命”不搭界，准备转业到天津，为此，从一九五八年“反右补课”将我调归昆明之前，还是在天津待过不少日子。

看门的老头说到阿垅，都是“老实巴交的一个人，怎么会是一个‘反革命’呢”？他不识那些这样或那样的说法，可他不仅看透敌伪时期的那一切，全都瞒不过他的那双眼睛，革命不革命，也不能把阿垅和那些汉奸、恶霸、贪官、污吏搅混在一起。不过，这也是气候好转些，抓去的鲁藜一伙人放了回来，领导说是“从宽”，大家，包括这老头儿私下都是说“抓错了”才敢如此说。风声一紧，就不同了。

可是，不管“松”还是“紧”，取代了鲁藜的新领导方纪（1919—1998），在“挽救”被阿垅所谓的“腐蚀”的侯红鹅，展示政策的阳光时，看了他的作品也惊叹他“确实有才华”，决定留在《新港》编辑部监督使用。但“侯红鹅”此时已被批烂了，监督使用，已是“宽大”，要清理和肃清此时批烂了他的影响，是根本不可能的。可是，在编辑部，也无法不让他接触天津的业余作者，他们要是知道处理他们稿件的，正是那个已经被批烂的侯红鹅，那还了得。那个影响，谁也负不了这个责任。为此，方纪要他改名易姓，他才叫了“林希”。

后来，我们成了好友，对此事也就不乏真实的了解。如今，他在大洋彼岸，著文仍然不忘此事，是它未能如烟。那时，林希还未成年，大家从瞧出他对生活所萌发的文艺感觉看，说他是个早慧的文艺少年，是有眼力，不会错的。当年，他只是听了学校请来的作家所做的报告，对阿垅的报告印象深刻，随之也看了胡风的一些文艺理论。然而，阿垅只是从来稿中读到林希的诗，既欣赏，也提出进一步修改完善的意见，辅导他的过程中，称赞过、鼓励过，更有很严厉的也是最受益的批评。这样，也就有了一般正常的往来，在情感上，每次教诲又烙下很深的烙印，这样，一般的往来，也就有了不一般的意义，相互间，也就有了不一般的影响，才有阿垅给胡风去信，谈到天津有个叫“侯红鹅”的少年，很刻苦，读了些书，诗也还写得不错，对许多问题有看法，很可能有点希望。此中“对许多问题有看法”，自然是指能接近、欣赏他们的文艺观点，这也是世上没有无缘无故的爱。

可是，揭批胡风，搜查中看到阿垅的这封信后，各处接到《通知》说：有一个叫“侯红鹅”的胡风分子，潜伏在天津，动员各方查寻。由此，扬言“一个青年，受了胡风文艺思想影响，按照胡风文艺思想写文章，这不正是受胡风文艺思想影响到为‘胡风集团’卖命的‘反革命’典型吗”？一九五五年七月七日《中国青年报》在“揭发”胡风“毒害”青年人的大标题下，视为典型的“侯红鹅”已是“堕入了反革命深渊，变成了反革命分子向人民进攻打先锋的喽啰”了。此后，再也不是讲阿垅他对“侯红鹅”的所谓“腐蚀”，而是成了阿垅对“侯红鹅”的“特务拉拢”了。

凭什么说这是“特务拉拢”？这个“特务”指谁？不就是说阿垅吗？

不对！阿垅，是民族解放战争中和抗日战争中，投笔从戎的一员“国军”，脸上还留有“八一三”淞沪抗战的伤疤。他接触了进步思想，一九三九年直奔延安，是进了“抗大”的一位八路军的革命战士，为野战演习中眼球受伤，经组织批准到西安医病，不幸，此一去，归途封锁，再也回不了延安，流落西安，衣食无着，他又考了，且考入了陆军大学，毕业后任战术教官。但他于此之便，则有不少非常人所能之所为。仅一九四七年初夏，阿垅在他一些旧时军校的同学中，知道一项绝密，并设法偷出此中存档的材料，就连夜送到胡风家中。此中没有谁是专业人员，谁都明白事关重大，想到廖梦醒是廖仲恺（1877—1925）、何香凝（1878—1972）夫妇的女儿，会有门路直通上面，于是，胡风赶在翌晨一早就转到她手上。为此五月，山东蒙阴的蒙山东南平原之地，海拔五三六米花岗岩体之山峰孟良崮的一战，我军歼敌主力的一个军之大胜，绝非等闲之事。廖梦醒对胡风说：

谢谢你交来的材料，我们这一回是大赚了一笔，希望以后还能有这方面的材料。

仅以此看，我军若被反动派原先阴谋的包围战所围，即便突围胜利，损失也不会小，然而，据此情报，一反而为反包围战，转危为胜，歼敌一个军，还不该给阿垅请功吗？

另一位地下党派去与阿垅接头，也被网进“集团”的罗飞，却是共产党员。他从阿垅手上接送的情报就多了。项目人员逮捕了他，要他检举阿垅“罪行”时，罗飞由此反转来追问一声：“阿垅将国民党的军事情报输送给我党中央，难道这是‘罪行’吗？”项目人员无法回答，勃然大怒，拍桌大喊：“他是反革命！”罗飞不仅未被吓住，更是坦然从容，再回答他们：“我活着就是证据！如果他是反革命，我不可能活到今天，你们诸位也就找不到我了。”

遇到这等事，真是“秀才遇到兵”！

四

有次，林希从报刊看到，将不主张格律的人竟然斥之为背叛祖国文学传统，从而断定这是反对与工农兵结合和文艺工农兵方向之论，大为不解。他问阿垅，阿垅同样困惑不解。这回同样，他对“生活”等的看法，既是意识形态，自然更是政治，乃至是他的“反革命”问题，由此，他也明白，对格律诗的态度所以为此而为政治问题之所在。这些问题，阿垅，他怎么能说得清楚？他对自己的问题都“说不清楚”，不，不是他对自己没有“说清楚”，是他说的事实，人家不认同，不与他们先验之说契合，也就无法“清楚”。当运动一哄而起，先验所定的对立面，只该“打倒”的要“倒”，自然只有挨“打”的份，还能让你说什么呢？

这些乱象，大概无法说是批评的正确。对待真正的错误，也不是用错误去反对错误可以了事。这，绝不是“为胡风共鸣”的“胡风思想的化装宣传员”所言，实乃由此自省：以错误，去反对错误，同样是错误。

当年，周扬由此所点赞的陈涌，之后陈涌自己是这样说的：

> 我对胡风的看法有一个变化的过程，在对待胡风问题上，我感到最早我自己还是比较简单化的。我一九五〇年曾经写过一篇评论阿垅的文章，《中国新文学大系》还收录过，阿垅的文章也被收入了。我现在还是认为，阿垅的文章本身是有问题的。他的思想是“艺术即政治”，艺术好也就是政治好，在艺术上是真实的作品，在政治上也一定是好作品，这实际上就是要求我们的作家不问政治，这显然是错误的观点。我写过一篇文章批评他这个观点，但后来，我的认识有了变化，我自己也发现，我在批评阿垅的错误，肯定文艺不能脱离政治的时候，对艺术和政治的关系

都做了庸俗化的解释。我不是用政治和艺术统一的观点来谈论创作问题的，而是孤立地无限夸大政治理论的重要意义，我在文章里提到，作家要做“人类灵魂的工程师”“便首先要使自己站在马克思主义的思想水平上，站在毛泽东的思想水平和共产党与人民政府的政策水平上”，这实际上是要求每一个作家都向政治家、理论家看齐，认为他们都首先成为政治家、理论家，才有可能成为“人类灵魂的工程师”的作家。

我这篇文章的题目是《文艺与政治的关系》，是在全国解放不久的一九五〇年发表的，不但那个时候找不到一个作家是已经达到这三个“水平上”的，而且在今天的中国也不可能找到，那么，中国至今就没有一个作家，没有一个真的“人类灵魂的工程师”了。作家要学习政治，学习马克思、列宁主义，学习毛泽东思想，学习党和政府的政策，这不应该有什么争议，但要求作家都要，而且首先达到这三个“水平上”，是不符合作家成长规律的，是违背艺术规律的。

前面提到了我批评了阿垅以后，思想有了变化，这变化是怎样来的呢？是我逐渐感觉到有不少人是利用机械论、教条主义来批评胡风思想。后来，我才逐渐感觉到了。怎么感觉到的呢？后来批判胡风运动起来了，写批判文章的人比较多，我越来越感到，这些批评不讲艺术规律，只讲意识形态的一般规律，用意识形态的一般规律来代替艺术规律。此时，创作中的公式主义、概念化很严重。同时，一方面机械论式地批判胡风；另一方面，我们不少创作又没有真实性，存在很多概念化的东西。这引起我的思想矛盾，我也曾和何其芳谈到过：胡风是抓住了我们的弱点的。他是很不以为然的，他那时正在研究批评胡风的热潮中。我总觉得胡风有很多值得我们重视的经验，恰好胡风是讲艺术规律的。解放后，我也参加了批判胡风的运动，也很幼稚，后来我批评胡风也着眼于讲道理，我没有用过骂人的方式。把胡风定性为“反革命”以后，我也写过一篇《保卫鲁迅的方向，粉碎胡风集团的反革命思想》的长文章，我的思想，已经开始有了变化，除跟着形势走，给他扣的帽子以外，对一些理论问题，我还是按我的认识发表意见的。

这篇文章是我主动写的。在有关胡风的三批材料公布以前，我就感到对胡风的批判越来越不对头：批胡风，一旦变成了群众运动，发动群众搞批判，有些平常很少接触胡风的文艺思想，对他的“三十万言书”恐怕也来不及看的人，也一哄而上。我当时就说过这是“人海战术”，还说了一句使大家很反感的话：“批判胡风是用机械论来反对唯心论”。应当说，这对当时的运动很不利，是骇人听闻的，对我会带来灭顶之灾的。但这句话确实反映了我对当时批判胡风运动的不满。再加上我看来，当时我们一些搞文艺的人的机械论占上风。这些因素使批判胡风的运动愈演愈烈。我逐渐意识到这些，对批胡风也就很冷淡，抵触情绪也越来越厉害了。

至于我的思想对胡风问题发生变化以后，是否已经成为“胡风的共鸣者”“胡风思想的化装宣传员”？有一篇文章对我当时的思想做了分析，我以为是比较客观，比较符合我当时的思想状况的。

一九五六年，陈涌在《关于社会主义与现实主义》的文章中谈到现实主义的问题，说在批判胡风时，“有些人没有把革命的战斗精神和科学精神结合起来”，以致“许多复杂的理论问题‘被解释得格外粗俗简陋’”。说“庸俗机械论在批判胡风集团当中有了发展”。他在《为现实主义而斗争的鲁迅》一文中提出，文学艺术不同于其他意识形态的特殊性，是它的“艺术的真实性”——“没有艺术的真实便没有艺术生命。艺术的政治价值和社会价值都是不能离开艺术的真实性而存在的。”“把艺术的真实和艺术的教育分裂开来，其结果，艺术的政治教育作用便成了艺术真实之外附加上去的，这不但损害了艺术的真实，而且这样的做法即使在政治教育的观点看来，也不能不是拙劣的。”“艺术家在生活上和现实结合，从思想上和人民群众结合，以写出真实的生活图景和真诚的思想感情。艺术的真实并不等于思想的正确，正如思想上的正确并不等于艺术的真实一样。”

这些话，今天看来，并未随时间的过去而过去，仍在理。当年，作者却是在反胡风运动的教训中，明确和坚持了的。可是，为此交的“学费”，所付出的代价，也太大了。

然而，当年为确定这种批判的“正确”，是以阿垅送进监牢以证实的。如此说，不是“为胡风的共鸣”，是明白如此对待“错误”，本身也是同样的错误。

正因为这样，阿垅安然地蹲在牢里，无惧、无畏，没有抗争，淡然的镇定，在法庭的被告席上，他神态的镇定，是展示的庄严：

“我放弃上诉!”

接着又站立起来：

“一切事情都由我负责，与任何人无关。”

在无可分辩的境地，他选择了牺牲自己以成全自己和他人；自负了一切责任，就没有任何负担。在永远不可能轻松自如之中，又有了他的轻松、自如；也有肃静于肃穆的庄严。

阿垅的妻子——张瑞早走了。他是一九四四年陆军大学毕业于成都实习，在“平原诗社”与张瑞相识，如他所言“爱情，开始就带有人生战斗的不顾一切的残酷”所在。一年后，张瑞怀孕从重庆回到成都。翌年三月十七日，她是喂了孩子的奶，留书自杀。阿垅是写了两千多行的长诗《悼亡》寄哀。它是百年新诗中的奇篇。诗中有七百七十行写到第三者的侵犯，才知传言不假。可传说的第三者也是“七月”圈内的熟人，他见人就“辟谣”。旁人，还是熟人，无法说什么。阿垅哭亡妻“被侮辱与损害”，正是夫妻两地分居，虽然他每天写出一封编号的长信，也被邮路拥堵，邮局延误，或失落而收不到。待产、分娩的张瑞所需要的人不在身边，外人趁机献殷勤、死纠缠，她怕丈夫也被人骚扰而见异思迁，更无法承受这种被侮辱与损害，因而“用生命完成对他的爱”而去。对此，阿垅除了责怪自己为谋生无法尽到丈夫之责，也是有言在先：“爱情，开始就带有人生战斗的不顾一切的残酷。”

鳏夫与亡妻，只有生者在书案与床头亡人的照片日夜相望；鳏夫与亡妻，只有见相片痛人去的折磨，是永远在折磨他；在牢里，没有书桌，更没有照片，只有永远伴在心里的张瑞。

张瑞留下的儿子，是他们的“爱情，开始就带有人生战斗的不顾一切的残酷”之幸福。一介武夫，在自身安全都失去保障的白色恐怖下，东藏西躲，南北颠簸，襁褓之中的孩子，先是交他四姨妈张瑚抱领。一九五〇年阿垅安定了下来才接到天津。阿垅每天要上班，业余还要写一两百字，还要又做爹又做妈地带着小沛，真不容易。入学的前一天，老爸的诗说，孩子在梦中走路，桥断了，“他拿着一朵小花走过去，桥，又升起了”。父子对新的生活，是一片纯真的热情。一九五五年反胡风后，小沛则有指定的监护人，在指定的学校生活学习。满十八岁成人，下厂做工。直到一九八〇年阿垅平反后，小沛才获得机械制造、电气自动化的两个文凭，任研究所的高级工程师。小沛的女儿是“海归”的留美医学博士的硕士导师，儿子是微电子专业，为一家外企技术总监。不图虚名，都是“老实巴交”的劳动者。争气的儿孙，慰阿垅的在天之灵，他足以瞑目。

从狱中传出的信息是：阿垅整天面壁而坐。他不信佛，博学及佛，面壁修行，净越魂灵，沉默无语，胜似诵经。

他完全不像传媒宣传的那样，凶神恶煞。个头不高，囚衣布衫，方方的脸，宽宽的下巴，脸上除了伤疤，还多了几条纹路，粗深的，有皱纹，粗深的，是人生。若不知他是行伍出身，“流血的人是不流泪的”，看这位中年人，更像城市的劳动者。不知是生活的担子，还是这一切让他活得太累，朴素、坚毅的神色还无法驱走深深的倦容，面壁苦修，真似高僧，铁窗难锁，他的入定。

他这样被关了十一年，一九六七年三月十七日因骨髓结核死于狱中。据林希说：“尸体火化只有一个号码，没有姓名，骨灰本来说要扬弃掉的，可周围善良的人不愿中国的大地再游荡一个冤魂野鬼，找到一只破木箱，才把骨灰装上，深埋在火葬场的墙脚下。一九八〇年胡风案得到平反。几经周折，才找到当年埋葬阿垅骨灰的地方，当阿垅唯一的儿子陈沛抱着骨灰盒去火葬场收殓阿垅遗骨的时候，我和他抱头痛哭。”

正如西方有位艺术家所言，他的努力、创新、成果，不是自己生前，一定得等时间过去之后，隔代，或更长的时间才能被人认识。阿垅也是这样。落实政策时，大家读到他的遗言，是他一九六五年六月二十三日在狱中写的一份材料：

> 从一九三八年以来，我追求党，热爱党，内心洁净而单纯，做梦也想不到，会发生如此不祥的“案件”。当然，我也从大处着眼，看光明处。但这件“案件”始终黑影似的存生。我期望着又期望着，能够像一九四二年延安鲁迅艺术学院整风……只要那样，个人吃了苦也不是毫无代价。整个“事件”，就是这样一个主要矛盾，基本矛盾。
>
> 我的心情，如同行星，围绕着这个矛盾中心而旋转。这是一个错误。但相对于党的整个事业和功勋而论，这个错误所占的地位是很小的。党必须抛弃这个错误。所以，最后，我唯一热望，是通过这次事件，能够得到党和同志们的谅解和信任，得到喜剧

的收场。

这一番话，让过去视他为敌者，才认识到他是一位伟大的同志。负责为他落实政策，此时文化部党组的诗人贺敬之在会上读着它落泪，多次在大会上说到我们受屈的同志，是这样向着党、爱着祖国和人民的。这里，我们还是以他一九四四年九月九日写的《无题》，也是百年新诗中的经典，以缅怀诗人自己——

不要踏着露水——
因为有过人夜哭……

哦，我的人啊，我记得极清楚，
在白渔烛光里为你读过《雅歌》。

但是不要这样为我祷告，不要！
我无罪，我会赤裸着你这身体去见上帝。

……但是不要计算星和星间的空间吧。
不要用光华；用万有引力，用相照的光。

要开作一枝白色花——
因为我们要这样宣告，我们无罪，然后我们凋谢。

对于有过“诗，正是政治”之说的阿垅来说，此中，他于一九四四年，抗战最艰难，也是胜利在即，黎明前的黑暗中，他于此表达的是什么样的“政治”呢？读者从中又读到什么样的“政治”呢？他在一九四七年五月

《去国》收尾的两句道：

我无罪，但是我却把有罪当作我的寒碜的行囊了

我是在劫夺了我的祖国敞胸而岸然旅行

这是他多首悼念亡妻之诗中的一章，此处之“去国”，是要随妻去到她所在的另一个国度。不论去到哪里，都是一种人生，是他的人生之途吧。《悼亡》中他还有“我们不是为自己赎罪，而是为历史赎罪”之说，这也就可以让我们从更深更广处找到它的落脚点。可是，无论何往，他的人生，途中不可弃的，都与祖国同在。

原载《大家》一四三期（2018年9月）

永远的同志哥

一

转眼，映真，陈映真（1937—2016）平日无有外人时还是唤他“永善”，乃至为他那充满智慧、硕大的头颅而亲昵地称“大头”的他，离开我们已过一年了。去冬，全国“台联”为他八十冥寿的纪念，台北以二十三卷《陈映真全集》的首发，说是纪念他的离去，更是看到他如今还活在我们当中。此时，中国台湾有另一位诗人余光中（1928—2017）的去世，自然也有一番悼念的热潮，由此，不少过来人、当事者，对二位艺术、思想、政治，乃至具体到“统”“独”观之对比、评议，引人所想的，可说的，也就更多了。

虽然，我比他大几岁，相比他的智慧、能力，我很惭愧，远远不如。虽然同志哥之间，无话不谈，由于战乱和一九四九年后的隔离，两岸，近在咫尺，相望遥遥，若无特别的管道，相互根本无从了解。一些泛泛的、浅层的宣传文字，难解此渴。一旦，岛上解除党禁，仍难改他蒋家王朝惧“共”反“共”的本性。大陆大大开放到讲它为“四小龙”之一的光彩，虽然这也是对它不可缺失的了解，可不顾其他，乃至某些根本，只教人对此“龙”的迷幻和资本崇拜，还不如对它的无知。

一九八五年，映真创办的《人间》，只是出了两三期，就火遍了全球的华人世界。我家守旧的老人，在大洋彼岸，也被它吸引、激动、新潮了，急急为我从创刊起补购，并邮订了一份《人间》。在两岸还不通邮之际，请我家当年还有留住在香港的亲人转寄给我，这是一份怎样的心情啊。他们是铁杆的“统派”，希望我从《人间》获得对同一个中国的台湾，有更多的、真实的了解。这份彩色印制的期刊，图文并茂，其摄影或黑白鲜明，或色彩夺目，每幅皆摄取极其真实的生活画面，捕捉的细节，又极具艺术的典型性，有的光影运用之精当，完全可以当作单幅的、精美的摄影艺术品。它不仅是与文字配合的说明，是同文字一并对生活双向的表现。它关怀社会生活各个层面，既有事件揭露的新鲜、警醒，又有政论式批判的深刻，它有很多是第一时间向读者发布的通告，又绝非一般的新闻报道，是散文、政论、文学……当时，我还不懂，不具任何环保意识时，它创刊号上《内湖垃圾山上的小世界》写道，那长达近一公里，高约六十公尺的高耸的垃圾山，也以它高耸的威力和凶残，威胁人于环境的生存。然而每天有一两百人在这污秽、恶臭、令人窒息的尘埃之中刨垃圾为生。编者为这“坚毅、严肃、自有尊严的小世界”之推出，也是双向于台湾的环保和社会问题的深刻。那醒目的标题《你是外国人吗？是。你是中国人吗？是!》，这让人无法不想到英年早逝的作家朋友王祯和（1940—1990）的《玫瑰玫瑰我爱你》，它正是描写台湾当局为迎接从“韩战”“越战”前线来到岛上休假的美军官兵，从说英语到教唱四十年代十里洋场流行的《玫瑰玫瑰我爱你》，从西化饮食到梳妆打扮，倾其所有地为美军“服务”，尽显殖民地的奴才心态。有了这样的“服务”，不是没有，还是少不了一些奸污的暴行；有了这样的“服务”，美军一走，也留下不少Amerasian（美亚混血儿）。他不同于一般的Uasian混血儿，更不是他们所说的world children——世界的儿女，而是被美军抛弃的、比孤儿还孤儿的孩子。这些孩子，早熟、自卑，他们肤色、眼睛、头发的异样，有的还是黑种人的颜色，几乎成了他们难以见人和被人歧视和嬉笑的标志。他们除了靠那位“中国通”的美国女作家赛珍珠（Pearl S.Buck，1892—1973）专为协助、辅导他们美军，包括文职人员在世界各地留下混血儿的 The Pearl S.Buck Foundation 之基金会，除每月提供的二十四美元生活费，或是为他找到一个在美国愿意领养他的家庭。

这些孩子，他们的亲生母亲大多是下层妇女，素质不高，经济困难，将他寄居外婆家，虽然老人不弃、宠爱有加，但他们自卑感重，对自己身世的悲哀和苦恼，让他们成长的过程，很难跨越自己，更难跨越世俗。这都是谁之过啊?

这份《人间》，确实让我见了世面，大开眼界，认识世界，也认识了我自己。创刊往下，精彩不断，佳篇迭出。在这为“龙”所繁荣，也当文明的岛上，人口贩子用欺骗和暴力，从山区贩买来的原住民少女，有的才十一二岁，用二十到三十万台币“押”给卖淫集团，在这野蛮、凶残的新的奴隶制下，强为雏妓。没有年月，没有日夜，没有任何可休息的节假日，子宫发炎、生病、月经期间，也要照常接客。在“保镖”和老鸨的淫威下，囚禁于地下密室，日夜被蹂躏。公娼是每天要接客二十，她们是加倍到四十。嫖客十五分钟为一“节”，付三百元，她们每日创九千元，一月二十七万元。早已赚回了买她者所付的“押”金。然而，她们却要年老色衰，或毁于性病，才被扫地出门，乞讨长街，倒毙穷巷。

映真人从文理学院外文系毕业后，就继续他的写作。两年前为在《笔汇》发表了他的第一篇小说《面摊》，也就相继加入了《笔汇》《剧场》。继《面摊》的《我的弟弟康雄》《祖父和伞》等十一篇小说，其气势，在这岛上，无法不让人关注。白先勇在他《文学心灵的敬重》里称其有“一种少年维特之烦恼的情绪，很动人，很吸引年轻读者。他一来就有‘文体家’的气势，文章中有一种很特殊的感性”。

像《我的弟弟康雄》，在他看来“则有着相当的死亡象征”。这时，作者才是一个二十三岁的小伙子。从他，以父母到一家大小虔诚基督之心，对一位入城才五天，以他对一个流动面摊谋生的小贩一家的同情、怜悯，以及华人所在的不同的却很相近的市井风貌，及其城市管理中的不同警察之描绘，都光彩了作者极其敏锐、丰富的艺术感觉，平凡的故事，以其形象及精当的文字抒写。韵味不浅，年轻初试，出笔不凡。

然而，时过半年，他写的《我的弟弟康雄》，也许是一种变异，也许是一种升华，也许真是“死亡的象征”于生的挣扎，而生的挣扎又终归于死亡的归宿。在要讲好故事的小说之文体，它几乎没有故事，而是陷于哲理的自拔，坠入冥思的空想。“少年维特之烦恼的情绪”，表现于第一人称的姐姐翻阅已经自杀而死的弟弟康雄之日记所思时。弟弟生前笃信“富裕能毒杀许多细致的人性”“贫困是最大的罪恶”之所思，是乌托邦也好，是虚无也好，“求鱼得蛇”“求食得石”者，当他在仓库找到一份工作，在一所专为劳动者的客寓里，同那“妈妈一样”的主妇在一起，“这个童子稚气地在禁园里扮演着一个背道者，偷尝了情欲的禁果”，又因失去童贞，“为通奸所崩溃了的乌托邦里”而“稚气地撕掉了自己的生命”。然而，与他非常非常亲密的姐姐，由此所讲的“背叛”，应该是对弟弟信念的“背叛”，而得到“反叛的快感”。然而，她完全以自己的美貌，“毅然卖给了财富”，嫁了富人，突然“从贫困匮乏的生活进入了一个非常富裕的家庭”，给可怜的父亲看见“他毕生凭着奋勉和智识所没有摆脱的贫苦，终于在他第二代凭着几分秀丽的姿色摆脱了”。然而，她反问：“富足果真‘毒杀了一些’我的‘细致的人性’吗?”她看见弟弟死后十八岁的全裸、白皙一如女子，肌肉未熟的胴体，也看到十字架上超出了性别和生理的耶稣之裸体，正像她弟弟从十字架下来，并痛呼“初生态的肉欲和爱情，以及安那琪、天主或基督都是他的谋杀者”！这哪是编故事的小说，是一则地地道道的现代寓言！是虔诚基督者的“乡土神学”，它显出映真所最后的坚守，正是时时警觉不能失去信仰的童贞！

这位小伙子，若在海峡这岸，肯定是一位比之多少平庸、混饭吃的专业作家更为出色的写家。可是，第二年，他也为躲不过当局的兵役入伍，否则，年纪大了，这个兵会当得更苦，没有当过兵的证明，也出不了境，去到第三地，还会受到军法的处治。何况，那也是一种磨炼，一种人生。

一年后，为了要养活“亲恩如山”的养母，他到台北强恕中学教英语，又到外资药厂当差，搞广告，后者，待遇和灵动的时空，可以利于他的写作。因此，他那《华盛顿大楼》的系列小说，也应该是这段生活的赐予。

由此，作家陈映真，他无疑是台湾当代文学的一位代表性的人物，然而，看当差糊口的陈映真，他也只能是台北芸芸众生之中的一员不幸的小百姓。

可是，一九六八年五月，他应居美的聂华苓和她夫婿安格尔（Paul Engle，1925—1990）的美国爱荷华“国际写作计划”邀请出访，在他出门前夕，却被一个披上“文教记者”外衣的侦探出卖，“以组织聚读马列共产主义、鲁迅等左翼书册为共产党宣传”等罪名被捕。十二月六日判决十年徒刑。翌年二月复判，维持原判。与他同案同判的还有他一九五八年同榜考上师大美术系的吴耀忠。这不乏巧合，也有其必然；在同一个天空下，人生的磨砺，一个成了大画家，一个成了大作家，在独夫的专制下，再次到牢中“同学”，同属必然。

“我不下地狱，谁下地狱？”

铁窗内外，何处分界？铁窗内外，无界可分！直到一九七五年七月，蒋介石去世百日祭特赦，他们才提前三年出狱。

可是，在这三年后，也是他原定出狱的时段，一九七九年十月三日，他二次被调查局逮捕，为“涉嫌叛乱，拘捕防逃”。这后面“拘捕防逃”四个字，似乎又是问题的中心之中心。十年前访美前夕被捕，是否也是“防逃”？防止他一去不归，在外策反？

开初，他羁于台北新店警察总署看守所，不到一年，又被移监，到了台东感训监狱，两年后再度移监，转到绿岛监狱。大陆传唱的那个《绿岛小夜曲》的绿岛，可不是“这绿岛像一只船，在月夜里摇呀摇，姑娘呀，你也在我的心里飘呀飘”的所在。这首原为台湾导演张英筹拍、尚未开拍，可潘英杰和周蓝萍为影片所创作的同名主题歌，已经不仅传唱岛内，且热传岛外、海外各地的华人之所在。可一九五八年，警察总署认为该歌中的“飘呀飘”讽刺了台湾局势的不稳定，传讯了周蓝萍，导致影片流产，胎死腹中。制片方也大力“辟谣”，说这“绿岛”，是诗意的梦幻，非俗称“火烧岛”的“绿岛”，万勿误会。

这一题外故事并不多余。它被捕风捉影地说是“讽刺了台湾局势的不稳定”，与捕风捉影地说陈映真要谋反，完全是同一手法，是当局虚弱到草木皆兵，惶惶不可终日，垂死挣扎的疯狂。不论艺术陶醉的梦幻，及独裁统治的警察所不允许的艺术，还是失去了人权也失去了梦幻，对于投入在集中营受法西斯奴役的陈映真，都是尖锐的对立，辛辣的讽刺！梦幻之乡，陈映真不仅不可能去到，连想也没有想过。它是当局在岛上最大的集中营。虽是定然四面是海所称之的“岛”，只有一条极窄的、关卡无数的栈道可以入内的，俗称“火烧岛”的“绿岛”。可这集中营，还是依山林蔽，有海，还有山，有森林死锁的所在，是一个望不出去的牢笼。映真又一次移监，也是步步加强对他的囚禁，是否也是又一次对他的“防逃”？

他第二次为“涉嫌叛乱拘捕防逃”的被捕，是一九七九年十月三日一大早，他被传到新店头城调查局侦讯处，竟然叫他“不必客气”地为他备有牛奶、面包、湿毛巾；更叫他大为惊讶的是“何以规模竟这么大”地从私宅、岳丈、父亲家、写字楼搜索、扣押了那么多的，与政治不相干的东西。虽然问话者说读过他写的书籍时，虚张声势地申斥“你是个狂热的共产主义分子”，可是，按法，“为匪宣传者”是要有“以文字做有利于匪之宣传者”。虽然他太熟悉这些人的栽赃陷害手段，哪有什么理和法可讲？可是，他们搜到这些文学上的文字，怎么也无法与“有利于匪之宣传”扯在一起。这让他自己心里也有个底——再也无法从他身上诈出任何他们所要的什么东西来。问到现在他与党外人士、过去在狱中的难友和国际人权会的关系，他都坦言相告，这些，本来就是没有任何秘密和不可告人的。这样马拉松式的侦讯，终于叫这些治安人员说出“陈先生，我看你累了，我们也需要休息……”，还给了他一颗安眠药服下。

两天后，在侦讯室，他看到又进来一位官员，同样说了些读过他所写的东西之类的话，竟然觉得他是一个“有理想、有抱负、有爱国心的知识分子”。可是，他们的国，只能是国民党的“中华民国”。叫人不要弄错方向，正是指错了方向。赞赏台湾“土改”的成功，忘了蒋介石这是“以敌为师”才可以的夸口，讲台湾没有“四人帮”，他们闭眼不见面前一个知识分子任其恣意拘捕的现实。这也是台湾“民主政治”的光彩？这位官员为了自己的收场，还说了一声映真“是个孝子”，孝者，善者，以此“非常的处置”，三十六小时后，由他夫人陈丽娜出面交保、候传，也就了事。

回家当天他就听到岛上各路文化兄弟为之奔走，在美国的白先勇、陈若曦、欧阳子、刘绍铭、郑愁予、李欧梵等不分左、中、右，均签名抗议，在爱荷华的各国作家，一致义愤，受到美国多位议员、日本“拯救台湾政治犯委员会”的关注和关怀，安格尔还拟向卡特总统提出此事……

映真记述这段旧事，更多是对这些人的感谢，其实，更应看到的是：此时此地，在社会整体民主进步的进程中，他所以能纳入此中议事，也推动此时此地的民主，还是此时此地的他，已是台湾一位有代表性的作家。社会和国际对他的声援，当局无法不闻不问。当局在其宪法，在其“民主”所大言不惭“言论自由”的承诺中，独夫还是需要戴上假面的。

虽然，十年前在狱中七年的痛苦，终生不忘，可是出狱三年，他也没有任何可以授人以柄之处。然而，独裁者的监狱，不仅对革命者，只要不是受不了挫折、绝望、消极、沉沦者，它对任何人都是“大学校”。在台东泰源监狱，他见“韩战”前后，全面政治肃清后幸存的百数政治犯，对于只知幸免大屠杀的恐怖者，未必知道他们在此遥遥无期，无可期待，生命虽然不是一枪结束，却是无期地，一刀一刀割而不死的恐怖。它叫人想什么呢？映真在他《后街·三》道：

在那个四面环山，被高大的红砖围墙牢牢封禁的监狱，啊，他终于和那被残酷的暴力所湮灭、却同依然不死的历史“正面”相值了。他直接会见了少小的时候大人们在恐惧中噤声耳语所及的人们和他们的时代。他看见了他在青年时代更深人静时所窃读的，破旧的禁书，在书上留下了眉批，在扉页上写下自己的名字，签上购买日期，端正地盖上印章的那一代人。

在押房里，在放风的日日夜夜，他带着无言的激动和喟叹，不知餍足地听取那被暴力、强权和最放胆的谎言所抹杀、歪曲和诬蔑一整段历史烟尘。穿越时光的云烟，他噙着热泪去瞻望世代激越的青春，以灵魂的战栗，谛听那逝去一代的风火雷电。狱中多少个不能成眠的夜晚，他反反复复地想着，面对无法回避的生死抉择、每天清晨不确定地等候绝命的点呼时，这些对于生，怀抱了最为渴望的眷恋；对于那因义就死，表现了至大至刚的勇气的一代人，五〇年代心怀一面赤旗，奔走于暗夜的台湾，籍不分大陆、本省，不惜以锦绣青春纵身飞跃，投入锻造新中国的熊熊炉火的一代人。对于他，再也不是恐惧、神秘的耳语，和空虚、曲扭的流言，而是活生生的血肉和激昂的青春。

他会见了早已为故乡腐败的经济成长所遗忘一整个世代的人，并且经由这些幸存于荒陬、孤独的流放之岛的人们、和那当时已仆死刑场二十年的人们的生史，他会见了被暴力和谣言所欲湮灭的历史。

再也没有别的什么文字，能够如此精确地表达映真那七年于狱中的心路历程。知史识今，这大概是不需要多大学问的一般知识。他此刻被囚的现实，不是此刻与他“正面相值”的“依然不死的历史”之重演吗？之前，一九六四年的《将军族》，之后，一九七八年的《夜行货车》，堪称台湾当代文学之经典。说到这里，得补充一句，台北一家出版社要出十册《本省作家选集》，主编要选他的作品，却被他婉拒了。他问主编：中国文学能够划分这是山东文艺那是山西文艺吗？既然不能，“台湾文艺”这个名词除了狭隘的地方主义外，就没有多大的意义了。此事，除了被落井下石者借此说他是个什么什么“分子”，也可以看到他对祖国统一之心的坚定。不过，不是现在，往后台湾与祖国统一了，也一定像今日之港、澳，为“一国两制”的特别行政区。用领导的话说，这已是解决港、澳问题的最高政治智慧，台湾如此，不碍“统派”的爱国之心。做了如此说明之后，我再用到“台湾文学”这个词时，应该不会引起误解，误会我于此有违映真的初心。相反，我还要再次说一次——他的《将军族》《夜行货车》，堪称台湾当代文学之经典。

若说《将军族》里那些为人办红白喜事吹打、挣钱的康乐队的制服也可戏称像将军服，那《夜行货车》根本没有任何一处涉及交通和运输事宜，它和前者一样，篇名都充满象征意味。《将军族》那个独身的大陆老兵，和一个因为被卖给人家又倒卖到卖淫集团的本省姑娘，她坚持“卖笑不卖身”而逃了出来，在康乐队一老一少，相处得还不错。独身的老兵，也有欲情，少有不嫖的，但他看到这位姑娘像个孩子在长大，也看她像个孩子。可是，人贩子为她的逃走，向她家索回买人所费的两万五千元台币，否则，“田不卖，已经活不好了，田卖了，更活不好，卖不到她（我），妹妹就完了”。于是，逼得她只能回家还账，若有谁愿借钱给她，她愿做他老婆。老兵不动声色，“潜入伊的房间，在伊的枕头边，留下他（退伍金剩下）的三万存折，悄悄地离队出走了”。这位老兵，在外边一个人混的时候，他也“懂得一个卖给人的人的滋味”。四五年后，为了营生，他与这个姑娘又在一个乐队巧遇。姑娘拿了他的钱回家并不能了事，再被人贩子逮住，她依然是“卖笑不卖身”被人弄瞎了左眼，流落江湖。她要活下去，再艰难，也要再找到这个老兵见上一面。可是，再相见，他不要她还钱，她也说：“我说过我要做你老婆，可惜我的身子已经不干净，不行了。”第二天早晨，人们在蔗田发现一对穿着乐队制服的男女尸首，指挥棒和小喇叭放置脚下，过路的农夫说：“两个人躺得直挺挺的，规规矩矩，就像两位大将军呢!”此处的“将军”之将军，自然是作者对他们形象赞誉的象征。

映真的这些短篇，叙事方式都太像长篇的铺陈，开始都是用很多细节对人物的刻画下笔，少于情节、故事的展开，作者落笔自信的从容，有时会读得让人莫名地感到其从容之中可能有它未知的玄机。上述《将军族》之本事，恰恰是我们从他行文背后，间或附笔随记所摘编连缀而成的故事。此中，作家将本土与外省人，不是矛盾、冲突，而是相助相亲之情结，已有很真实的表现。此事，是在当局于高雄大批逮捕本省党外政治运动领袖，激发对国民党极度不满的心理，发酵为公开化的省籍情结。它，对于“台独”者主张的“美丽岛事件”之前的一九七八年，是整整早了十五年。小说已以省内省外之亲，一对男女殉情的故事，生动、深刻地表现出来了。我不敢说作家是否有理论上的预见，但他心灵深处，岛内岛外一家亲之真情，已化为诗情的蝴蝶双飞，这是绝对假不了的。此处，姑娘为失去而不能献给老兵的童贞之憾，依然彰显作者所念以对他信仰的童贞。

《夜行货车》看来，与此不同。一个高消费的社会，美国马拉穆驻台分公司的几个职员，纵情物质高消费之吃喝穿戴的男女，仍有他们情感的消费。从日常的一般应酬，到感情的游戏和上床的游戏，真真假假，变化莫测，也只是游戏。外省女子刘小玲，从第一次婚姻破裂后，“过着从一个男人流浪到另一个男人的寂寞的生活”，却爱上“从小到大，在贫穷和不满中，默默地长大。家庭的贫穷，父亲的失意，简直就是绳索，就是鞭子，逼迫着他‘读书上进’，读完大学，又读完硕士”，后来又进了拉穆驻台公司的詹奕宏。

詹奕宏会问刘小玲“你觉得台湾人怎样”，可外省人的刘小玲，她所爱的詹奕宏，正是台湾人。对此，作者并没有一个说法。可读者读后感到，也许正是这个台湾人的“平时粗暴，桀骜不驯”有别于交际场所男人所虚伪之“礼”的本性，也许是刘小玲第一次婚姻的男人其生理缺陷，使她对这个最佳年龄段二十八岁“最像个男人”的台湾的男人，以其男女情欲贴近了他俩外省和本省的关系，也很正常；这跟刘小玲对洋老板暧昧的性侵，怒斥其“猪”，是同样正常；詹奕宏要女人对他专一，且据为己有的情感之“童贞”，也很正常；当詹奕宏知道刘小玲同是他上司的情妇，为此失去男女情感之“童贞”的激怒，“像个男人”怀着敌意地施暴，也不意外。他叫她“裤带束紧些”，击中她的痛处。可是，她身上已怀上他的孩子，要远走大洋彼岸时，他在愤怒、悲哀、羞耻和痛苦的绞扭中，为自己确实是这孩子的父亲时，对她说“别出去了，跟我回乡下去……”，它作为作品收尾的这句话，该是全篇的点睛之笔。它正是高消费中男女情感畸形异化后的选择。

那“乡下”的乡土、本土，既可理解为现代人要回归自然之情，何尝不是省里省外合一之亲情？小说太多现代生活那种俗气的表现后，这也是进入它深刻的走向，深刻的艺术。作家不仅从未隐瞒，且是很强烈地表现自己的看法，却从无一言半语的说教。至于说他对殉情者是种宗教感情，毋宁说是一种政治态度，是一切美好的，都被那个他所在的体制所毁灭的绝望。就像那与昼夜、货车毫无关联的故事，他叫它《夜行货车》，不正是那种社会秩序都是黑夜中交易之象征，或曰隐喻吗？这当然也是他的政治。早于一九六五年，他就翻译过《共产党宣言》，二〇〇八年二月，他听了当代希腊作曲家欧都拉基将现代诗之泰斗、智利诗人聂鲁达的《献给党》所谱成男中音的独唱曲，热泪盈眶。立即又译了它——

您给了我弟兄骨肉情分，
去爱我所不认识的人。
您把众生的力量团结在一起，
像送给我一个新生的儿婴。
您重新将祖国赐给了我，
您让我拥有一个孤单的个人所不能体会的自由。
仿佛点燃篝火那样，
您教会我把心中的爱与温暖烧旺。
您授予我凡树木所必要的正直，
您教导我认识到人的共性和差异。
是您让我明白：个人的痛苦如何在全民的胜利中消失，
您教会了我在咱穷苦弟兄的硬板床上酣睡。
您把我打造在于现实的根基上，
如同在坚实的磐石。
您要我知道仇恨敌人，抵挡独夫。
您使我看见人世的光明，
也看见人类幸福的可能。
您使我坚不可摧，
因为我与您同在
我虽死而犹生。

二

在我们的现实生活中，常常简单到只会将宗教视为唯心的迷信，成为唯物主义必然的对立，有时也就难免对它简单、粗暴。二〇〇二年，映真在一次心脏内科手术后，出现“并发症状”，再次手术，抢救的“出生入死”，叫他虔诚基督的一家，全为他祈祷，此时，他于《生死》道：

在哲学上信从了历史唯物主义的自己，在病房中开始生涩地在每晚入睡前向“上帝”诉说。我认罪；我赞美、我感谢；我思想着基督走向各个他的十字架的漫长苦路时所受的百般凌虐、拷打和羞辱，而那无罪者所受的鞭打和糟践，却无不是为我的一身重罪的代赎……让我这软弱卑污的罪人活下来的你的旨意又是什么？鲁钝的我毕竟不能明白……我固执地追问。

然而，回答我的，总是一片无边的静默。没有“圣灵”的火热。没有回答。

我想起，在知识上，相信马克思的历史唯物论，但在信仰上，相信又摒弃作为社会机制（institution）的教会组织，直接通过阅读《圣经》(甚至是希腊语《圣经》）和祈祷，直接听取上帝的意旨和教诲的“无教会论”，一方面以马克思经济学揭发日本在台湾糖业帝国主义机制，一方面又为日本帝国“开明”的殖民地统治政策服务的矢内原忠雄，他在知识和信仰上的贡献、矛盾和极限点头。我也想起从重商主义到“自由竞争”的资本主义，一直到独占资本主义时代，西方不同阶段向非西方世界贪婪、残酷的殖民扩张和掠夺、杀戮的历史中，教会史上，是无法识辨它于此中的共犯角色……

——主，我如此驽钝，如何让你再拥我入你怀抱？我无助地喃喃倾诉。但回答我的，依旧是无垠的沉默。

这是历史唯物论者在“无教会论”中寻求神灵，这是上帝的沉默却未泯灭他所期盼的旨意！正如原始基督教兴于对抗富贵的统治阶级，欧洲早期左翼阵营的“共产”精神可追溯到原始天主教会与耶稣使徒教团传教的殉道精神，乃至近至二十世纪六十年代拉丁美洲开始出现基督教原始教义的“解放神学”……

映真的神灵，似乎也是殉道他信仰“童贞”的草根精神。他从小熏陶于宗教氛围乃至下意识的宗教心理和惯性之偶尔复活，无碍他最后的选择——永远的马克思。

这使得映真的小说，别具一格。在此不是泛泛地论理，而是具体于他书写的文本；他政治的“解放人类”和基督的“博爱”情怀，据许多评家所“说”（在此是“说”，不是“论”），在他身上，若非后者投入前者，两者是否可以独立存在？若非二者融合，是否定然撕裂？

他写小说，是小说家，他投身社会运动，是政治人。许多赞赏他的人，说他忠于的文学，大于、超越他的政治，而称他是真正的艺术家。其实，尊重艺术规律，才是真正懂政治的艺术家，也是真正懂艺术的政治家。映真是真的艺术家，也是真的政治人；二者从来都是合一于他自身有机的生命；他绝不会让思想或政治沦为艺术的标签和假面，或让艺术沦为思想或政治的标签和假面。不论学院派，还是为艺术而艺术者，有的虽然并不同意他的某些观点，为此还会真诚地认同他的艺术。

可是，他有时还是放下小说，直接，且强烈他某些思想的政治表达。以读禁书开始接触、认识，且热情投入到文学的启蒙与推进，到终生敬仰鲁迅的追随，随之，他也写了文论、随笔、杂文。最值得关注的，是一九七七年他为“乡土文学”的“反对西方文化和文学支配性的影响”，所提出“文学的中国归属”“文学的社会关怀”“民族文学的基础上促进团结”的主张，相对于“现代诗”之“国际主义”“西化主义”“形式主义”和“内省”“主观”主义等的批评，显然是另一条路径的开道。本来，“现代主义”或曰“先锋”艺术，它是西方社会政治经济、生活方式等深于其存在的反映。不论从审美看它怪异荒诞、扭曲变形所异为的“怪”或“错”，也都“怪”在“错”在它的存在，不能责怪对它的反映。至于那种重复、复制、模仿它的伪劣之作，实在也是“现代主义”的扭曲。讨论中，谁是谁非，都很正常。可是，此时，一九七七年八月二十日《联合报·联副》余光中大吼一声《狼来了》的风云突变，学术讨论转为政治斗争，台湾的正派学人称其为“反共法西斯恐怖”。然而，余光中是先将“乡土文学”等同毛泽东所提的“工农兵文艺”，再为自己久未“说真话”的憋闷而一腔怨恨——

> 说真话的时候已经来到。不见狼而叫“狼来了”，是自扰。见狼而不叫“狼来了”，是胆怯。问题不在帽子在头。如果帽子合头，就不叫“戴帽子”，叫“抓头”。在大嚷“戴帽子”之前，那些“工农兵文艺工作者”，还是先检查检查自己的头吧。

这一声“还是先检查检查自己的头吧”不是戏言，是威胁——你还要不要脑袋！台湾文化界有人总结为“这不是扣‘帽子’而是要取人头的‘血滴子’”。无须过来人，只要对白色恐怖略有一点知识性的了解者都明白，此说是很实际的。

同时，还有一事，无须转述，直接引用近于二〇一七年十二月二十日台湾《两岸犇报》上王跃先生一段原文——

> 还有一桩公案，说是余光中曾在七十年代给台湾“国防部总作战部”主任王升写信告密，称乡土作家陈映真有马克思主义思想。怕对方是老粗不懂，余光中还“特别以红笔加上眉批，并用中英对照的考据方法，指出陈映真引述马克思之处”。此事在当时绝对是可以取人性命的，何况，陈映真此前因“组织聚读马列共产主义”罪名被逮捕入狱，当时才出狱不久。后经人从中斡旋，陈映真才又免于一场大祸。此事许多人回忆过，而余光中自己后来辩解说，那封信不是寄给官方的，也不是要构陷陈。

不论余光中怎么说，郑学稼（1906—1987）是很确切地告诉了陈映真，此信怎样寄给了王升，以及信内同时涉及的画评家S和“台大”外文系Y教授之事，假不了。其实，不论他的信寄给谁，他叫《狼来了》，不就是请当局帮他打“狼”灭“狼”吗？有了这，还需要说别的吗？信不论是否寄与王升，陈映真当时的遭遇，不都是特务总管王升屠刀下的血泪吗？王跃先生说：

> 对这桩公案不细究，也无意因此将余光中全盘否定，毕竟人有多面性。古代的大贪官奸臣、无行文人，也不乏诗文、书画造诣很深厚的。问题在于，几十年来的大陆文化、教育、出版界，余光中大热，与他不同的，同大陆社会、同中华人民共和国、社会主义更为贴近的台湾作家，却备受冷落。大多民众只知道余光中，不知道陈映真，正如只知张爱玲，不知有丁玲，不知道茅盾、“左联”作家，这是极不正常的。

此事，说的是台湾人，问题却出在大陆，正是惊呼“狼来了”的赶跑了“狼”，或是此岸也有人伙同赶“狼”的必然。一般的，许多的读者，不少还是早于王跃先生有此说的，可手上无权，说也白说。

在此，若不是专题讲到陈映真，实在绕不开这位不乏绅士风度的诗人、教授、名士，依照一般惯例，若是忘了在这些头衔之前，也是名实相符地加上“著名”二字，都是不应有的疏忽。不论是好是坏，说他“著名”，不假。无事，不论与诗人，或是品茗之间，赏谈他的诗，还是蛮有品位的风雅。

我之所以知道余光中，是一九八三年，在改革开放中，为对读者开放新诗的阅读，我编了一本《新诗选读111首》，当中就选了一些台湾、香港诗人的作品。此时，我所能看到的余光中之大作，虽不全，也不少。他的有些诗行，虽然透露出我不能认同的倾向性，也为它是在蒋家王朝下写的，尽量予以理解。两岸之间，不仅此时，就是统一了，海峡对岸，也是“一国两制”的另一制，怎能，也无须请诗人同咱们对此的一致。本来，诗笔过于随意的分行抒写，缺乏诗所以为诗的基本自律，不可宽容，可是他的有些分行抒写，也过于雕琢，不乏矫情，不值得廉价赞扬。可是，选他的《乡愁》，个个赞同，《摇摇民谣》对民歌的尊重，也符合我们的文艺政策。出版它的花城出版社首印了三万多，当月，又加印，反应不坏。

虽然没有向这些作者寄样书，可是我当月赴港探亲，香港诗界的人士早已看到和熟悉它了。而且，不知余先生从何得知的信息，很快来了电话，随即开车接我到他中文大学教授小区的公馆，他和夫人设家筵热情款待。萍水偶遇，受此礼遇，很是不安。当时，内地不论用了谁的稿，也没有要得到授权之规。即便要和这些作者联系，也不是个人，而是总编室的事。我个人同他没有任何联系和交往。他也只能是从书的序跋和版权页上知道我。此时，他在主动联系我，使我既有惊喜，也颇尴尬。他彬彬有礼，落落大方。不高谈，是轻声，不阔论，是细叙。开初，只是欢欣内地的开放，才有在港九迎接内地之客的喜。一语带过他看到的新诗选读，也是喜此开放之情，对此绝不多话。他似叙家常，我俩还未达到如此的交情；他向我畅谈香港，我对香港还不陌生；那个年代，不论因公或私，出外都要先学外出纪律，我还不宜搭腔插话。他经历丰富，也有学问，可是有时还真不知道他想跟我说些什么。大概这位有洋绅士风度的诗人，如此这般，正是他在社交场合的风度。虽然我可能是他接触到的头一个大陆的新诗编辑，随后我也有条件读到更多海外，包括台湾诗人的诗集、选集，而且还有在台湾住了近一年的机缘，与岛上的各路诗人都有程度不一的交往。对诗界颇不简单的情况，也有些了解，既有不宜介入的无法“深入”，就有不能“深入”的相对客观。也就不容我简单到用表态的方式来谈台湾诗界的他及其他问题。

余光中的新诗，问题复杂，正如他在台湾所受到的议论。但他的那些能抬到桌面上来说的，如《乡愁》，清新、细腻、雅致，行文考究，联想丰富。他那——

小时候
乡愁是一枚小小的邮票
我在这头
母亲在那头……

在两岸开放的近三十年间，它已经是一个不可忽视的文化符号。本来，二十世纪五十年代，在台湾，“乡愁”已是蒋家王朝“反攻大陆”的重要精神武器之一。连小学作文，也是反反复复要这些孩子“乡愁，乡愁”，看似有些开玩笑，实际上是人家的战略攻势，就是要功夫做深、做到下一代。作为运动式的推动，在这种情况下，许多敷衍塞责、交差了事的“乡愁”，不要说不会少，肯定是大量存在，也只是过眼烟云。可是，其中有真情实感的抒写，不论他是人性的思乡之“乡愁”，还是配合当局之需要的“乡愁”，都会为它的“真”能留下来。余光中的《乡愁》，正是此中的佼佼者。作者的素养，也使它得到艺术的表现，也就有它在两岸开放这种特殊条件下的独特光彩。可是，许多人，一说好，一窝蜂地连人家放个屁也是香的，无不用心其极，一说坏，也是一样，落井下石，大打出手……几乎成了某种世俗的劣根性。跟踪者也在跟踪之中盲目了自己。我看，余光中在大陆，后来也是处于这种状况。此时，台湾还有大块文章大讲《不忘“五四”精神》，批评《余光中的颓废意识与色情主义》、批评余光中的《亡命贵族》、批评余光中的《自我迷失与自我膨胀》、批评《哪有侮辱民族灵魂的人》、批评他《灵魂嫁给旧金山》等，而且还有大本的书《这样的诗人余光中》公开出版、在书店上架。海峡这岸的情况，王跃先生已说得很明白了。无非是他所说到的那些部门无心贯彻“百花齐放”，有官僚治理行政的功夫，无有领导文化所应有的文化者。不过，随着真相的大白，有关信息的丰富和获得，除非怀有固执的偏见者，总是有助他们的思考和选择的。相信时间和历史会公平的，过去的时光，在它流逝之中也能校正天平的不平。

三

我是二十世纪八十年代末到台湾的。可是，两岸开放之前，通过到美国爱荷华聂华苓那里的作家所带回的不少台湾诗文，从中我编选了一些介绍出版。其中吴晟、施善继、蒋勋三位的《诗选》，三位作者都是映真在新诗论战中所推荐的诗人，和他们一会面，都会直接和间接涉及映真。为此，在一个文化人的聚会上，偶遇映真，一见如故。两岸还疏离时我能那么不易地读到完整的《人间》认识他，使他感到惊奇和欣慰。而我，只上过小学，内战中没有认真开过课，进过中学门也只是挂了个名。是一九四九年春人民解放军渡江后，随军自学写作的一员工农兵，从这一点来说，正是那大喊“狼来了”之中的一只“狼”。

这个世界，既有喊“狼来了”的，要置“狼”于死地，那么，同我这只“狼”同类者，自然只有兄弟之情。

映真也就特别热情、亲密。当时，因为我到台北的头一桩事，就是会见被蒋介石软禁了三十多年的孙立人将军（1900—1990），写出的访问记在海外很多华文报刊公开，当亲友发现，吓得惊慌失措——孙立人、陈映真都是要命的人物，千万不要为此带来杀身之祸株连亲朋，有的还哭了起来。一时，我也“蒙”得不知如何是好。我虽然不是拍一拍胸脯可称的“好汉”，也可以对此毫无所谓，最多把我驱逐出境罢了，要是株连亲朋，把我剐了，也还不了这个账。冷静下来之后，我找到此时台湾当局最高领导，还有“行政院长”对孙立人颁发褒扬令的消息，同时我见孙立人也是光天化日之下，堂堂正正进孙府的，访谈录也是香港《明报》、台北《自立早报》这样的大报同一时段首发，后来各国华文报，乃至《人民日报》（海外版）的转发，全是堂堂正正的！映真写的书，也不是过去的禁书，是新近公开出版、书店公开卖的，不论人家口头的民主、自由多么虚伪，又何惧之有？真是费尽口舌，风波才休。

由此，我看到台北还有不少人生活在白色恐怖的噩梦中没有醒来，从人们对它的后怕，也想得到它当年的杀气。它也以反面的影响，给了我对孙立人和陈映真的正面认识。那时《人间》出了四十七期，四年差一期停刊了。它本是市面发行量占首位，是赢利，大大赢利，人们戏称它是“发财”的期刊。可是，文人理财乏力，映真对同仁撒手、大方，到周转不济的停刊，也是台北的文化憾事。有次吃饭，他这不仅充满智慧长有很大的头颅，同时也是大伙总看他是前行、领路，不是靠年长的长者、家长，而是叫他“大头”的“大头”。同这伙人在外，他都是当然的掌事者。吃了饭付账，他掏口袋空空如也，走到我座位旁一位年轻人身边，轻声地借钱去“买单”。这时，我想到他生活的艰困，心情黯然。

他不是不会挣钱，然而，他的时间、精力，可不允许他花在挣钱上。这台北的一些公益活动，还有抗议国际，或岛上一些有违国际准则的人道、民主的活动，都要占去他不少时间。我这外来者，当然不宜介入，但他们十天半月一次的“读书会”，每次都会通知我的。这种在中国，自“五四”后，许多进步组织和活动，处于地下和半地下的，很多都是通过“读书会”的形式开展的。年幼时，听到这些故事，总有几分神秘感。在台北，这当然不是地下活动，但对先人们的进步思想，是一脉相承。那时，还没有手机和网络，各人从读书的心得到工作和生活中听到的消息和看出的问题，都敞开交流，是信息量很大，特别是对现实认识很不一般，具有深度、广度之学识的弘扬。交流很活跃，学习很严肃，争论颇尖锐，气氛很和谐。除了偶尔听到大陆同样有的情况，我也会插嘴说两句，重要的，还是认真学习。在这个被那些阔佬所乐称、陶醉的“消费的时代”，高消费的花天酒地，锦衣玉食也营造了资本崇拜的风尚时，这些人，就为自己是个人，不论是否是先贤所说的“大写的人”，都想着怎样做个人和做个人应有的担当，这就不仅是一般“人”，是多少自称“公仆”，乃至某些有一定的进步意识者，也不一定是可以与之相比的“人”。我于此中，衷心敬佩。“大头”于此，就是“大头”。他不多说话，反而静心听，听到有说溜了嘴，跑了调的，他不是制止，是另有话说，引归正题，是真的把了场。他不是不会和挣不到钱，他时时都在创造精神财富啊，只得有所放弃地亏了自己。却用很多时间和精力，为别人忙。

这次，我到了他的所在——他的家，每次见我，他总问我去了哪里了，告诉我哪里值得去。他说的不是风景旅游区，还真得有人带路。除了开初的一两回，往下我是坚决拒绝有他同行。他实在太忙了，应该留些时间让他办自己的事，包括挣钱为其生计之事。而且，时间长了，我也摸准了门路：《人间》虽然停了，人可没有散，无论到哪里谋生去了，只要有他的交代，没有办不了的事。因此，我也只要“人间”的老伙计们帮忙。前三十年，那里的年轻人也像大陆，很多都有车，自驾出行，很方便，尤其要出台北，我去找上人家，登车就上路了。

不过，我实在无有心情去看风景，日月潭等山山水水，路过，站在边上望一眼就行了。可是，又不能不为“四小龙”中的台岛这条“龙”之腾飞，牺牲生态已断流的河床久久徘徊。河底的沙土、有的是大片一人还抱不下的鹅卵石，裸死在干涸的沙地。水啊，生命之源，河里没了水，还有什么呢？吹过的风，也有股烧焦的火烟气，看得心也似灾后的废墟，埋葬了希望的坟墓，心是一阵阵颤痛。这里确实也是风景，是血与泪的风景，是向大自然贪婪无尽的索取、掠夺的屠场和罪证。

我还去过那不是《人间》所说的三百元一“节”，而是少到七十五元一“节”，最最最最低档的娼寮。买来的性奴，若不是观察了一段时间，认为“还听话”的，别的，是一进这道门就扒得一身精光，日夜全让她光着身子，以防她出门逃跑。且要整天躺在那里“接客”。《人间》说那一天接客四十的，在此，一定远远不止这个数字，比之封建，乃至原始社会的奴隶还奴隶。来此“消费”的，自然也是些老兵，以及无力成家的单身劳工。

在这里，不再是羞于，或耻于言性时，是否还用道德和人格的要求来看他们此种的“性消费”呢？恩格斯一八八四年写的《家庭、私有制和国家的起源》里讲：家庭是“以性爱为基础的”。家庭又是社会、国家的细胞，由此，它也是人类生存、延续所无所不在的问题。无“爱”的性，不论群婚、杂交，还是骑士式的，婚姻之外的性交，恩格斯统称它“通奸”，或为“盛行于整个文明时代，而且日益变为公开的卖淫”。可是，在这宝岛上的娼寮里，不论“服务”还是“消费”，更是如此。当你看到这些，不是青春，多有老态，不是褴褛，也是不整、邋遢，神态萎靡地在门外排着长队的一伙，对他们来说，这一“节”掏的七十五元，可能比那些一“节”掏三百元的还要困难得多，这一“节”的十五分钟，既是一闪而过的遗憾，又是排队难挨的漫长。看到为那十五分钟，走出来的还提着裤子，然而，那些还没进去的，则已忙着解裤带……我几乎要哭出声来地掩面而逃。我不知道该说什么，不知道该怎么理解眼前的这一切，也无权以道德和人格讲什么。映真笔下的康雄所说的“贫困是最大的罪恶”；它的症结又何在呢；过去只知道猿猴进化为人，并不知道“贫困”还会将人退化还原为猿猴……

同时，我也去过山里的泰雅部落或叫村落。山溪透明得像水晶似的闪着变幻的光影穿流，林风穿过丛林飘出泛着甜味的轻唱，林中山鸡、野兔追跑着无羁的自由，蓝天飘飞得好潇洒的云朵……美得城里的闹市无法与它相比。可这偏远之地的原始、落后，也为这些无处落脚的泰雅人留住在此而与贫困相守。可是，城里那些纸醉于高档消费得不知道还该怎么乐的人，也会视此地的原始为世外。在这类居民不多的原始村落之外，咫尺之间，是豪华的卖春楼为富人服务，是气派的警察局维护来此的富人之“治安”，尖顶上有十字架的教堂也该是为这些人祈福和赎罪的。它和零星散落于山坡，抵不住雨，挡不了风，外面下雨，屋里接水，外面天晴明亮，屋里照不进阳光阴暗、湿冷的，低矮的木板房，它与前者相对相映，是对比，也是讽刺。这里的这些人，种地无地，许多都是靠一辆机车早出晚归，进城揽点出力气的活干，难保温饱。有女儿的人家，姑娘在长大，就有人上门放贷，过两年，姑娘出落得已显少女的魅力，放贷的肯定那欠贷的还不了债，就来拉走姑娘去顶债。山里的姑娘，清贫的生活无须减肥的身材，在劳动中沐浴大自然壮丽的风水长大，健康、坚实，朴素、天然的美，还是那些在城里溺于声色玩厌了的花花公子或花花老爷所乐意选取的“服务”对象。若获得初来者的“初夜权”，更是加码加价，自得其乐，衣冠楚楚，纵欲忘形，欺弱狰狞。它远远不是平日在那豪华的声色场所所能获得的邪欲野趣。这些卖春楼里的女子，也基本上是这些村上的孩子。听说放贷的要来收债，我是不寒而栗，不知会看到什么样的恐惧场面，无法不回避地逃开……

对不起，写到这里，恕我停笔。因为此行之所记，早在近三十年前，我已有交代，且已成书在台湾社会科学出版社出版。学人称其为大陆作家所写，却是台湾文学中的书。因为它“写了台湾生活底层中许多不知名的或知名的人和事”，给了我极大的鼓励。在此，说这些，绝非自炫，实乃这些生活体验，不少都是由于“大头”的安排所获。不是满载而归，可说的，还是不少，可是，老去说它，不是剽窃，只会重复自己，也不好。虽然我人还在岛上走，笔下却要到此为止。

当时，来去台湾，国家只准在深圳关出入，我回大陆，一入境，不知人家怎么那么灵敏，从哪里逮住我的行踪，就有人上门，说我是他们所知道的，最早到台湾的大陆作家，请我准备为大家聊两个钟头，要我从作家的眼光谈谈对台湾的真切印象。这事，先前毫无思想准备，还无法谢绝大家的盛情。当时赴台的人确实不多，大家了解台湾的愿望又很迫切，怎能推辞？我想：要求以作家的眼光，就是形象地讲些实际见闻，不是讲大道理吧，何况我还没有那个讲大道理的水平，总之，此事对我还是不小的压力。

第二天一早，上台我就先问大家：想要听我说些什么？不想，我没准备，人家倒可能大伙儿事先在一起合计过，嘈杂的声浪中，有一份由多个一致的呼声爆出的强音：台湾人在台湾的生活可过得好？这一来，我只有拿起话筒，走在台子中央，应急地、以我平日之所想说的出来对付：

要我准备两个钟头，我只能讲两句话了：有钱在哪里都好过，无钱在哪里都不好过，台湾也一样，世上没有任何一个地方，没有穷人只有富人的！

不想，这一说，换来一片掌声，剩下的倒不是我的事，反倒是台下热成一片地，很自然地围成了好多好多在一起热闹的圈子。我走下台来，跟他们“掺和”，倒可以畅谈一些事例。有钱，一样多的钱，在深圳可以过得比台北、纽约、巴黎的人不仅一样，还可能更好一些，因为深圳的物价，比哪个地方都便宜。想不到，此时主持人过来跟我讲，有个香港老板中午要请我吃饭。我可不认得人家呀。他是早上从罗浮过来，看到这里拥来那多人，顺着进来就把我那两句话听进去了。这一说，想来也不是什么大企业家，可能只是一些小本开厂设店的小老板。这些人，也要为资金愁钱吧，才可能对我的话有所感应。不过，这样请去吃的饭，也不好吃，我也不能去吃。可是原来的那份压力总算卸下来了。这事，不知“大头”从哪里知道，后来见了我，上来拍拍肩头：

“讲得好，又简要，又明白——比大道理还大道理，生动明确，又是人家避讳讲阶级时，没有讲它又让人容易接受的阶级观！”末了，大声地唤了我一声“同志哥——”。

我像猛然受到莫名的一击，自己都不知道是什么样的感觉。忙于应急，冲口而出的两句话，竟然受到他这样的点赞，不由得惶惶然。可这“同志哥”“同志姐”，是我祖籍井冈山土地革命时期同志间的惯称，如今，习惯称“先生”“小姐”时，有人都羞于说它，或是将它置于“红色文化”的仓库里。映真对我，先是叫“先生”，再似在江湖，称“兄”道“弟”，熟得再叫“老周”，已是不见外，且是颇具亲切感的口语。可是，这一改称，他从“红色文化仓库”搬来“同志哥”叫我，绝非一时信口所言，是他“永远的马克思”想到我故土真格的“红色文化”而对我的“红色”之情，对此，我有些感到有负于此的惭愧，也为这真格的同志之情激动、感激。我们之间，应该是不该有任何礼貌性的客套虚语，不论在过去的白色恐怖中，还是在这和平得无事的幸福，虽然这不是英雄的日子，他也是我心中的英雄。

写到这里，对不起，恕我再次刹笔。因为我无法不回头去说“大头”。之前，一九八三年他写的《铃铛花》和《山路》，那些都是过去的故事，是“一连几天，不见谁谁，又断定他一定是被抓去了”所笼罩的恐怖，是工人唱那不准唱的“故乡人，劳动者，住破厝，坏门窗，三顿饭，番薯签，每顿菜、豆腐盐……”，是那“恐惧和禁忌，仿佛成了全社会的不堪触抚的痛伤……”的白色恐怖下之状况。《铃铛花》中一个穷人家的，在高东茂老师的帮助下得以上学，不受歧视，且为班长的孩子，在高老师莫名地被人带走后，孩子永远不忘“高老师”，长年无心读书，有次逃课在野外走，走到一个倾废了多年、杂草丛生、无人问津的旧碉堡，他要进去的同时，有一个人影，夺洞冲出，在这现代的传奇中，他喊了一声“高老师”，那鬼魂一般、惊恐、瑟缩、污秽，一身破烂得极其衰弱的老人，在孩子一再动情喊“高老师”时，他除了一句“不可以告诉任何人”，就是一直高声、急躁、不断地喊“走”。孩子们掏出刚在地里刨出的大把花生而去，翌晨提着饭来时，已人去洞空，辛酸、无奈、怅然而归。不久，只在车站的告示牌朱红笔勾画处决名单上，有“高东茂”……

他的《山路》，作家笔下“那截曲曲弯弯”来去年轻矿工的“山路”，有一位“为了广泛的劳动者真实的幸福，每天赌着生命的危险”与之相会相行的少女蔡千惠，当“赌着生命的危险”者被抓去，流放到寸草不生的离岛，她就以过门儿媳的身份去到“丈夫”家，她“狠狠地劳动，像苛毒地虐待着别人似的，役使着自己的肉体和精神”在救赎她失去的爱。不仅侍奉“公婆”，而且带大了“小叔”。亲嫂如娘的小叔，学成立业，一家生活不是一般改善，是彻底改变得很舒适时，蔡千惠却在报上看到跟她“丈夫”一同抓走的“四名‘叛乱犯’经过三十多年的监禁，因为‘悛悔有据’，获得假释，已于昨日分别由有关单位交各地警察局送回本籍”而激动。不想，她既高兴也悲痛地倒下了。医生判定“病人对自己已经丝毫没有了再活下去的意志而走了”，虽然作者用她的遗书有些交代，可这篇现代寓言似的小说，还是请读者，解开寓言的底蕴。

这些事，自然不乏他在监禁中对那些五十年代的政治犯所了解的历史，我却感到他写的就是自己流放的现实，说的是别人，道的是自己。在那白色恐怖的五十年代，与他抓走的七十年代有何区别？五十年代关入的火烧岛，和七十年代在火烧岛囚押，又有什么不同？评家说他小说中常有的死亡象征，是他生命中常有死亡的威胁。有对它的准备和警惕，也有被它驱赶的争分夺秒的匆忙，也就顾不上休息，不屑享乐。

一九九九年六月，云南国际文化交流中心邀请了数位，包括居美，实际上也是台湾赴美的，都是和“大头”关系深浅不一的作家，聂华苓是首先邀他赴美而“走向世界”者，尉天骢是他坐牢后头一个去探监的朋友，李欧梵、郑愁予是他被捕在美抗议的声援者，黄春明虽然不大乐意定位他为“乡土作家”，但他跟“大头”，还就是乡土亲，又真像亲兄弟，季季除了短、长篇小说等身，先后在多家大报副刊负责，她同这些，包括“大头”及诸家，都是关系不浅的朋友，天骢、春明、愁予跟大头，都是夫人同行，加上我的陪同及邀请方的工作人员，浩浩荡荡，好不热闹。从每早起身后，在饭店自助餐开始，大家都是不停地说笑。从每日在这些民族地区，对其民风异俗所认知的分歧、猜测、推断、考证、感悟、争议的智慧之流光溢彩和嬉戏、嘲弄，到几十年间所未能忘怀的往事趣闻，乃至个人过往婚恋的，还属隐私的秘密，以至于受难者不愿回顾、多说的伤心史，在它过去多年后，也可以成为嘲笑那些虐杀者愚昧无知、不可一世之丑态的笑料……

这伙人，就为这么快活的十来天，大家都说为此可以多活几年。分手时，“大头”说他活到这么大的五十多年，还没有这么无忧无虑地，这么嬉笑快乐地过日子，不能说没有一点珍惜、留恋之情，住下，他还是长叹了一声：这么多天，什么都没干，家里还一大堆的事呐！似乎又是难以弥补的遗憾。看到此时的他，想到那些高唱“享受生活”的华彩者，他真是个“白痴”！当“现代”的消费膨胀无所不及地欲望其“智慧”时，我真感叹上帝赐给我们这样的“白痴”太少。

为此想来，比“大头”，我虽然大他几岁，比起他的智慧、能力，远远不如，深感惭愧。虽然同志哥之间，无话不谈。可隔海相望，咫尺天涯。九十年代两岸文学交流的活动还是不少，可短短两三天，活动的议程就占去很多时间，加上传媒的访谈，往往只是见面打个招呼，或是吃自助餐时坐在一起说上几句话，很难坐下来谈谈。

追求“永远的马克思”者，永远是“一万年太久，只争朝夕”！即便处于“出死入生”的健康状况下，亦如此。

二〇〇四年冬，他抱病上北京，一位老“台共”的女儿苏庆黎到大陆治病，病逝北京。他赶去参加了葬礼，回程所以路过深圳，不直飞台北，是分段走，可以减轻一点经济负担，如此的身体状况，如此的经济窘迫，还要送同志最后一程，表其心意，真难得，也真苦了他自己。

当时，我也因为癌症动了手术，医生不让我再住进那见不到阳光的机关宿舍，那样容易导致旧病复发。此时，一介布衣，既不能露宿街头，只望能够找一个寺庙寄居。此时，从香港回内地发展得很有气势的诗人谭建生，之前从未谋面，可是，他得知此情，立即邀我南下，安排在港深间的海滨，让我得以无此焦虑地活下来。此时，我见“大头”萎靡难振，只有同病相怜。还好，诗人建生，既知我，更知台湾“大头”这样的大家，我也托他的福，借他的名，留下“大头”，请他休息一下再说。

可是，这些人，真是休息得闲下来，还闲不住。在诗人筹备资金的允诺下，我们竟创办起一份在香港报摊发售的《海岸线》，那是我们此时的所在，也是连着我们民族多少在外的华人华侨之海岸线。此事，既不能有碍他健康的休息，还要他闲得无聊时费点心。大家除了又谈到绝非个人恩怨，实乃当局反共取人性命、狰狞诬陷的屠杀之《狼来了》，更多的，是反“台独”，那时，民进党，花一亿供三餐盒饭动员的“三二六”游行，我们称之《为“台独”送终的仪仗》，绝对是当时的独家报道。今日仍是一个严峻危机的“文化台独”，也是“大头”首先提出的。他看美国对台的“和平”，以“和平”分裂中国，使分裂状态在“和平不战”中的长期化和永久化的图谋，他认为这是绝对不能放弃的警惕。在两岸人民都希望能够和平统一的心愿中，这位对此“和平”有其更多思虑的作家，是位思想家。

之前，他在深圳大学做过一次演讲，使那些误以台湾来的、定能满足他们“自由主义”之愿者，颇为失望，有人嚷着“这哪像著名作家，完全像个还没‘开放’的老干部”，这样的话，很有意思，很够回味，是褒是贬？就看什么人会怎么看了。我问他讲了什么，他哑然失笑。

讲到这里，得先讲这之后的很久《人民日报》提出不要将“文革运动”和“文革时期”之事混为一谈，这当然是意识形态之中的一件了不起的大事。“大头”是不满针对十年动乱所搞的“彻底否定”，将共和国的历史腰斩了十年的否定。那十年，在海外大大提高了中国的国际声望之“两弹三星”就是那时的辉煌，几亿中国人吃饭的工农生产，正是没有进口一粒美国小麦时解决的。在他看来，这都是了不起的世界大事！他引用的官方资料，动乱中“停产革命”的生产成绩，不仅未低于、有时还高于后来。将这些事实混于奸党的阴谋中否定，是对新的共和国的历史之腰斩和泼污。《人民日报》后来绝非只是个人对此的表态，不论是否考虑和听取了像“大头”他的那一类的意见，然而，首先如此说的，总是他。以其民族的、爱国的强烈热情，不苟同某些长官意志之大勇的“永远的马克思”。

我对此自然地认同。是我在外的家人，他们不受其他利害、政党之政见影响，就为他们的民族情感，是一个中国人也是这样说的！为什么这么说就会被看作“还没开放”的老干部？“开放”“老干部”真正的概念是什么？他们用予贬，我倒视为褒，“大头”如此，无有任何个人的利害、实用的选择，完全是出于一腔民族的、爱国的热血！是位真正的英雄！

本来，这次他留下来，当地的中医对他已见疗效的针灸后，若是他在当地还能再待上一些日子，也许就没有后来的中风，没有英雄后来的悲剧！这一中风，除了开始他的弟弟妹妹来看过他，还有对他治疗方案需要做出决断的有关领导来关照过，躺在医院是整整十年，他是任何人都不见的。我上北京，提出看望他的要求，都无回话。不知道通过什么渠道，弄得那么灵，我要离京往机场前，丽娜来电话了：“同志哥，对不起，你要理解你的同志哥，他也很想大家！他不愿见你，是他不愿你看到他现在的这个样子，让你会难过！等他好过来的时候，会找你的……”

我没有什么好说的，黯然而去。他不愿人看到他卧床的病态，还是在坚强着他的英雄精神。直到二〇一六年十一月三十日在八宝山与他永别，十年不见，他躺在大厅的鲜花丛中，头上有顶我从未见他戴过的草绿色军便帽，那不是余光中要给他戴的“帽子”，也不是《将军族》中殉情者戴的那种制帽。为此，我还真的想起《将军族》农夫讲到殉情者“就像两位大将军”之说，虽然，对我的同志哥，什么比喻都不会合适，可是我想到“永远的马克思”之精神，我也就不能不想到，他不止在一两篇小说内，是一而再，再而三所敬奉的“童贞”，应该也是他信仰的童贞，那么，那种精神力量的威武，他就远远不是相像，而是一位真格的思想的大将军！

原载《大家》双月刊一四一期（2018年5月15日）

台北《两岸犇报》一七八期至一八一期

连载（2018年7月3日—8月14日）

“七月”的路翎

路翎，确实是一位不该忘记的作家，他是现代作家群中的一位佼佼者，若是我们过来人不说道他，后来人都不知道他，怎么去记住他呢?

我与路翎（1923—1994)，有过接触和往来，却不敢说有什么深交厚谊，可是，在我的思想里，他却是一位予我印象极深的人物。年纪，他比我大十岁，还不宜称为先辈，光从年龄讲，称他一声“老大哥”，未尝不可。可是，早在一九四二年，我还在读小学，是个娃娃时，他成名的中篇小说《饥饿的郭素娥》已在抗战的大后方广泛传阅，从文学的辈分讲，对于我这么一个解放后才成长起来的文学青年，从二十世纪八十年代初，文化界将“五四”后的文化人分为五代之说来讲，他更是不止大我一辈了。

从人的辈分开始来讲路翎，也不难看到，十九岁就写出他的成名作的早慧。况且，他十八岁成人之前，又迅速成长于他文学的奇才，其智慧的年龄，就比我大多了。同时，这位一九三九年才十六岁，已写出的《“要塞”退出以后》，翌年五月，又在胡风主编的《七月》发表，也已成为他进入文坛的文学亮相的品牌，这样的少年，绝非一般。这篇作品，不论是否他的处女作，他都是写于一位未成年的少年。而且，他依靠《七月》的阵地，站稳他的文学之脚跟，并迅速成长成为文坛名家，就更非一般少年的传奇。这跟他同胡风亦师亦友、牢不可破的关系是分不开的。此中没有什么不可告人之处，一直是透明公开的。

可是，一九五五年五月十三日，《人民日报》发表了舒芜的《关于胡风反党集团的一些材料》后，则完全翻了一个个儿了。“胡风反党集团”这顶大帽子，此时此地的出现，虽然，最初名义上是舒芜个人的文字，可再傻的人，也不会完全看作舒芜个人对别家的加冕。作为党报的《人民日报》发表了它，并加有对它肯定性的按语之出现，对于习惯传媒这样表述的读者，可以领悟的，也就不会那么简单。

路翎，人说他三岁，他自己说是一两岁时，父亲就在他上门的一个富裕人家自杀死了。孩子对父亲不可能有任何印象，女婿如此的下场，自然是这个大户人家不愿张扬出去的家庭悲剧，还可能是丑闻，幕后的隐痛，无法拂去。母亲只说他父亲是病死的，他从母，姓徐，名嗣兴。抗战时，流亡四川合川，在县里国立二中念高中，思想的叛逆，与现实格格不入，常与人对撞、摩擦。此时，他认识的舒芜，只比他大三岁，可老成多了。读过很多书。口里也是一套一套的。和这样的朋友聊得来，总是能够开眼界，长见识的。可是，平日他和同学的对立，乃至打架，却被学校开除、失学。后至重庆，继父就设法将他安排在白庙子天府煤矿区的“矿冶所”会计科，做了一个填表格、记账、干杂务的小职员。寄住刘家大院碉楼的顶层，生活很艰困。可是，他既不愿在那无有意义的奔忙中耗去自己的一切，又愿意忍受这一切，是这样可以摆脱在家里连累家人而自立，也就以其此中之便，常下矿井，对自己生活的境况也有个了解，同时读些书报，打发一些上班之外，过得很无聊的日子。一九三九年四月二十四日，他为自己“还是一个稚气的青年人，迫近文艺不过一年多”，在重庆给胡风寄出了一封附有诗稿《妈妈的苦难》的信，并说：

假如够得发表的资格，请不客气地修改它！这只算做我学习的一个路碑罢了，假如对于《七月》有什么“妨碍”的话，请不要发表吧！那么，请你寄回来！

这位十六岁，还未成年的少年所写的信，不能说它没有投稿者所以投稿的自信，同样也不能说他没有自知之明，来稿不用，怎么会有“妨碍”之说？也许是方言俚语，否则，就是表述得有欠明白。为此，“七月”诗人庄勇，在退稿给他的信中，说他的来稿“太像艾青，应该是受艾青《大堰河——我的保姆》的影响太甚”之类的言语。这对于初学写作者而言，也是司空见惯。然而，时隔不久，《“要塞”退出以后》于一九四〇年在《七月》发表出炉，作品不论写得怎样，对于作者本人，总是一个不可等闲的传奇。

这篇写在“七七”之后的抗日战争全面爆发之际的短篇小说，行文、结构完全不像出自一个文坛的新手，有一种熟练的自然，铺陈得得体的运作。它述及一个在十里洋场被敌人毁了其汽轮和家产的，名之为“经纪人”的沈三宝，在一个修了又拆、拆了又修的“要塞”有两个月之久，最终，他退出了敌人进攻中的它。而且在他退出的路上，已是敌人的后方，这不知是不是作者自身的生活体验，它还是很真实地反映了蒋介石当局所谓“抗战”的实况。但小说着重描写此中的沈三宝，他在开初想逃跑，可是敌人的后方已成了逃亡者的前方时，他也击毙了敌人，最后，他要将拖累得很苦的公文包中的公文销毁时，他对那位原先支配他，现在依赖他，见他如此而拔出枪来的金主任先下手了。对此，他不愿做任何解释。与熟悉的杨连副相遇，问及金主任时，他只是说“给我杀了”，是很平静地说“杀了”，又“甩开腿向另一条路走了”。到杨连副追上他时，只听到“轰然一声”，他也倒下去了。小说收尾，杨连副的一句“冤枉啊，一个好人啊”的话，自然是作者要说的话，故事如此，同样还可能是作者颇有心计的安排，可是，故事最后给人的迷惘和怅然，却叫读者不能不为此有更多的思量。

这位“向另一条路走了”者，他那“另一条”的，又是怎样的一条“路”呢？不论是依小说所叙说的抗战之路，还是作者自身的人生之路，他都没有明白说出，咱也没有必要费劲去猜揣出一个不乏主观的答案。不过，说这是从文学界“另一条”路走来一位另样的作家，绝对不错。

小说发表之前，路翎已从《青年自学丛书》读了胡风于此中的《文学与生活》《文艺漫谈》《密云期风习小记》，心目中早有一个号召“向生活密林突进”，提倡“主观战斗精神”的胡风。作品在《七月》发表，联系了他和胡风的关系，极为自然。征得同意，他去重庆两路口的一座租来进城可以歇息的小楼上看望了胡风。原先，胡风从文本想来老成的路翎，看来却意外的年轻，路翎在公共场合不乏见到胡风的形象之高大的印象，走近了，更感到他的沉思、诚恳和坦白。认识好像从此开始，神交已是很久很久，才可能一见面，胡风已感到路翎此时在天府矿区所处的环境不太好，不仅建议路翎设法换个地方去，而且实际上已经帮助他去草街子上了“陶行知育才学校”的文学组，艾青正是他当班的老师。

可是，这个大家眼中的“小孩子”，却早熟，总想拥有一个女生能跟自己一起过。他在小说中写下的那位遇匪遭难，饥饿、绝望“于独自凄苦地漂流”，且昏倒在掘观音土的土窟旁，就被一个比他大二十四岁患着气管炎的鸦片烟鬼所掠回家去的郭素娥，却是一位“强悍又美丽的”的女子。小说一开始，就是写“机器工人最出色”的张振山深知她丈夫的衰老，就在她丈夫上夜班时，“庞大强壮”的他出现在她面前了。并拉拢她的躯体。

“怎么办呢?”郭素娥战栗地问。

“就这么办!”在这粗野的回答之后的一秒钟，屋子里仅有一根灯草的油灯就被张振山的大手所扑熄。

……

想用熄灯的黑暗所遮羞的心态，终究遮不了他的欲所爆裂之疯狂。

再往下，女的问：

“你现在好多钱一个月？”

“没有打听过吗？”他摩擦了一下手掌之后他又问，用一种粗暴的声调，“你要钱吗？”

“我——要！”郭素娥同样粗暴地，怨恨地回答。

张振山惊愕地耸了耸肩膀。他没有想到他会遭到这样的敌手，他没有想到郭素娥会是这样的。

当郭素娥向他叙说她的热望的时候，他避开她的真切，认为只要是一个女人，总会这样说；但是当她怨恨地，以一种包含着权威赤裸裸的声调说出“我——要”来的时候，他却惊讶，以为除了婊子以外，一个女人是绝不会这样说的了。而郭素娥能够坦白地怨恨和希冀，能够赤裸裸地使用权威，绝不是妓女，是明明白白的事。

一位如此深知男女之欲，回避不了资本崇拜中的某种不是卖淫也不乏交易的现实之丑陋者，应该说，世事看得较透。这样一位早熟的青少年，自然有不少自身早熟的烦恼，并有不少扼制它的勇敢和力量。这个刚到“育才学校”文学组，且为文学所特敏感于一切的小伙子，就为他所追求舞蹈系戴爱莲名下的李露玲，不久却被同学、音乐系贺绿汀名下的姚牧夺走了而敏感于神经质地瘫倒在地上，是好多同学帮扶了才歪歪倒倒地立了起来，并一蹶不振。这位致他如此的“姚牧”，不知是否就是二十世纪四十年代在上海滩能写、能唱、风度翩翩、颇为活跃的一位当红的男歌星，在那个追星潮的女生群的面前，一般男生恐怕都不是他的对手。早熟的路翎，不乏于此中的自知之明，急流勇退，立即放弃在校的一切，回到环境不好的天府矿区，并且因为同歹徒打架，又离开了煤矿区，到嘉陵江边的码头上干小职员，在船夫、矿工、搬运工的中间，他感到“劳动在被剥削者的集体中有着它的燃烧剂”。

可是，这次遇到合川的旧交，按人所说，虽然“只比路翎大三岁，可老成多了”的舒芜，且介绍他到了舒芜工作的“中央政治学校”当了一名图书馆的助理员，解决了吃饭的问题。这在什么情况下，也不是一般的人情。虽然，后来大家对舒芜有不少看法，阿垅说他“歪曲了许多，伪造了许多，他伪造历史”。那已经是一九五二年的事。谁也没有多想“他怎么能到‘中央政治学校’工作，且有介绍路翎去的能耐之思想倾向”。更没有想到的是，他首创“胡风反党集团”的这顶帽子，多少年来压垮、冤苦了多少人，并使他们家破人亡、妻离子散啊。

可是，不论舒芜怎样，路翎对他都不感兴趣。这一辈子，只有胡风，始终是路翎真正、实在的老师。

他希望我的感情能像一个吸盘一样紧紧吸住生活，有机会时不要放弃观察更多事物。他对我说，要读书，要认真地读，有时应读两遍、三遍；理论的书也要看。他还说，从我的谈话看，我注重理论不够，这方面应加强。他劝我写稿子时字迹不要潦草，标点符号也要注意。有一次，约好了他在等我，我却因有事去迟了，他遵守信约，独自在门前徘徊着。又有一次我又有事去迟了，他在门前张望，着急地等我，因为他临时有事就要出去。我也曾在他门前等过几次。一次，他终于回来了。看到我很高兴；一次，一位邻居老妇人对我说，他留下了话，有事出去了。我很迷恋同他的谈话。

从路翎自述，看他对于同胡风谈话的“迷恋”，自然是心有灵犀之间于此的充实和欢悦。胡风对他说：

你说过，你在南京上小学的时候，有一次见到笼子里的老虎饿了，就将大饼给它吃。不是有许多人责备你并要打你吗。人是不可以做特异的行动的。人们说你买大饼给老虎吃，扰乱了民族精神，民族不这样干的，你写作，塑造蒋纯祖的形象，人们也说“扰乱了民族精神”。民族不重视这种心理描写与内心剧烈纠葛的揭露的，不重视这种狂热的热情，人们是理智的。当然，这比喻不一定恰当，但我胡风认为：中国文学现在需要提倡主观精神以及“哪里有生活哪里有斗争”，提倡有主观精神地吸收现实的文学现实主义，反对冷淡、旁观，还提倡人格力量自发性内因论。我也是有点像买大饼给老虎吃，给我们认为是历史的客观要求的老虎吃。许多人可能崇尚理智、冷静，而我不这样看。你的小说，人们可能会说，所写的人物是病态的。人们要求“素淡”心理描写的撙节。《饥饿的郭素娥》出版以后，有邵荃麟的赞美文章，但有人认为：你和我这位赞成者胡风是“洪水猛兽”，说这种欧化的心理笔法不合“中国国情”，是“歇斯底里与不健康”。“不健康”的东西是有的，但是，自发性的反抗与自发的痉挛性（即使是潜伏的意识中），马克思和恩格斯都认为它是可宝贵的事物，而且，在黑暗的重压下，更是这样的。如同阿垅常说的，人的精神受摧残不也正是所谓“不健康”么。

两人之间，如此相近又相亲，说是亦师亦友，或亦师亦父皆可，胡风比路翎整整大二十一岁，年龄绝对是长一辈，文学的资历，更重要的文学造诣，在我之前说了路翎的“天才”，可是，这个“天才”要是没有胡风，也许就夭折在摇篮里了。

从最早的《“要塞”退出以后》到成名的《饥饿的郭素娥》，更重要的是《财主底儿女们》，这个财主及他们的儿女们，在那个穷家小户的孩子上不起学的年代，他们正是那个年代不仅能够上得起学，尤其是能接受高等教育的那一代大多的知识分子，是他们在抗战文化救亡中的群体画像。表述了他们的精神内容与精神动向，心理描写的复杂，人物形象的丰满，也是走上美学新的征途。胡风向他提出：

为了中国的反封建和争取民主、个性解放、个性价值、人性的主体性与庄严，人们一直在做着这种探求。如你作品所接触到的。将来在新的形势下也正要做这种探求。但是，从有些情形看，你的描写知识分子激烈的心灵纠葛，你对于这种精神的发掘，是有些激烈似的。

从“是有些激烈似的”语态看，还不是决断的，是留有商榷空间的平等。但这些不论是从书信还是面述之语，对于路翎的，都不是一般的影响。在胡风“希望有反映民主要求或揭发沉重的封建黑暗”，既尖锐，又是“用绸子包着”的文章，路翎应这一倡议，是写了《罗大斗底一生》。他将一个虽然也曾被流氓头目奴役的罗大斗，可在被其主人公“精神腐蚀”的同步，也沦落为反面极恶的小奴才。其精神腐蚀的病态，并非胡风所说的“精神奴役创伤”。胡风看来，“时代的民主要求，除了通过正面人物来表现以外，当然可以从作品的主题来表现。路翎是以揭发黑暗，以表达广泛性的民主要求”。胡风同样认同，他要求民主是一个更广泛的题目。对《罗大斗底一生》，他要求减少一点阴暗的内容，加强正面的事物。少量改动之后，路翎说“他又来信找我，望我再改一改，于是又改了一下”。不嫌改得麻烦，反复地说它也够麻烦，实在是由此也可以看见路翎的成功，真是不能忽略了他的成功是怎么具体在如此“麻烦”的过程，也就是此中成功所不可忘记的胡风因素。

当然，在此，胡风指点路翎的，虽然是小说，可是在这抗战的年月，他从小说之外也很看重其他文化现象，如看了一些演出，他道——

> 因戏剧家们的奋斗而达到的高度，使舞台整个的进展，于是产生了有深刻内容的胜利成果。作家们、导演们、演员们，如赵丹、石羽、白杨、舒绣文、张瑞芳、秦怡、路曦、凤子等，都异常地奋斗了。这些人在这块土地上有着“丰碑”。将来回忆这段生活时，除了你努力描写的四川人民的强悍、艰苦外，也应该是这些演员、导演以及剧作家们的努力为代表的，自然，也是以共产党人与《新华日报》不断奋斗为代表的。

这种开阔眼界的指引，未使路翎成为一个只知小说的匠人。他也写了以几位中学教师表现中国知识分子的道路和性格的剧本《云雀》。抗战胜利后，一九四七年，戏剧专科学校的剧团要上演，胡风是赶到南京，不仅看演出，且住下看排练，是他对这个剧本的主题有着浓厚的兴趣。历史上有不少知识分子堕落了，也有不少知识分子参加了战斗，“他们在新思想的领导与影响市民社会的人物，有着（的）广泛性”，是不可不关注的。演出中，他不仅打破话剧演出的惯例，鼓掌，有时还站起来热烈鼓掌，成了剧场的戏中之戏。虽然我无幸亲临现场，可是，台上主要的演员路曦，开国初期，我看过她和金山在俄罗斯专家指导下，演出契诃夫的经典之作《万尼亚舅舅》，它可不像有些外国戏的演出，演员化装都垫高鼻梁、染了头发，可对旧俄的历史和文化的呈现，连俄罗斯专家都恍惚坐在莫斯科的剧院，在看本土演员的演出。而且，路曦台词的功底，绝非一般，不操京片子，纯正的普通话，以她对剧中人的深度理解，从语义、语态、语音，呈现其地域、身份、戏剧特定情景的语调，尤其是长长的独白，真的像听音乐一般，也可以像过去的人那样“听戏”，不一定需要看戏。这样的演员演出，也有过去看旧戏的“角儿”效应。

为此，我想，这出《云雀》，在这些演员的人生中，只是一段小小的插曲，不想，也会成为人生的一个转折。开国后，路曦，不说她，就是路翎这个名正言顺的小说家，也同她一道调到共青团中央所属、与北京的“北京人民艺术剧院”并驱的“中国青年艺术剧院”，又绝对与这次的演出有关。

可是，强调与生活的关系，文学和艺术部门都一样。涉及此中的人员，不仅有理念的加强，且有组织措施的“深入生活”，也绝对是全国上下一盘棋，在哪儿都一样。大陆的完全解放，内地，除了边地，还有零星的剿匪任务外，基本上已硝烟散尽。此时，“抗美援朝”，同样也是有关人士“深入生活”的重点科目。

战争，既是政治斗争的最高形式，战地，自然也是“思想改造”的最佳之地。全国文化（不仅是文学）和艺术部门，以及有关的文学艺术的创作人员是千千万万，他们分散在各地，分散在不同部门、不同地方，可是，中心任务，也很容易，很自然地将他们聚在一起，或奔向一处。写小说，目光要聚集于它，写剧本，也不容你疏离了它。路翎去了朝鲜战场，任务是写剧本，也许以此写剧本不是那么容易，以其写作惯性，还是写了小说。

这次，路翎初露锋芒的《初雪》，此时真是锋芒毕露。小说叙说朝鲜战场的司机刘强和他的助手王德贵奉命从前线附近往后面运送一批朝鲜年老的和年轻的妇女和她们的孩子。挤到最后，司机将车上一个被行李压得在愤怒哭着的孩子，抱到驾驶室交给了刚成年、没有抱过孩子的助手。孩子在这个也只是个大孩子的怀里，一路还遇到敌人对重点封锁区不时轰炸的险恶中，在其责任和天性中，表现了他保护这孩子的深情。对于战争中想到和平的读者，它比那之前更多表现正面战斗、英勇杀敌的描写、叙述，读来别有一番温馨。老外读到它的译文，誉其为国际水平的作品。在文艺界，这都不是简单的事情。可是，紧接着《人民文学》头版头条的《洼地上的“战役”》，开始同样在被人连声叫好之中，不想，麻烦事很快就来了。说小说中写了志愿军与朝鲜妇女的男女关系。这就有点捕风捉影，以此定罪，更是荒谬。谁都知道：中、外、古、今，战争都是要死人的，有时还是大量死人，死的多是男人，一场战争过去，此地男子迅速，乃至恶性地减员，都是很正常的事。可是，此时此地，由此男女比例的失调，同样不是等闲之事。男子稀罕之地，女子渴望男子之情，是正常的人性。军人在行伍，尤其战争期间，对此应有的纪律约束，也是天经地义的。在战争失去他们太多男子的朝鲜，妇女要爱她们面前异性的志愿军，既然此中并无军人违规的联动，作为生活真实的描述，实在无须大惊小怪。何况，房东家姑娘金圣姬一听见他的“声音就会幸福得脸红”，姑娘母亲也“仿佛觉得他已经是她的家庭里的人了”的年轻侦察兵王应洪，“被这样的爱情包围着，可他自己不觉得，似乎还不懂得这个”。在激烈的战斗中，班长单单命令他留下来，也许是——

> 想要锻炼一下这心爱的战士；也许是出于高贵的荣誉心，想要叫这年轻人看一看，学一学他这个老侦察员是怎样战斗的；但也许是想到那件使他不安的爱情，金圣姬那个姑娘的眼泪。谁知道呢，也许他觉得，叫王应洪留下来从事这个绝妙的，但也是殊死的战斗，就会给那个姑娘，那个不可能实现的爱情带来一点抚慰，并且加上一种光荣。他是看见过那个姑娘那么辉煌的幸福表情的。这一点是确实的：因为那个姑娘的那种不可能实现的爱情，以及王应洪对这爱情的极为单纯的态度，他就更爱这个年轻人了。

从这里可以看到：作者是用了多大的心计来写这一段文字，这一“不可能实现的爱情”，恐怕也不能看作对读者一个顺理的交代。为此，作者当然也免不了受批判。一旦将他划入“胡风反革命集团”，即便还能写出一百篇《初雪》，也避免不了灭顶的命运。

最初几年，在北京城内，路翎是在不断推进、提出受审的拘留所，后又送进北郊监狱。对吼叫他的监管人员，他都大声回敬，吼着自己不是“反革命”！为此再遭回敬的，都是捆打，“有时还捆入小的角形的更矮的木板铺的房间”，这种所谓的“房间”，是“矮”到人在里面，不让你可以抬头、伸腰，实际上也是一种变形的刑具，不为局外人所知。但他不承认自己是“反革命”，与监管人员的冲突几乎每日不断，激烈的叫骂之后，他又唱歌抗议。由此，还好，不是认定他是加倍的“反动”，反被指控有“精神病”。由此，送到安定门精神病院，一度还保释就医，回到芳草地，跟在麻袋厂每月二十元左右收入的妻子余明英和女儿在一起过。在当时的境况中，这，几乎应该看作是“修”来的。可是，在家里没有监管人员会同他冲突，让他叫骂自己不是“反革命”，则改用笔墨向上写申诉，为此，又将他捕回监狱，也送到安定门医院。监管人员为此都头痛，不知道他到底该是犯人还是病人。在医院里待久了，也怕不妥，在大牢里，他唱唱闹闹，又感到他确实是精神不正常。不是一天半天，是这么多年，脚镣、手铐、可能监管人员明知政策不允许捆打，还是想以此能制一制他而对他捆打，然而，他全不在乎，对他晓以利害，也不知道是他不懂，还是不管利害，全是鼻子“哼”一声，不屑一顾，仍然继续他每天的叫骂。

在北郊秦城监狱，反丁玲时，问讯他和丁玲的联系，为刘少奇立案时，是审讯，不再是问讯他和刘少奇、王光美的联系。丁玲，还同属于文艺圈子的人，在文艺界复杂的人际关系中，他既是胡风“七月”中的人，也就与丁玲不在一路，丁玲同他何干呢？至于刘少奇，曾是国家主席，最高的领导人，加上他的夫人王光美，他们既要以刘少奇株连她，那也是妻以夫贵，哪能随随便便的一个文人，就能和他们有“联系”，或是攀上、巴结上他们呢？某些时期的政治运动，好像所有被查的人，都是相互联系的一张大网，不是原本的形态，而是为运动而运动所伸出运动过敏、近乎神经质的触角。

这类的事多了，有时，可以是他糊涂了，自己还明白，但是，有时一旦被它纠缠，当事人本来的明白，都反而不让你明白了。然而，被他们搞糊涂了的事反而要你认账，弄得人就更糊涂了。有时候，有些人，认了账又翻供，反反复复，十几次，乃至几十次的都有，结果，还是要靠组织上的调查研究做出结论。所以，你问他同丁玲、刘少奇、王光美，就是审他同上帝和阎罗的联系，只要你有兴趣，你就审好了。

这样，一年一年地在里头过去，还是没有一个说法，十几年了，都如此，已经是实际上的“无期”徒刑，这就叫这些人，有一个有的是时间如此相互“泡”下去的心理准备，完全听之任之。

一九七三年，对他，不再是“不告诉”他刑，而是公开宣判：从一九五五年他被捕入狱算起，判二十年。这，就“有期”了，还剩下两年了，这样，他倒反而安静了下来。在延庆属于劳改的塑料鞋厂的劳动大队，他捆鞋，又是用纸盒装鞋，是一个有一定熟稔程度的技术工，同时也下地锄地、铲地，种葡萄、玉米、黄豆、高粱，拉车、推车，运肥料。

正常的劳动，安静地过去，刑满回家，从车上看到他过去绝不陌生的车外，北京变样了，他不认得了。可是家里因他带来的窘境，倒反而变不了。他刑满期到的十五元津贴，妻子余明英接到手上，是份意外的高兴：“我家的米刚吃完了，正缺钱买米。”此时此情，归来者还可以有点什么浪漫的情怀吗？为他的回来，也不知道他会给家里带来什么。

他首先需要谋生，可是，谁也无法自己去找工作，必须依靠组织。半年后，居委会才将他作为“管制分子”，安排他去到那位名叫海启英为组长的“扫地组”报到。这个组，除了原来的海启英和李叔平两位老将，他是个新人。可是，说谁不会扫地，肯定是个笑话，可扫大街和在家里搞卫生绝对不是同一回事。扫大街得用大扫把，家里自然没有，得另买，虽然要不了几个钱，家里一时也拿不出这份钱来，老婆那点收入，要养三个女儿，加上他回了家，又多了一个人，一分一毫，都得抠着用，才能让家里没人饿饭。扫地，扫地，秀才扫地，也得用心学习。组长说：“你买一把大扫帚就行了，也换一个大桶。”

“我暂时没有钱买大扫帚。”他说来颇羞怯。

“那么，我借给你。”

这样的人，只有这样过日子。大家私下也会同情他，知道他是“胡风分子”，是冤案，可是在面子上，还是要同他“隔值”“划值”。等到老婆发了工资，买了一把大扫帚，手里拿着它的那份快乐，别人也是“隔值”不能体会的。不过，扫地就是扫地，只要扫把没扫到的地方，人家一眼就看出来了。而且，用一个旧肥皂箱子，老婆找四个轮子垫一块板子，做了一个小车子，他在小学教书的大女儿说：“爸爸是有车的扫地工啦！”他自己也感到，同别人扫地，他也“平等”了。

居民委员会副主任张凤英与街道委员的海大妈走来——

“有车子啦，”张凤英说，“今天天气不错，他们说路翎有车子了，我特别上街来看看。你的小车也钉得不错！你干练啦，跟着海启英、李叔平，地扫得不错。我特别上街来看看。三个垃圾车，本来，当你提漏的小桶的时候，有人建议你不扫的，但是我们费心思坚持了。我看你有车痛快。我把话说破，你胡风集团还是一个冤错案啦。”她感动说我曾在刮风、落雨的时候也扫地。“我曾在风中叫你：‘大风、落雨，可以不扫啦，你扫地积极，我对人们说说你的优点啦，你提这个小桶是缺点，但是你在刮风、落雨也扫是优点，我坚持你扫地，也表彰你啦。’”

有一次在大风中我装在桶里的纸飞走了。张凤英笑着，劝我收工，我仍然干，因海启英、李叔平与她的鼓励而向前，她便喊叫出十分亲切的声音，又助我在风中捡纸。她的喊叫在空气中荡漾。我体会她的心情也是居民委员会主任张新的心情，是我使他们有一种负担，装备不全。我是反革命，我的桶，又使他们窘迫。

可是，到时候去每家收回一角扫地的“清洁费”时，海启英对他说：“你走在前面好呢，还是我们走在前面好呢，照旧的规章，你朝前走，便不恭敬了，我们是你的师父，你的扫地是我们带的，你不可以走在前面。”

“那么，我走在后面便对了！”

“但是你又是徒弟。按我们说，你是该走在前面的，说是收钱的，至于怎么地说，你便知道了。你该走前面走后面呢?”

“你们说呢?”

这些从路翎忆旧的原文，一字不差地抄下，怎么走前走后之说，无非都是找机会说明：他们与路翎是不同的。照他们看来：现在明明白白的这种差别，还不够，还不够显示他们在他面前的优越性。

等到钱摊在桌上，别人话丑，理正，还是丑话说在前头，人情也摆在面上：

“我们照有些人的意见，你是管制分子，不平分，如何?”

这样，三个扫地工——海启英、李叔平、路翎，三个同工，身份却大不一样，在“阶级斗争为纲”的年月，前二位，属“人民群众”，是“公民”，可谓“伟大的公民”；后者，是“管制分子”，自然是“阶级敌人”。“同工同酬”之事，是否适用于此？此时，一般人已经很难用一般的推理来找答案，因为它涉及“立场问题”。有事理之外的“政治”。同“管制分子”不平分，也不缺乏先例，人家那么做了，你也无奈他何。可是，毕竟“旧时代过去了”，所以当对方说出“不平分，如何”一语时，照路翎自己所说：“我便有些窘迫。”虽然不是挺胸力争，这“窘迫”，也绝非理亏，只是羞怯。对于“不平分”，议论中，也是有公道的。“不平分”——

“这是有些人的意见，不是规章，不是居民委员会与区政府。我们照有些人的意见了。”他讽刺地说，“如何？老路，你自己的见解如何？”

我便笑笑，我说，应该平分。

“你有规章的见解，那我们便奉行规章了。不然我们便干强盗。”他讽刺地说，“你是一个努力的人，我们便不干强盗。”

“遵守规章了。”李叔平老头说。

“也正是。但我要知道这一件，他们有这样的见解。”海启英说，“你再说，是否公平，你自己看。”

我说平分。居民委员会副主任张凤英说过，扫地费三人平分。她曾说：“有些人说你是胡风分子，少分些，但这不是规章，不是居民委员会和区政府定的，所以不采取。”

“你知识分子收钱也勇敢，有人说你收钱不会开口的；你说了居民委员会张凤英的意见也很好，有人说你是窝囊秀才，我们说了你便算了的，但是我还要再问一句：你个人看，平分不平分？”

“平分！”我说，“我扫地也一样。”

“那你便对了。这些人的意见我表达了。我向你致意，你自己说按规章便对了。”

“我说，我们区也是赞成政府的政策。”

“但是还有一桩，你扫地比我们强不强。”

“经验少。”

“你初来不仔细，后来有仔细，比我们有的地方强。”

“现在还有一个问题。”李叔平忽然把钱在胸前抱得更紧，说，“钱，我得了，按照旧时代，旧规矩，你新来的第一个月，以至前三个月，归我们分，我们剥削，你一个钱也没有。”他脸色严峻地说：“你说这样行不行呢？我坐下来分钱，假若这样想了，如同旧时代，你说好不好呢？一定的，我们两人，老海和我，剥削你新来的扫地工了。”

我便沉默着，笑着。

“旧时代过去了，”李叔平说：“我七十几了。你五十几吧。看你新来的人，还一定的算不太老而有为，我心中便有一定的高兴。敢情是，旧时代过去了，‘四人帮’也还没有这样，不，他们也有的。这问题是，见你新来的人，扫着一条又一条大街，想到旧时代那些了。”他又亲切地、讽刺地说：“不给你钱了。”便把钱推到桌子中央来，说：“你知道是这样的，我们三人共同工作了。我还要说你的老伴不错，在麻袋厂辛苦！我们按照规矩与民风，第一次分钱的时候，问到众人，表示诚恳。”

毕竟是“旧时代过去了”，此刻，虽然他还算个不三不四的人，所以如此，也有原则，也有公道。也没有“我们说了你便算了”，也予以“人道”“人权”，和在这一具体问题上的具体民主。他们教他：

“按照旧行业，你进门收钱，说，收清洁费了，记住了吗？”

“要怎样呢？”

“说，诸位街坊，吃了吧，‘吃了吧’三个字要加重些，还要说年景好，财旺。”

“当然，这也是有意义的。”

“作家先生，我是佩服你勇敢地收钱了，我批评你，对一些民俗民风不够注意。”

“还要说呢，照旧的一套，你要说，我们扫地的头头，老海的致候，老李的致候，传他们的话，收钱了。”李叔平说，“今天这样，对不对呢？规章是区政府的规章，自然也说，我们扫地必须收钱了。”

这已经不是“按劳取酬”的大道理，是他只有且必须以此才能维持、保证每日有饭吃，无论他是过去“七月”的大作家，还是现在的“胡风分子”“管制分子”，断粮没有饭吃，就是天王老子也没有用！何况，周围没有被挂牌“管制”的“好人”，一样有了这份保证，在眼下求生存的条件下，别的，都可以视为身外之物了。

一个人，三百六十天，每日都在重复打发这种单调无味的日子，还是习以为常，但，用他自己的话说——

我拥有一些个有意义的黎明与黎明之前，我拉车和推车经过的时候，有的人家正在起床，电灯亮着；有的人家刚开门。我（扫地撮土用）的车辆的震动声，使有的窗户也亮了，人们在房屋里说：“时间到了，扫地工出勤了。”小的胡同里面响着的行车的声音，在街口等候牛奶的人也开始在排队。在黎明和黎明前，我看见急走的女医生，急走的飞行员，我们这附近住着两个女飞行员，她们在早晨的，特别是冬天时冷空气里招呼着：“早哇，扫地工，早哇。”我看见早晨往火车站赶车的人，和黎明时来到的旅客。街灯朦胧地照着，黎明前更能感觉到天空的星斗。扫了两年左右，老人李叔平不扫地了，海启英也告别了，他们说：“再会了，这一段生活添常记忆。”张凤英通知我，地，便由我同当过钢筋工的叶德亮两人扫，两人分钱便可以收入多些。我便起得更早些，而且每日迟归。我便从通往大街的路口的斜面坡开始，在黎明前的幽暗中扫出了第一声刺耳的、划破空气的声音，便看见坡上的房屋的窗户灯亮了。我便觉得我和这城市更深的关系。这时候我推着李叔平老头的有很刺激的响声的铁的独轮车。李老头说："这车子会让你摔跟头的。"我果然摔了好些跤才学会。我从街口扫起。到一定的时候，街上的人渐多，我便呼吸了深深的气，扫完了横的正街及一个垃圾堆。这时候我也有把铲子铲垃圾堆，每日注意着市政府的拖垃圾的汽车的来早与来迟，我心里便有许多感觉。我感觉到我是起床早的北京人。我是南京人，一九五〇年来北京住家了，也便对北京有个大的感觉。我觉得这古老的城有新的建筑与生命，显出北京的律动。我扫完一个较大的面积便到街角里吸烟斗与烟杆。这时候我很贪婪吸烟，我又扫窄巷时常有粪便的胡同，又扫横的，有大院子的大街。

我和叶德亮两人扫地，有时他有事情，我便扫全部的地。海启英与李老头的时期，他们两人有事情，我也扫全部的地。叶德亮这时期，我从黎明前推着我的独轮铁车出去，扫到下午一两点钟，黎明起来，我便吃几口馒头。

我们赞颂"劳动伟大"的"劳动"，若用于对人的惩罚时，则完全是另一回事了。我们的"劳动改造"谓之的"劳改"中的这一"劳"字，已非"劳动"之"劳"，而是"劳役"之"劳"了。可是，劳动，适当的劳动，它本身，对任何人，都是有益的，起码是有益健康。也联动人的思想情绪。无须讳言，也有人卑视、厌恶，乃至糟蹋劳动，可是，无论你怎么想，世上的一切都是它创造的。无论你多么"伟大""神圣"，没有饭吃，同样要饿死。然而，没有劳动，或说劳苦，地里是不会自己长出庄稼来的。当代知名作家韩少功的《怀念劳动》，我是欣赏他毫无羞怯地说到自己最初"对劳动的恐惧"，才有"就像太强的光亮曾经令目盲，但只要有一段足够的黑暗，光明会重新让人怀念”的情愫。才有——

> 坦白地说：我怀念劳动，
>
> 坦白地说：我看不起不劳动的人。

当他选定了一块寂静的荒坡，向想象中的满地庄稼走过去——

> 阳光如此温暖，土地如此洁净，一口潮湿清冽的空气足以洗净我体内的每一颗细胞。从这一天起，我要劳动在从地图上看不见的这一个山谷里……我要恢复手足的强壮和灵巧，恢复手心中的茧皮和面颊上的盐粉，恢复自己大口喘气浑身酸痛以及在阳光下目光迷离的能力。
>
> 我们要创造出植物、动物以及微生物，在生命之链最原始的地方接管我们的生活，收回自己这一辈子该出力时就出力的权利。
>
> 这绝不意味着我蔑视智能，恰恰相反——这正是我充分运用智能后的开心一刻。

当然，劳动用于对人的“惩罚时，自然完全是另一回事了”。即便如此，天长日久，当路翎身体恢复了“手足的强壮和灵巧”后，也必然摆脱斯文人在书斋长期脱离（体力）劳动而沉溺于懒散消磨时光所恐惧它的变态。从路翎上述长期扫街的，不仅是一种心态，且是生活的、生存的姿态看，它绝对是一个正常人没有为惧怕（体力）劳动的变态所有的常态。

虽然如此，这样扫街，扫了四年之久，绝非易事。

虽然旁人也会“把话说破，你胡风集团还是一个冤错案啦”，可是这事若无组织“说破”，只是私下嘀咕，有关干部不根究你无组织无纪律的“自由主义”就不错了。对那没有“说破”的话，既不可能无动于衷，也不能过于认真，或是天真，虽然当事人可以为此欣慰，事实上也只能当闲话听，在这个组织纪律非常严明的结构中，组织上没有“说破”的话，即便确信无疑，也只能耐心地等。

路翎，不仅是他一个人，凡属于他们这个“胡风集团”者，不论是坚信不可能这样糊涂下去，还是十多年如此的现实，不管是无奈，还是习以为常，不这样也只能这样者，即便“坚信不可能这样糊涂下去”，不是一年、两年，三年五载的等待，也须有英雄的意志和气概。

一九七九年，初步平反，不再叫路翎扫地。一九八一年，“胡风集团”案的平反，对他才是从根本上的平反，分到戏剧出版社当编辑。十年动乱结束，随之平反者，无以计数，对平反者，也无法按政策立即全部解决问题。我去看他时，他还在芳草地。那时，芳草地还是从朝内大街走到尽头，与市郊的接合部，有推土机在那儿折腾，自然正在开发。他那倚着一座旧的建筑用塑料板搭下的所在，虽然还没遇到推土机的光顾，也有朝不保夕的危机。不过，不仅是他，是许多，甚至可以说，凡是遇此境遇者，若无立即拆迁之危，都是这样在一天是一天，拖一天算一天，管不了许多。

他在此争得十几平方米的地盘，进门的右边是脚对脚的两张铺位，大女儿已在教书，住在学校里，这两张铺正好是父母和两个小女儿各占一席。中间一张条桌，既是孩子做功课的书桌，也是切菜的案板、吃饭的饭桌，同时堆了许多日用的杂物，还有一个以备停电的烛台。做饭，从桌下拉出煤气罐、锅灶在门外另起炉灶，若要方便，只能上公厕。

人，不论尊卑，吃、喝、拉、撒、生、死、婚、嫁，都是一样的，分配，在任何社会，也不可能平均，总是有差异的。路翎虽然平了反，有些政策还不可能完全到位的现状，也只能是一般困难户的状态。

新时期，我看到他后来搬了家，有一张杜高去看望他的合影。他俩是好朋友，“剧协”的老同事。当年，杜高谓之“吴祖光小家族”的中坚。与那舞蹈明星相恋，人称“天生的一对”时，风度翩翩，风流倜傥，时光流逝，风采不再。与之相比，时光虽然同样无情，路翎却苍老了更多，尤其是活跃生命的灵气不再，显得有些痴呆，但他原来的本相还在。后来，我一上门，自报家门，也就再也不用说别的了。我编选出版的《七月诗选》，似与“七月”同仁结有兄弟之谊。然而，此时此刻，反而不屑啰嗦“七月”之事。大家有兴趣的，还是眼前的、自己的“生活”。本来，他们平反了，安置工作，却是麻烦、头痛的事，但是，他们都年纪大了。拖了一段时间，像路翎还在戏剧出版社磨蹭了一段时日，才以“退下来”处理。如此这般，对不同的人，有不同的反应。很多人，此生都是以“依靠组织”所赖以生存的形式，换一个方式，一“退”下来，随之也就有被“组织”抛开之忧，总想争取名在册，身在位，从失落感中找到归宿，自身才有不被失落的存在。

路翎没有这些精神负担，之前，他一直名在另册，人在哪里，就算哪里的人，不论算是哪里，或是哪家的人，他都是在人家矮檐之下。当年，虽然不乏明白人，予以同情或帮助，那只能在不公开的私下。如今，大不相同了，一顶“胡风分子”的帽子，是会引起人们对他过去为此所受的委屈、苦难予以同情和敬意的，也绝对是公开的表达。时尚的年轻人，会前呼后拥，请你签名、合影，乃至请你对他们做报告。不过，对于经多了世事的人，不仅无法习惯那么张扬，也担心那样会引来的麻烦，走出矮檐下，不一定能够，和需要清除此前为人的低调。

然而，对于过去的不愉快，既无须把口气说得那么大，是为真理的流血牺牲，可也是为了尊重事实，付出了代价，蒙受了冤情的委屈、羞辱、鞭打，乃至囚禁。当世上任何无其之理可诉的日子，十年动乱，那也是那个世道之正常秩序，一旦世道变了，对那些无可忍受的忍受过来了，那就是光荣！

除此，还能需要什么？对于那不仅是对哪一个人，或哪一家人的乱世离乱，人生苦难，那也是那时、那地、那年、那月的社会秩序之必然，此中，任何有能耐可以于此之外，自能安逸于众人遭难的，也必然是与众人命运不共，乃至对立者，那绝不是什么好事。那样的人，他就有幸吗？就能高高在上吗？就是人上之人吗？他等，无非是干活谋生的芸芸众生之外的另类，不是分道，乃是本来就出自不一的源，从始就不往一道流。

“无可忍受的忍受过来了”的光彩！原是逆境中不背良心随浊而流所忍受苦难的慰藉，可它追求的苦斗，迎来的光荣，正是平静的正常。

人说：知足常乐。贪者，肯定永不知足，然而，不贪，是否就该知足？长乐，定然不贪？乐者，若乐于其足，忧者，则只能不知足地贪婪！

人世纷繁，忽东忽西，乍南乍北，跌宕起伏，这位路翎，不知其者，恍然一看，如居世外，与世无争，是他无可去争，不敢说能有多大奉献，也绝不想索取；为其作家的光彩，并未消失，也绝不成其负担、包袱；《饥饿的郭素娥》那工人的生活和命运，以及《财主底儿女们》那旧时中国的知识分子在其封建家庭的挣扎、叛逆，无非都是世事予其的代述，并非他就是小说本身；作品焕发的才华，为其成功的光彩，能为前行的开拓，绝非他所负担不了的沉重；它对作者才华的焕发，也是才华于此之所志，不能无聊、丑恶地繁殖。

这样，看到携其《饥饿的郭素娥》《财主底儿女们》而来的路翎，并非负有其重之重，反似增翼去负才谓其光彩，物质的负荷，抽象于思想升腾，则是无其重之虚，于其虚中之思想，既是重中之重如泰山，同是轻中之轻于羽化。

这样，踏踏实实地在过日子，就是过日子，写过大作品的大作家，流逝的时光没有将其流逝，就是对他最可贵的回报。他对我说过他写不了东西，我相信，人老了，拿不动笔了，不为怪。后来，“七月”，会其同仁的《我与胡风》之作，他是洋洋洒洒，好多万字的篇幅，则像源源不断的开篇。然而，不论他是写，还是写不了，他不写了，则是确确实实的实际。生活的实际，叫他起早赶场，提着篮子去买菜，自来水没装到这散居的屋宇，还需要提着洋铁桶去提水……生活的具体，琐琐碎碎，人就要不畏琐碎，才能应对生活，对此，他没有为自己过去的什么什么张扬，且不屑于此，不比天，不比地，不梦幻于天涯，珍惜每时每刻的改善可以预计的未来，自由自在、悠悠闲闲，不正是老天予人生存之幸吗?

然而，安度于此之“安”，终非“安”然无事，求人伺候，当大少爷、大老爷，行尸走肉，整日消耗留下大堆垃圾，自身也同为垃圾!

太平岁月，安度于此之安，不求福，喜无祸，平安无事、羞于索取，不为人添乱、找麻烦，更无灾，且无人之所重、所惧的灾祸，这也真是足矣!

此篇已记忆不起是写于何时的短札，二〇二〇年七月准备搜集于册时，打开电脑，见它已全篇不整，收尾之处已经残散不顺。人老昏聩，也找不到可对照修订的剪报，无可奈何，只得重写。然而，时隔多年之补缀，定与原稿有别，若有不妥之处，敬请见谅!

绿原的“七月”

——琐记绿原

一

在我认识的诗人之中，绿原（1922—2009），是一部流动的影像——

孩提时，当我读到他那诗中的童心童语就想：他，即便不是同校的，也是外地外校的，为其作业的优秀上了公开的报刊，老师以它作为鼓励我们的、作业范本的作者小朋友；过了几年，虽然刚成年，因为少年时就参加了革命，以现代的用语说，是在“红色文化”中成长，当我读到他——

沿着中南海的红墙走，
我的脚步总是很慢很轻，
我总想在这一带多逗留一会儿，
我总是一面走，一面倾听，
不是里面有人造的海，
不是里面有什么宫殿，
不是里面有风景……
不是的，不是那些使我耽误时间。

是那里面有一颗伟大的心脏，
是那颗伟大的心脏和我的心脏相连，
是我每次经过这一带，
我的心像喷泉一样，
涌出了神圣的火星，
我的脚步不能不很慢很轻……

几十年过去，从诗艺看，当中的文字还可以再简洁凝练一点，浓郁诗质；同样，我也只能从艺术上讲它，因为那是一个歌颂领袖的文字随处可见的年月，绿原这诗，显然不同于“东方红，太阳升……”那种颂歌的套路，有他的诗之所以是诗的诗思和创新。可是，这种一般视为很庄严的题材，它细致入微，轻声细语地从内心的感情入手，别具一格。当时，对于不知怎样来表达所感恩新时代的我，困于不知怎样才能抒唱好新的生活时，见到这样写诗的绿原，无疑是惊为诗的天才，用现代用语说，少不了对他有些“粉丝”心态。

在我经历多次暴风雨似的、催人长大的“运动”后，一九五五年五月，组织学习二十四日头版头条于《人民日报》的《关于胡风反党集团第二批材料》时，我真是噩梦惊醒。当时，我当然不可能知道时为中宣部负责对外宣传、出版等事宜的绿原，为此“停职反省”，在中南海隔离。然而，半月后，六月十日再发表第三批材料时，对胡风已认定为“反革命集团”。按语中称绿原为“中美合作所”的“美蒋特务”，我原先想象中的“小朋友”，突然也在童话中变身，露出真容——是魔鬼。

近三十年后，我知道一九五五年到一九六二年的六年间，因“胡风案”接受审查隔离中的绿原，由他原先学习的英语和法语，还有开国初期，“在一股政治热情的支配下，突击学得已经可以靠字典读懂一些政治书刊”的俄语基础，通过好心的看守，给他买了陈焘编著的《日汉字典》，又学了日文。可是，想到自己掌握这些语种，此时却不能以此做些有益之事时，好不惨然。然而，还是只有对此的坚守，才能冲淡为此的伤感。既然如此，何不利用大片时光的空白，“把陌生的德语学好，认真读几本马克思主义经典名著，也好明白自己究竟是怎样在文艺和政治的歧途失足”之心，也将他学外语之动力，提到一个新的高度。无师，自究，缺伴，独善，面壁，刻苦，无时无刻不专注于此。之后，我国德语和德国文学的权威人士冯至（1905—1993）先生，由于几十年的忘年之交，他与我这个外文盲，聊到德语这个行道的后来者绿原所译出的文本，是很难相信那是出自他们当中的新手。他在一九八二年十二月二十六日《济南日报》刊出的《肃然起敬》，讲他听说绿原——

> 用散文译出了歌德的《浮士德》，我对此怀有惊奇的期待。我想他在失却人身自由的七年内写的唯一的一首诗《又一名哥伦布》，和一九七〇年在“牛棚”里写的《重读圣经》，既表达了坚强的意志，也蕴涵着深刻的体会和睿智的情思，我曾反复吟诵，一唱三叹。我对他在困苦中，甚至在灾难中的那种艰苦卓绝的精神肃然起敬。

由此，我也不能不视绿原为一位了不起的英雄！

可不是吗，我那儿时视为的“小朋友”——

> 小时候，
> 我不认识字，
> 妈妈就是图书馆，
> 我读着妈妈——

有一天，
这世界太平了；
人会飞……
小麦从雪地里出来……
钱都没有用……

金子用来做房屋的砖，
钞票用来做纸鹞，
银币用来飘水纹……

我要做一个流浪的少年，
带着一只镀金的苹果，
一只银发的蜡烛，
和一只从埃及国飞来的红鹤，
旅行童话王国，
去向糖果城的公主求婚……

但是，妈妈说，
“现在你必须工作。”

这是一位多么幸福的“小朋友”呵，看得我好眼红呵！我儿时，正抗战，是从沦陷区到大后方的“难童”，在流亡的学校里，一切免费，吃住全包。抗战胜利了，这是欢天喜地的大喜事，没有喝酒，都会醉倒。我不知道“幸福”到底是一个什么样子，可是，小人跟大人都是一样，日思夜盼的胜利，应该也是要来的幸福。可是，苦等，苦想，胜利了，光复了，没有沦陷区了，照此推理，也就不会有“难童”了，为难童而设的学校，一夜之间，说解散就解散了。此时，对我最现实的威胁，就是没有吃饭的地方，只有等死。幸好教堂收留了我们，天无绝人之路。此事，不仅本人，整个社会也是看作教会为其本性的慈善事业之所为，即便有它的政治因素，那也不是我一个小孩子能够懂得的幕后之事。解放了，教堂自身都很难维持，要将这些孩子作为累赘分散、处理时，同样是为了吃饭的问题，这点，我从不隐讳，说自己是有什么样的觉悟，在怎样追求进步。到了自己还真是有点觉悟后，从唱《国际歌》“起来，饥寒交迫的奴隶……”，我也明白：阶级觉悟是从“饥寒交迫”的存在所萌生、茁壮的。我不为自己还无能自立，在生存的无奈之中受到吃饭问题的困扰，毫不犹豫和无有选择地，在包含我们乡里时下所羞愧于“当兵吃粮”地参加了人民解放军。转眼，几十年过去，人到八九十岁了，人世沧桑，磨难迭起，就是吃饭成为一个问题时，生死攸关，饿上几顿，奄奄一息，不知也得知，不认也得认“民以食为天”。

同样，那时我也想到“读着妈妈”者，他在妈妈的怀抱，就是在孩子的天堂；对它的向往，也是想着幸福中的最初之蜜意。待我长大了一点，才知道，那是诗，是艺术的创作，是写诗的人，在汇集人世的智慧；再过多少个年头，不是“长大了一点”，是年近半百，一些文化人的聚会，或是对故人往事解读的沟通，竟然常有机会见到那位写诗的人。他在我眼中仍然是一个那么有学问的人，他光是掌握那么多的外国语种，就足够我恭敬仰望了。可是，他还不是我的长辈，照乡里旧习，是十五岁算一辈人，他才大我十岁多一小点，辈分上只能算一个大哥，从同道讲，算是师兄。这在我同他学养之差的心理距离之间，并未阻隔我们兄弟般的感情之和谐和亲近。

然而，他“读着妈妈”时，却不是我想象的那么幸福。他三岁，以文牍、竹雕、摄影为业的旧式知识分子的父亲去世，为此，笔下，有时他就称自己此时为“孤儿”。兄姐五人，大哥刘孝甫大他十九岁，已是长一辈的兄长，大姐、二姐已出嫁，母亲领着三姐四姐和他这个幺儿，生活艰苦。他先是跟远房的一个伯父念私塾，后来，母亲带他离开黄陂县东乡的下刘湾的老家，上省城汉口投奔他大哥。先到教会的“三一堂”读小学，后又考入省立二中。母亲有病，回到乡下无钱医治，病逝老家。三姐、四姐送到婆家当童养媳，三姐受不了境况的恶劣寻了短见，家人也无能为她评理争个公道。这一家只剩下长兄和幺弟相依为命。可是，母亲走了，教书和当职员的大哥，又承父任，领着他负担不轻，生活清苦。“穷人的孩子早当家”，绿原看清了这一切，“七七”事变，全面抗战开始，武汉面临沦陷的危机，他才初中毕业，尚未成人，却不愿完全依赖和拖累家里。趁有机会，他搭“江顺”轮船离开武汉，独往大后方流亡。

经宜昌到恩施，进了“湖北联中”的高中。此时，他也是“难童”。他所在的公立学校“联中”，就是战时省里多所学校流亡到后方，无法自立，几家联合起来开课之所在。教育史上最著名的“西南联大”，就是校内仍然保留“北大”“清华”“南开”三家各自独立的校本部所“联”成的大学，是当时最为典型且名扬四海的“联大”。这种“联大”“联中”，是当时无数青年和少儿在战时的栖身之所。之前，经济上毫无自理可能的绿原，生活却要求他走向自理，虽然无法如愿，又绝对想减轻长兄的负担。这也加强了他自力的动力。才上高中，他就将鲁迅先生的《聪明人和傻子和奴才》译成英文，长兄惊喜，老师称赞。而且，他如饥似渴地阅读所能接触到的一切新文学的作品，尤其是系统地深读鲁迅的作品，比之在家乡，眼界宽多了。一旦知道了“国共合作”，知道还有共产党、延安、《新华日报》……对这人世，就可以多有一分思考，不是只听当局官方的宣传。在校内，他参加编辑文学墙报，自己也练习写作，向外投稿。重庆《时事新报》副刊采用了他的短篇小说《爸爸还没有回来》，这给他在这条路上走下去的鼓励，不言而喻。

由于害伤寒，未能插班上到高中，加上对学校环境和教学质量不满，经“中华职业介绍所”介绍，才到“中国兴业公司”的钢铁部当了一员练习生。这时，他正十八岁，成人了，独立生活，不拖累兄长了。此时，他所管理的“职工阅览室”的工作环境，也有助于他的阅读、写作。他的《送报者——纪念勇敢的〈新华日报〉报童》，在一九四一年八月十一日的《新华日报》刊出，无疑是他人生一个坐标性的纪念。

在执政当局的“陪都”，共产党在此为“国共合作”，公开、合法其办事处和舆论阵地《新华日报》的存在，而且在“枪杆子里面出政权”的斗争中，共产党是有他领导的八路军、新四军，既是抗战前线的中坚力量，也是自身立足的坚强后盾。为此，除了意识形态的对峙，在野和执政的矛盾、摩擦，也是合法存在的一种常态。当局害怕《新华日报》日益扩大的影响，不仅有公开的宪警，更有收买雇佣的地痞流氓，还有靠此谋生的无业游民，对这些叫卖《新华日报》的报童进行驱散，乃至殴打。这些报童，确实是那个时代的小英雄，为此讴歌者，自然不乏胆识。

不知为什么，《绿原文集》却没有收进这首诗。二〇〇七年我收到他赠阅的《绿原文集》时，人在南方，不是常常能碰到他，而且他的健康状况也不太好，所以也失去向他本人问清此事的机会。然而，从理解绿原的角度讲，这却是一个不容忽视的细节。凭我所想，很可能（只是“可能”）这首诗同他后来整体的诗风不太一致，他后来很注重自己诗的艺术表达。为报童抱不平的情绪，在他初试诗笔时，也可能（也只是“可能”，因为至今还没看到原诗）趋于外化，作者重于艺术，也就轻于它当时的意义而舍弃了它。

可是，发表了作品后，他不喜欢自己原先那个老气横秋的名字“刘仁甫”，对那些老一辈作家的笔名羡慕不已，左思右想，想不出名堂，借了一本学生字典来翻，用他自己的话说：“一个是‘绿’，绿色的‘绿’；另一个是‘原’，原野的‘原’，你听！‘绿色的原野’，多么令人神往呀。”一九四二年，距今近八十年前，人们还没有环保的观念，像今日从环保看这“绿原”二字时，它是一个怎样的境界啊，那时，这两个字，已是他可以据为己有的人身符号。

二

可是，他这一生，还有一个给过他苦难，也给了他光彩的两个字的符号——“七月”，对此，可说的话就多了。

当年，抗战之日，在那文化气氛浓浓的大后方之“陪都”，那因“七七”事变而命名，在广大读者，尤其是文学青年中久负盛名的《七月》，绿原，他当然会知道。开初，绿原给它投过稿，并给主编写了一封信，用他自己的话说：那封“轻浮而狂妄”的投稿信，大意是这篇诗稿——

> “如蒙见弃，则只能证明无名小卒无不皆然的命运”。那篇冒失的拙作，记得是模仿当时流行的调子，把祖国比作“母亲”，把流亡青年比作她的“孩子”，唯愿抗战早日胜利，“母子”早日团圆云云，不被采用是可想而知的。但使我欣慰的是，胡先生居然给我回了一封信，除指出那篇习作“缺乏生活气息”“是从概念出发的”“还没有化成诗”外，更针对我信上的那一句自以为俏皮的话写道：“请先生看看本刊各期的目录，有哪几位作者又是文坛上的名人？我们永远向新作者伸出手来，期待你写出更成熟的作品。”怎么知道这封回信是胡风写的呢？原来信上正是我后来非常熟悉的字体，虽然并没有他的落款，而是盖了一个小小长方形的木质图章：“七月社”。附带说一下，我由此发现了一个秘密，全国第一流的文艺刊物《七月》竟没有一个编辑部，连退稿信都要主编动手来写……

这一退稿的过程，对比今日刊物稿约上写明“来稿不退，作者三月未有本刊回音，即可自行处理”者来讲，可以大大明白：展示文艺繁荣的平台之期刊，同是作家成长的摇篮，办刊者若非园丁，而是其他，或是拥有阵地的权力者，阵地成为名利场，是无助于文艺健康发展的；胡风坚守阵地，以此才团结、培养了许多后来成了名家的青年作者，若对此不能予以理解，恐怕只能想它是“小集团”，乃至“反党”“反革命”了！而绿原和胡风之间，还丝毫无有后来有人说的那么多，更无那些人谣传、编选的那种邪恶的关系。本来一个文学青年，写了作品，且是新诗，要找地方发表，应该是再也正常不过的事情。可是，愿意、高兴、关注新诗，尤其专业的诗刊，是少之又少。

胡风编的《七月》虽然也是综合性的文艺期刊，可是从主编对新诗的关注和版面的安排看，也像读者所看到徐志摩（1897—1931）编的《新月》那样，几乎将它等同于诗刊。然而，胡风的思想倾向性，在大后方国统区的不安全，迫使他停了《七月》，去了香港。当时在复旦大学新闻系，热衷新诗，也是当时同辈诗友中发表作品最多的姚奔（1919—1993），正和同学为募集善款筹出诗刊在奔忙。他拉上的邹荻帆，在校时，巴金主持的“文化生活出版社”就出版过他的诗集《在天门》，《七月》的创刊号上也发表过他的诗。邹荻帆帮姚奔创办《诗垦地》，特别选取了从路翎那里所接收胡风去香港时留下的一批《七月》拟用的、包括一些解放区的诗人田间（1916—1985）、陈辉（1920—1945）等人诗稿的发表，给读者留下鲜明、深刻的印象。

《诗垦地》一创刊就出彩，圈内人也多看它为《七月》的分支。因为绿原是它经常的撰稿人，自然同邹荻帆这位湖北老乡，有乡音相亲的相熟，并且同投稿人中的曾卓（1922—2002）、冀汸、冯白鲁，自然成了《诗垦地》的编辑同仁，是话能投机的好朋友。由此来往多了，荻帆也知道面前这位才初中毕业的绿原，才学远远高过他的学历，一再鼓励他考复旦。

考大学要高中毕业文凭，荻帆便代领下一位下落不明的同学所落下的一张“湖北省立师范学校”的毕业证书，拿给绿原。这张无处可投的证明，压下的日子太长，打了钢印的本人照片，也已在尘埃和潮湿中发黄、淡影，以至模糊变形了，这倒为绿原冒名顶替提供了便利条件。报考取录，绿原也以文凭上“周树藩”之名于复旦在册。不仅在校，毕业后谋生求职，漂游四方，也是以这个名字作他就业、存身的人身符号，真是当代的一大传奇。为此，绿原对邹荻帆之情，乃至为恩，念念不忘，在熟人之间常常念叨，也在常理。

话说到此，再讲到邹荻帆，对我也有一桩永远不能忘记的旧事。那该是一九五五年所谓的“胡风问题”不久，我到我平日所称之“大表哥”的美术家朱丹处，他顺嘴问到街上有什么新鲜事，我也顺嘴说到我碰见西装笔挺（那时，这可是惹眼的事）去参加外事活动的邹荻帆时，他马上沉下脸来：“你跟他说了什么？”“点个头，打个招呼嘛，没说什么。怎么啦？”“可得注意，少跟这样的人打交道！”我重复了一句。“怎么啦？”他气愤愤地反问了一句，“怎么啦？”“人家跟胡风有关系的，不是抓起来，就是隔离反省，他跟胡风的关系比那些人深多了，能让他在外面这么风光，他要没有出卖那些‘七月’的伙计，能够活得这么快活吗？你跟他打交道，莫把自己弄脏了！”

从当时的“运动”之所见，以及一般人对这类问题的看法，他说的也不全错。可是，问题总不会那么简单，事后，人家绿原他们这批当事人，在接受审查时，都没有感到是有人，具体到是邹荻帆“出卖”了自己而受到伤害，仍然旧情不忘，那么，旁人还有什么必要老把它当个老包袱背着不放呢？生活中，总是少不了一些两面都“玩”得转的人，有些戏才演得下去。荻帆，跟“七月”的关系，肯定不浅，可那些整“七月”的人，同他也可以握手言欢，其中有什么内幕、秘密，咱也不知道，也不用探个究竟，此中也可能就没有为此所想到的这些，也是一种正常的世态。

后来，他到《诗刊》，我同他接触的机会也就多些。《诗刊》主编，一九四九年开国后正名为“严辰”，大多老人还是习惯照旧称他“厂民”者，说到这里，得插一句话：此处“厂民”之“厂”，可不是繁体的“工厰”之“厰”的简写，是读音为“安”的一个单字。为“厂民”者，也是个老知识分子，不知是在延安锻炼得如此，还是本性就是那样，是“老延安”中草根性的那一派，老实巴交，言语不多，勤奋、低调、沉稳、坚毅。他有邹荻帆这么一个活动能力强，人脉又广，机敏、宽放的人当副手，给工作增添了一股活力，不是很好吗！不过，后来有人将他纳入“七月诗人”，则欠谨慎，乃至欠严肃。据中共中央一九八〇年七月二十一日批准公安部、最高人民检察院、最高人民法院党组对于胡风一案复查平反的文件所道，此案——

> 共触及两千一百人，逮捕九十二人，隔离六十二人，停职反省七十三人………正式定为“胡风反革命集团分子”的七十八人（内有党员三十二人），其中划为“骨干分子”的二十三人。

为此，胡风是关了二十四年，路翎关了十年，“骨干分子”大都关了几年至十年，其中未划为“分子”和大部分一般“分子”者，也都关了一年左右。邹荻帆在这“七月”的大风浪、大考验中，不说比那几十个人，就是比那两千一百的被触及者，他也是离得远远的，未予“触及”，怎好称他为“七月”呢？虽然人们将“七月”已定为一个受难蒙冤的光环，这光芒，本身就含有他们受难的史页。这也同样是邹荻帆未曾“触及”的，有必要牵强地将这些人受难时却西装笔挺的他，生拉硬扯地凑在一起吗？何况，“七月”同是一个诗的艺术概念。它有时可以含有很强烈的政治因素，审美者完全可以带着他自己的政治观念去看，但它也不可能完全取代审美。

邹荻帆的诗，趋于浪漫色彩的外在，与“七月”，从阿垅起，那种深沉于冷峻的锐气，毫不相干。从艺术的风格讲，二者并无高下之分，可二者存有不同差异的鲜明个性，才是艺术所以是艺术的根本，不必搅在一起去说。人，只要是一个好人，同“七月”无任何关联，也可以是一个好人嘛。

可是，视为“七月”中坚的绿原，所以走上“七月”的道，从本质，不是从外在现象讲，还确实是靠那未“触及”，或说他同“七月”既关联且有距离的邹荻帆所搭的桥。起先，绿原还未加入《诗垦地》之前，邹荻帆就不时邀请作为该刊撰稿人的绿原，参与他们有关诗的活动，积极争取他发表新作的机会，先后介绍他认识了“七月”的阿垅、路翎、胡风。

一九四一年下半年，胡风有信给邹荻帆，要他和冀汸各编一本诗集加入他此时从香港转到桂林所筹办的《七月诗丛》，同时在信中托邹荻帆代他约请绿原也编一本，这也开始了绿原同胡风的文字因缘。而且绿原编好出版的这本《童话》，不仅带给这位二十岁，刚成年的小伙子步入人生殿堂最初的惊喜、激动，更是新的鼓励。由此对胡风的感激之情，不言而喻。作者言道，“胡风先生第一次退掉我的稿，第二次不存成见采用了我的稿，两次亲笔信使我既认识到写作的艰难，又产生了对于继续努力的信心”。“胡风先生对我的提携和教导，就更是使我得以坚持下去的促进力量了。”由此，绿原对胡风也多了更多的亲切、尊重，以至于敬仰。

开初，胡风所退的绿原“习作”，作者道它“不被采用是可想而知的”，它有胡风指出的没有生活，自然就少不了矫情。虽然绿原也曾公开著文，不同意有人将《童话》视为他的“代表作”，可是，迄至今日，它还是绿原作品中最有影响的。

两岸开放后，台湾传来的信息是：一九四九年，随当局去台湾的诗歌爱好的青年中，有的背包里就是带有一本《童话》渡海而去的。最典型的，是英年早逝，台湾不同诗派都共同誉其为诗之天才的杨唤（1930—1954），他从来都是直言自己是喜欢、熟读《童话》才走上新诗道路的。他的处女作《小时候》"小时候 / 在哭声中长大 / 让我的日子永远苍白忧郁……"别具一格，又不能不说，绿原早期的"小时候 / 我不认识字 / 妈妈就是图书馆……"这些文字对他有过的影响。这些事，自然是后话。但在当年，绿原不认它为自己的"代表"，总还是自认，乃至自恋这是他自己的"诗"。

起先，胡风退稿绿原，毫不为怪。《七月》创刊的《代辞》就宣示："中国的革命文学是和反抗日本帝国主义的斗争（五四运动）一同产生，一同受难，一同成长。斗争养育了文学，从这个斗争里面成长的文学又反转来养育了这个斗争。……如果这个战争不能不深刻地向前发展，如果这个战争的最后胜利不能不抖去阻害民族活力的死的渣滓，启发蕴藏在民众里面的伟大力量而得到，那么，这个战争就不能是一个简单的军事行动，它对于意识战线所提出的任务也是不小的。"这一宣示，跟《童话》中的诗，不仅不一致，还有很大的距离——

有如黑夜底灯火一般诱惑的花朵
有如黑夜底铜铃一般灵感的花朵
有哄笑的热烈的花朵
有撒野的风骚的花朵
有等着诗人歌唱的花朵
有等着画家描写的花朵
有正在恋爱的花朵
有正在怀孕的花朵
有醉了的花朵
有疯了的花朵
……
呵，有一些我说不出来的，只知道是很好看很好看的花朵呀
从遥远遥远的晴空飞来了

我想该是那些寂寞得发白的星群
悄悄地思凡了悄悄地跌落了
在我们底旷野里开了呀
子子孙孙地开着呀
横七竖八地开着呀
使我们的旷野
像少女有了情人呀
像母亲有了孩子呀
…………

这同《七月》创刊《代辞》宣示的距离，让胡风看了《童话》有所想法，将原稿退回绿原，并不为怪。记得路翎的《绿原》有一段文字，应该是可以解读胡风此刻只能是“此刻”，绝不可延伸为其他对绿原之所想：

> 《童话》，那简直是梦幻似的美丽的东西，里面虽然流露了时代的与人生的感激之情，但与现实生活的斗争，却是接触得并不强的。他沉溺在自己的意境之中，似乎是感伤又感激地用这意境来排拒现实的惨痛。我曾想过，如果这温柔而美丽的意境，一旦不得不与现实生活正面地接火时，不知会发生怎样的情形。我想，或者是痛苦地突进——要付的代价一定是不小的——或者是失掉了原有的，在现实之中溃散。

由此可以看出，这些“七月”的同仁，是以他们深情于绿原之情谊所担心他由此可能发生的事故在忧心，并不完全是在说诗。事实证明，后来绿原的诗之转型，完全是极其自然地在前行中的推进，完全不见“痛苦地突进”或是“现实之中溃散”。这些，自然都是后话。可是，这时（只能是

“这时”）胡风对绿原诗的有所保留，绝不能简单化地仅以“对”或“错”来说明。在那战争的年月，胡风在《七月·代辞》中的主张和态度，不仅对他个人无可非议，且是一份时代的声音。对于这些主张的倡导者，希望他的主张能在作家的创作实践中契合，更不为怪。可是，这一“契合”，在创作尊其艺术规律的体现，又应该是怎样的呢？只能要求绿原仅仅是简单地，还可能是粗暴地予以“配合”或“图解”吗？

《童话》开篇的《惊蛰》——

当羊队面向栅栏辞别了旷野
当向日葵画完半圆又寂寞地沉落
当远航的船只卸卷白帆停泊
当城市泛滥着光辉像火灾

从那没有灯和烛的院落出来
我将芒鞋做舟叶
划行在这潮湿的草原上

草原上，我来了
好不好，你
蓝色的海的泡沫
蓝色的梦的车轮
蓝色的冷谷的野蔷薇
蓝色的夜的铃串呀

呀，星……

星被监禁在

云的城墙

云的楼阁里去了

然而，星是没有哭泣的啊

露水不是星的泪水啊……

同样，对这些诗行，也不宜简单地说它“好”或“坏”。正如闻一多一九二三年在《创造周报》对“创造社”之中坚郭沫若的《女神》，在充分肯定其“时代精神”时，也指出其“西化”之弊一样，对于整天和外文及外国文学打交道的绿原，沾着这些“西”气，也正常。对于此时进了复旦，生活艰难，在学校附近的孤儿院兼课以维持生计的绿原，生活十分清苦。这些诗，虽然不一定是这个时间写的，即便在这前后，像在兴业公司当练习生，管理职工阅览室，相对来讲，应该是那一个时段稍好一点的情况，也好不到哪里去，基本上是在求温饱中挣扎。因此笔下“我将芒鞋做舟叶／划行在这潮湿的草原上”放牧的图景，不是他生活的写实，是他梦中一片蓝色的桃花源，像他的取名“绿原”，“你听！‘绿色的原野’，多么令人神往呀”时，笔下“海的泡沫、梦的车轮、冷谷的野蔷薇、夜的铃串”，也是清一色“蓝色”的桃花源。

此时的绿原，虽然已经懂得了一些洋文、读了一些洋书，可他憧憬、向往的，还是中国旧式小农经济下的梦幻。所以看到城市不夜的霓虹，几乎像诅咒似的说它“泛滥着光辉像火灾”。他梦中，或是自赏的“蔷薇”，也是在“冷谷”中。这些笔墨，处处都流露出此时他在此种景况下的一切。若说它“与现实生活的斗争”，是“接触得并不强”，那就得看“现实生活”是否有什么特指，它的范畴又有多大了。绿原想摆脱生的困境，“将芒鞋做舟叶”的梦，难道不是求生者的心路，就不是“现实生活”吗？写新诗，直抒胸臆，不仅不排斥，且是它常用的浪漫手法，也绝非不同的诗人用以表述不同的诗思所必用的手段。在此，绿原“将芒鞋做舟叶”的梦，表现得如何，水平怎样，那完全是另一个议题。但，在此，反事正说，将伤心事放在美梦后面去说，百年、千年，新诗及别的诗体，都不乏先例。

胡风对《童话》原稿的态度，先后截然不同，看似矛盾，并不矛盾。他在《七月·代辞》之言，既是他个人的主张，也是那个时代的声音。开初，他以此舍了《童话》，同样是可以理解的，经过一番重新、慎重的考虑，他又同样慎重，为弥补遗憾，要回退稿，决定慎用，也很自然。按照一般思维的方式推理，胡风主意的改变，必然是随其原来的主张的改变之改变。其实，胡风在仍然坚持他原来的主张时，不仅允许，更是尊重作者在遵守艺术规律中的自由和潇洒，以摆脱机械论和庸俗社会学可能流行的传染。胡风的这一心路，对于文艺工作，不仅在其时，就是在今日，同样有很切实的、正面的意义。

此事，对绿原，更是意义非凡。说这是《童话》原稿的“新生”“凤凰涅槃”，用词不当。凤凰是死后从死灰中更生，编者对《童话》取舍的考虑，还未有严重到生死的程度。然而，不仅一部稿子，就是一个作家的沉浮，不少时候也会随其机缘而变。但根本问题，还是取决于文本自身。曹禺（1910—1996）二十世纪三十年代写出同时是他代表作的处女作《雷雨》，投稿给北平的《文学季刊》，不知被哪位编辑处理丢在字纸篓里，几十万字手写的文本，是很大一堆，很显眼的。它被与郑振铎同为主编的靳以看到，他就从不知作者花了多少心血的这一大堆手稿的同情之心，拿了起来顺手翻翻看一看，不想，拿上手，就放不下了，刊出后，轰动文学和戏剧界。这也是老一点的人都知道的旧闻。在今天的报刊、出版社，也不乏类似之事。文学的伯乐太可贵了。胡风也可谓绿原的伯乐吧。

有了《童话》的出版，胡风也时时在绿原心里。直到日本鬼子打到香港，胡风逃回广东，在惠州待了一阵，一九四三年，当局的“攘外必先安内”之“安内”，也在变着花招。蒋介石叫他的宣传部长张道藩（1897—1968）邀约了一些文化名人，有茅盾、胡风、沈志远等出场，其中的“钱纳水”等，不仅今日的读者，就是现代文学研究的专家、教授，也未必都能知晓。虽然，蒋介石变着花招，可他“安内”的本质是不会变的。不过，这个时候，跟胡风去香港前的情况，还是大大有别，蒋介石似乎也“聪明”了一点。而且，周恩来副主席在当局的政治部，以他领导下的，郭沫若的第三厅，为国统区的文化人争取到一分生存的空间。安排了胡风一个委员之职，胡风也常常进城到“天官府”的三厅办公。以此之便，阿垅便邀约了绿原前去看望胡风，胡风自然高兴。

不想，绿原一见胡风，几乎一句话也讲不出来，不难想象，这位不俗、不凡的诗人，谦虚到视己为一小人物，露怯、拘谨之态，也很自然。本来，阿垅同胡风，是老熟人，此时话也不多。胡风也无有任何的客套。不知出于一种什么情绪，仅在喝茶之中就杯中之茶，想到它应该写成“沱”茶的“沱”，或“砣”茶的“砣”？这，似乎是无话找话说。在这一沉静中，既像一场酣畅淋漓的畅谈中的休止符，又似知遇、知心者的千言万语尽在不言中。后来，绿原记述——

第二次，我一个人到天官府去看胡风。那时刚吃过午饭，他正躺在铺着草席的木板床上午睡。我没有去喊他，而是悄悄地坐在桌旁等他醒来。十五分钟左右，他睁开眼睛看见我，便一骨碌坐起来了，还以埋怨的口吻说：“怎么不叫醒我呢？”

此后，我在国统区几次和胡风的见面，大都同这两次一样平淡。谈的尽是些和文艺没有关系的家常话，至少我从没有把诗放在口头，同胡风谈论过。我总觉得，和胡风在一起，我莫名其妙地爱好起来的诗，在人生中并不具有第一位的意义，应该还有比它更高更重要的义务在，那就是做人；有时却又觉得诗是神圣的，神圣得超过了第一位，连口头谈一谈都会亵渎了它似的。因为：“世上最强之物莫过于人生”，“只有人生至上主义者才能成为艺术至上主义者”，而“丢掉了人生就等于丢掉了艺术自己”，这可能就是我最初所接受的胡风文艺思想的影响。在这个影响下所进行的一点寒碜的写作实践，殊不知十年之后竟被指控为“恶劣的宗派主义”……

这里，包括以上所有录自《绿原文集》之言，比较起来，它并不是什么能够提神的话，可是，若将它放在一个“集团”分子之所为看，也是可以大开眼界、增长见识的。所谓的“宗派主义”，有了一九八八年中共中央（中发办）七十六号文件，才好说这些所谓的“宗派”，都是文艺界某些掌权的人，见你没有俯首钻进他的圈子，非亲己者的“异己”，则为另一个的“宗派”。可绿原“最初所接受的胡风文艺思想的影响”，还确实让他所写的诗文大为改观，是“突进”，却无痛苦，不同于前者的新貌，更非前者“溃散”的“现实”。对此，我还是要说，它是在前行中的推进，并非与前割断的决裂。他写得不少，如《给天真的乐观主义者》，长达二十页左右，这里无法转引，他一九四三年写的一首仅十行的《信仰》，不妨读读——

罗马斗兽场中间，
站在猛兽面前
以微笑祈祷，
——上帝与我同在啊。

斗争养育了生命：
胜利一定与我们同在！
站在断头台前

我们微笑

——我们不祈祷

这，不论是否能够代表绿原的思想和艺术水平，它都反映了与他之前的思想、艺术之巨变。今日，不忘初心的信仰，一讲再讲，为此表态的分行文字也不少见，相比之下，好不好，都该承认有它的特色。这位西学底蕴较深的诗人，前一节用了西方人并不完全视它为宗教的圣文，而是文学普及读物的《圣经》中的神话，下一节则对比地用了现实中不论是革命或改革者之气概，皆是非凡的英雄气派。它和前面都是不同庙里的神之塑像，是各自信仰的象征。前者的无畏，是“上帝与我同在”，后者的坦然，则是“我们不祈祷”，与前者正好是思想的对立，也是同为思想，且是艺术的对比。相对诗的散文化，它也是格律的一种对称的形式。

可惜，绿原的人与艺术才能的增长，并不能对他生存境遇有丝毫改善，相反。在那通货膨胀动荡社会的年月，米价可以一日数涨，恶性到后来，一捆钞票还换不到一捆草纸，工薪人员领到钱，都不敢在手上多放一刻，不是立刻去换“白”的（银元），就是换“绿”的（美钞），否则，多在手上误一刻，又不知要贬值多少。这比荒诞剧还荒诞的事，对于今日生活的安定者，是无法，或难以理解的，当怪事听，也有益无害。

此时，还在以“周树藩”之名于复旦在册的绿原，无有任何家庭或其他的经济背景，给贫困学生少得可怜的“救济金”，加上在外的兼课，在上述那种通货膨胀的状况下，还是到了没有饭吃的境地。当时，当局在农村抓不到壮丁了，号召“报国从军”，尤其是在大中学校大搞“十万青年十万军”，他只好以此谋生，参加了“远征军”。进了“训练班”，应征为“盟军”，就是为“美军”当译员。这除了求生，还可以借此提高自己英语的实用能力，不是坏事。以他的英语，考试这一关，当然不成问题，可是，受训期间，其他考生都“集体入（国民）党”了，他没有理这回事，加上看到他在报刊发表的诗文，分配单位认为他“思想有问题”，分配通知则由“外事局”改为去“中美合作所”。

那时，这些知识分子，确切地说，是一些青年学生，还不知道“中美合作所”是搞什么名堂的。正是不知它的所以，才感到怪怪的，也就有些疑虑。为此，“分配通知”到手，绿原是没有立即去报到。不想，对于这个被认为“思想有问题”者，为此，竟然明令要他立即赔出受训期间的一切费用，而且遭到暗令通缉。这一来，问题严重了，他是东藏西躲，朝不保夕，身体虚弱，一脸蜡黄。他先是写信，信才寄出，还是赶紧亲自跑去找胡风。胡风着急了，立即要帮助他逃离重庆，去川北找在教书的何剑熏。到了川北岳池县，绿原借助“七月”这位同仁何剑熏，才算是隐藏了下来。

虽然“民国”多少年了，社会的“半封建”，仍然依旧，还是一个地方一个“皇帝”，换了一个“皇帝”，绿原的状况也就稳定了下来，在中学找到一份教英语的差事，才摆脱了全靠这些“七月”同仁之接济来维持生计的日子。

这段经历，虽然绿原在多处说过，也许是不愿触及他的痛，都太简略，我也想到这点，不便多问。后来，还是听胡风夫人梅志先生的细说，才清楚明白。这些波折，磨难人，锻炼人，成长人，还团结了人，不论是诗友还是诗师。

此时的绿原，已脱去《童话》时期的天真和明朗，一度又热衷一些雕琢而又朦胧的意象，胡风也是几次来信，“叮嘱我注意保持情绪的自然状态，不要把它揉了又揉，揉到扭曲的程度，同时叫我警惕所谓‘绮语’的倾向。但是，他从没有教过我怎样写一首诗。我体会到，他始终在希望我、督促我、激励我经过自己的探索和发现而来”。

由此，我想到绿原的《小鼓手和将军》：“太阳下面，/小鼓手向将军立正。/‘干什么的，你？’/‘队伍上的，将军。’/‘你是兵士么？’/骄傲地回答：/‘是的，是一名鼓手，将军。’”

“那么，拿起你的鼓来吧。
给我集合他们——
叫他们捆起篷帐，
叫他们准备马匹和车辆，
叫他们把子弹塞进枪膛，
叫他们认清方向。”

咚！咚！咚！——
小鼓手把鼓急雨似的敲，
将军高兴得叫：
“叫他们站队呀，小鼓手。”
将军激动得跳：
“叫他们出发呀，小鼓手。”
将军盯着小鼓手底通红的眼睛：
“叫他们射击呀，小鼓手。”

棒子在鼓面上狂打
像复仇的枯骨底舞蹈一样
这狂野的调子
使庄严的将军胆寒
使地球发战
使太阳和天空
珠子和盘子似的旋转

“好哇！好哇！

接着打退却鼓吧。”
将军忘形了。
棒子从小鼓手底手里
给投到了地下——
他向将军立正
并且带着人底骄傲：

“对不起，将军！
我不能服从这个命令，
因为我是一个
从来不退却的士兵。”

对不起，我得再啰唆一次，这可不是绿原诗的代表，我个人只是想借它说一点自己的看法：它应该是上面那首《信仰》用诗的另一种方式的再次表达。它无有“绮语”，用点情节，近乎叙事的方式，在诗人的作品中不说绝无仅有，也是少之又少。抗战胜利后，针对国统区的黑暗，乃至他晚年的《听诗人钱学森讲演》《歌德二三事》等这些学者型的长诗，说它“理胜于情”的，有的所用的这个“理”字，是贬义的批评；他等只讲“情景交融”，忘记了“情理交融”也是诗的艺术之一大优势。远的不说，就讲其《信仰》所喻之理，它让读者更明白了自己，他也更深入到读者，胡风于此对他人生和艺术的推进，不是拉他钻进了他的“集团”，而是推他深入读者，深入人生，接近了地下党，加入了共产党。

这是他真实的人生，是他人生的诗：此中，都离不开他与胡风的关系。

要说胡风，从称他“同志”到怒斥他“反党”“反革命”，乃至动用专政工具，自然是一九五四年七月胡风向当时的“中宣部”部长兼国务院文教委员会主任习仲勋面交了俗称“三十万言书”的《关于解放以来的文艺实践情况的报告》，请他转呈党中央。其时，习部长热情地勉励道："应当相信中央，把意见写给中央是正确的。"这句之前也多次听到别的领导说过的话，此时听得特别亲切、振奋。正是写作三十万言的过程中，听到党的《四中全会公报》中"反对独立王国"的决议，更是自以为是遵照了党的决议所行，信心百倍。不想，不久天翻地覆，三十万言被污为"向党进攻"的"刀子"。此时，任何人与之有关，都是说不清楚的事。不说"欲加之罪，何患无词"，就是无须加罪，此即为词。不想，绿原还与它有关。在他生前已出版的《文集》之中的《年表》，不是他自己写的，也是他最后审定的。其中就有这三十万字是他"协助胡风写"的，这是在任何其他地方没有第二次出现过的五个大字，按当时的情况，对此，可做的文章就多了。

在此，绝对需要重温一九八八年六月中央向全体党员下达中央政治局常委会讨论通过的（中发办）六号文件《中共中央办公厅关于为胡风同志进一步平反的补充通知》。既是"进一步"，自然还有"初步"平反的一九八〇年七十六号文件的《通知》，后一个《通知》指出它——

"胡风文艺思想和主张有许多是错误的，是小资产阶级个人主义和唯心主义世界观的表现。"经复查认为，对于胡风同志的文艺思想和主张，应按宪法关于学术自由、批评自由的规定和党的"百花齐放、百家争鸣"的方针，由文艺界和广大读者通过科学的正常的文艺批评和讨论，求得正确解决，不必在中央文件中做出决断。这个问题也从《通知》中撤销。

在此，不说一篇短文的篇幅不允许，在此之外，也绝对无意、无能，可以对这三十万字的大著说些什么。

三

在中国百年新文学中，胡风问题，绝对是一桩大事。虽非当事人，从小在文化圈，也耳濡目染。对此，还得从我个人的一点经历说起。开国前，部队打过长江的无往不胜，却无法不正视北方兵在凯歌声中到了南方，所遇到的水土不服，大量病号的现实。于是，我们在赣江边，不是像一般战争，休整几天就了不得了，而是整整地半月一月，只要我们吃好睡好，不断搞卫生，还组织一些文娱活动地闲养着。上级也从刚解放的上海，购进不少文学图书。这些图书，除了苏联塔斯社以俄商名义注册的“时代出版社”所出版大部头的苏俄的文学经典，还有东北新华书店出的解放区的新著，大量的还是国统区进步作家的进步作品。闲得无事，像赵树理（1906—1970）的《李有才板话》、李季（1922—1980）的《王贵与李香香》等等，一天得换一本。后来，没有诗和小说借了，我就看了前一年（一九四八年）才出的、香港生活书店的《大众文艺丛刊第一辑·文艺的新方向》，这本小三十二开、内文一百一十一页的小册子，无论说它的战斗性强，还是火药味足，也是新文学运动中影响很大的一本书。七十多年过去，我找出它来放在案头，重新翻翻，也不知道说什么好。年少时没读懂它，现在八九十岁，也未必就读明白了。有些深奥的行文，跟读诗和小说不同，也不应该是一个未成年的少年能读懂和有兴趣的。

不过，当中胡绳《评路翎的短篇小说》，因为在那些“国统区进步作家的进步作品”中，我就读了路翎，所以对它还有一些兴趣。在那新旧交替的年月，我这虽然跨进过中学门槛，因为内战基本无法正规开课，实际上还是一个小学生的我，在那不少文盲的翻身农民和解放战士的队列中，咱还是一个被有的人和“小资产阶级”画等号的人，是天天讲、时刻讲“思想改造”所针对的人员。可是，粗识文字，哪里敢说什么“知识”嘛。对于印刷成书本上的话，基本上是儿时在教堂里读《圣经》那样读它。不敢说半个“不”字。不过，当它说的和我在阅读中的直接感悟迥异的，读来别扭。不过，别人爱怎么说就怎么说吧，可是，没有想到，之后那股风，会对路翎几乎形成生存的威胁。

没有过多久，第一次“文代会”召开，绿原、阿垅、路翎、胡风都是受邀的代表。跨过一个旧时代的重逢，大家都很高兴，抓紧时间游览了北平的名胜。可是，胡风，他看到由杨晦（1899—1983）等起草的一份国统区文艺报告草案的打印稿时，有些气上心头。明明毛主席的《在延安文艺座谈会上的讲话》（以下简称《讲话》）说有“根据地的文艺工作者和国民党统治区的文艺工作者的环境和任务的区别”，在国统区的作家有的照此说了、做了，怎么在这份报告中就成了“有的借口于解放区和国统区情形不同的理由”“缺乏对它的研究、反省、检讨”，指责“有人以为革命理论的学习是足以使作家‘说谎’，以为发扬作家‘主观’才会有艺术真实的表现”。以“所谓原始的生命力，看作历史的原动力。他们想依靠抽象的生命力与个人自发性的突击来反抗现实”。这里，正像过去我讲阿垅时，说到一八四四年马克思、恩格斯在《神圣家族》中也充分肯定过人的主观能动性时说到，不论胡风所说的，对先贤经典的解读，怎么不到位，乃至有错误——

> 这除了个人的具体情况，也是由于当时国统区的某种情况所致，这一遗憾，再怎么说，也不能上纲到对抗解放区的文化政策而论。何况，国统区千千万万受欺被压的人民，有不少是认命、宿命的，若是有点主观能动性，乃至鼓动反抗，而不是煽动解放区翻身当家做主的人民造反，怕是不能完全视为消极的。重要的，还是要看此话是在何时何地怎么说的。

话虽如此，遵守《讲话》精神，说到国统区和解放区因环境不同，任务也有“区别”的精神，并以此而行者，怎么反被某些人用《讲话》来压他们呢？先贤讲“人的主观能动性”，同样也是因时因地而论，才有起码的历史唯物和辩证唯物的态度，怎么动辄就是“反抗现实”呢？这“现实”，毫无疑问是指准备、即将建立的新中国！

胡风的长诗《时间开始了》，欢呼迎接新的社会到来，诗的艺术如何，大可议论，若说它是阿谀奉承之词，那恰恰是胡风的性格所不屑的，倒是对他的侮辱。他同某些，乃至与文艺界的领导文艺观有异，与是否爱国也是不搭界的事。以此对人思想的宣判，不论“法治”之“法”，还是“人性”之“人”，都是不到位的。更重要的是，那份《草案》对国统区的文艺工作，只是从鲁迅去世后到一九四九年开国之前的十几年的事，之前，毛泽东主席肯定鲁迅的方向和历史，只字未提，这又是谁想丢弃就可以丢弃得了的吗？毛主席说到中国革命成功的两条战线之文与武，同时也有解放区和国统区的两条战线，若无有以鲁迅为旗帜的大军，凭那几个人在这“战线”跳跳蹦蹦就能逞威的吗？这些情况，若闹不清现场之目睹，就更难明白此中的奥秘。

会上代表，不少同志，同胡风是不曾有过什么往来的，也跟胡风有同样的意见，可是，光是自己着急，管什么用？想不开，也得想开。有意思的是，这一份由杨晦所起草的报告，又正式安排周扬在开幕会上，作了他那有关解放区的文艺工作报告之后，由茅盾宣读。会前，茅盾在报告的打印稿后，附带有条声明：“这份报告原来决定由胡风先生和我共同起草，胡风先生力辞，便只好由报告人独自负责了。”对此，胡风同人说：“他叫我一同签名，我怎么能签这个名呢，这不是自己给自己念紧箍咒吗？”胡风，老而不奸，且不乏为其诗而天真者，也还没有天真到想此事就可以这样了了，还是感到这是个不好的兆头。

那位，曾畅行“七月”而大红大紫于外的舒芜，一九四二年，在《七月》停刊续办的《希望》刊出过《论主观》而声名大振。这位拖累了大家多年的他，一九五二年借《讲话》发表十周年，以通过“重新学习”《讲话》为名，在《长江日报》刊发出通篇以检举胡风和“还有几个人”如何反对《讲话》以取代他所谓“重新学习”的文字。奇文一出，立即哗众而轰动。这篇一般人都看不懂的奇文，路翎看到就跟胡风说：舒芜实在是太会察言观色，迎合各方。果不其然，它确实迎合了有的人之所需。不几天，《人民日报》竟然转载了此文，并加有按语，公开提出了“胡风集团”的问题，这无疑是五花大绑地拉出胡风示众。舒芜也从远远的南疆之南宁请来北京，为需要让他再立新功备好舞台。周总理知道，指示“不要先存谁错谁对的定见，平心静气地好好谈”才换下“批判会”的名目，改为“胡风思想讨论会”。不敢公开反对周总理，无碍阳奉阴违。会上照旧批判，给胡风戴上了“反马克思主义”“反现实主义”“宗派主义”三顶大“帽子”。

整人者，是你受不了，也得受他的整；被整者，相信党，也被人信不得你还信。

在我们的体制下，作恶者总是少不了要借党的名义，挥舞大棒；胡风和冯雪峰等，早在“左联”时期，随鲁迅就把他等在那个领导的位置和真格的党区别开来。鲁迅先生晚期，乃至临终都留下《答徐懋庸并关于抗日统一战线问题》这样相关的文字，无须我们在此赘述。

一九五八年年初，继头年“文联”“反右”的所谓“补课”，可比“正课”更具气势，如火如荼。王府井大街靠着北京人民艺术剧院和美术馆的那头，平日门前来往的人并没有多少的文联新大楼的门口，这一下，不仅楼内的人和来往过客，也不乏专程绕道来围观的，挤得可热闹了。一幅超两三公尺长宽，是真正“大”幅的“大”字报，正是原“左联”党的负责人，同周扬搭伙的夏衍所贴。对当年鲁迅指出他们的错误大翻其案，虽然，这属后话，从一个历史阶段来说，还不是时空的错位。于是，他们也就有上书中央，以求解决这久拖不决、越拖越累的此事。

对此，再写几万字，也有的说的，这么一篇小文，实在不宜再往下说。在此，本来说的是绿原，绕了那么一个大圈子才回来，实在是他们同案，共沉浮，谁也无法将他们当中的哪一位，完全单个地请出来说事。胡风要写三十万言，绿原“协助胡风写”，极为自然，至于是怎么的“协助”法，哪个部分是他负责或执笔？若只是说胡风写了要他们看了提了意见，那么，“协助写”的说法欠妥。此事，不仅他们不少回忆此事的长文无有任何透露，私下交谈，他也只会眯着眼噘噘嘴，笑而不答。他们就是共命运的共同体，功、利，不揽，过、害，不推。

祸事来了，他们除了师或友之谊，并无其他见不得人的关系，只是你给他们划了个“集团”的小圈子，坐地相集，中间又没有第二个舒芜，也只能，也必然有难同当。绿原跟着大伙儿先后抓了进去，而对外爆出他为“美蒋特务”之事，毫不费力，也不费时就说清楚了。

而且，胡风案“共触及两千一百人”，此中为此帮助绿原逃脱当局追逼的，绝对不止上面提到的胡风和何剑熏，一路绕着弯儿走的，一站一站的，都得有人接送，到了岳池，又不是平常一般的人，要住下来，还是隐藏下来，在身无分文的情况下，每天还有三顿饭要吃，真的不知涉及多少人。平日，要一个一个地找来为此做证，并不容易，可是从此案“共触及”的两千一百人，情况虽然各不相同，但在同案的管控中，无论找谁查证，又确实只是分分秒秒的事。虽然，依照党的“实事求是”的精神和“法治”之“法”的基本原则，不论正面或负面的人和事，都要核实事实。可是，党和法弄清楚了的事实，有人就愿意让你“清楚”了吗？此案中不时会出现一个人——林默涵，胡风在他的约谈后，梅志道：“林的态度很亲切，使胡感到欣慰，觉得领导还是讲道理的。”然而，他的道理，却无助于问题的解决。

然而，这位林默涵，绿原看他是“领导”，见了他，感到他“既是同志式的，又免不了专政口吻”。若不会认定他是“虚伪”，那就是这位“领导”

头上还有“领导”，若说得与他的“领导”不一致，即便说得对，也算不了数。新时期，我这个文艺兵，阴差阳错地也跟这位过去是不可能碰面，又像对我有过一点了解的文艺领导接触过。不过，不久，人说他已经有点“老年痴呆”了。一见面，他还能认出我，随之就是：“良沛同志，你家还在井冈山吗?”不是十句八句，是一直不停地重复着说，不仅我本人，周围其他同志，都会为他这种井冈情怀波动得温暖和严肃。同时，从中也看到他的老态，不免有些惋惜的感叹。由此，我想，他“痴呆”于“井冈”之文化的情结，使他之前对人还讲的“道理”，还是可以联系起来想的吧。晚年，反思过去，他对过去说了“不算数”跟“算数的”又不能明白的，也容易使他为之“痴呆”。他过去的“领导”，自然是周扬。二十世纪八十年代，曾任鲁迅文学院副院长的周艾若是公开著文称他生父为“文艺界的沙皇”，说得对不对，他的亲生儿子对此也能负责。再说周扬“鲁艺”的学生陈涌，那可是公认的中国“马克思主义文艺理论家”。晚年他接受艺术研究院“马文所”派人对他访问，对当年批判胡风——

> 发动群众搞批判，有些平常很少接触胡风的文艺思想，对他的“三十万言书”恐怕也来不及看的人，也一哄而上。我当时就说这是“人海战术”，还说了一句使大家很反感的话：“‘批判胡风’是用机械论来反对唯心论”。应当说，这对当时的运动很不利，是骇人听闻的，对我会带来灭顶之灾的。

陈涌平安无事，当是家庭出身贫苦，“根红苗正”，且是“鲁艺”出来的人才。在那种运动的气氛下，他这种坚持唯物、马克思主义的勇气，不乏英雄气概，令人钦敬。他对周扬，并不全盘否定，但有保留。

从一九五五年五月十七日到一九六二年六月五日，绿原隔离了七年之久，其中，单身在西单安福胡同监禁了五年多，又送到秦城三个区中的“丙区”，是可以押着到大田去劳动改造的囚犯。漫漫囚禁的日夜，他是通过自学德语排遣无穷的岁月和忧伤。不想，一九六二年六月九日，林默涵以“平等的亲切语调”对他表示“谅解和期望”，不仅称他“同志”，一开始就是“这几年受苦了”，接着又讲了一大通对于反胡风必要性的“道理”，绿原是真不知道他到底想说什么，这也许正是他的苦衷。最后说道：

你的外文没丢吧？学了德文，也是一项收获，在外面未见得学得到。准备把卢卡契的文章印出来看看，他的资产阶级理论还有一套，在国外颇有影响。冯至同志找学生译的，还需要校订一下。你先到人民文学社编译所做些时候，那里大都是专家，你去了做编辑、翻译、校订都可以；将来还可以回到创作部门，那里也需要人。拿我的信去找韦君宜同志联系，薪金、定量在他们那里解决。

这是缓和或是给他们下台阶的第一步吧。不然，抓了人家，无证无据，案不能立，栽诬之罪，为谁之罪？若严于法治，首先当处违法者。既不愿对此有个说法，又不能无法无天地把人关下去，放人出来，错了，平反，恢复原职原薪嘛。怎么要到“那里”解决？当中讲到“定量”，现在的年轻人都读不懂了。因为“配给制”下的粮食，是不允许自由买卖的，每人每月只能从“配给”的“定量”配售。因为各人工作的劳动量不同，“定量”也不同，它在当时也是一种待遇。这是每人随着户口动的事，何劳领导操心？说是分配工作了，不能只说是“宽大”，无罪者被栽诬，到底是该谁“宽大”谁？态度体贴，关系政治生命的大事却暧昧支吾，这又算是怎么一回事的嘛。

绿原拿着称他“同志”的介绍信找到韦君宜，她的冷漠与林默涵是个强烈的对比。这不奇怪，绿原和她是曾在同一个“牛棚”蹲过，虽然同在一个“牛棚”，在绿原面前，也不失她的优越感。此次，过去了多年，绿原再回到出版社，学习会上她居然还对绿原说“别谈什么文艺思想，把你的中美合作所的问题谈谈吧”，叫人啼笑皆非。这回，见面第一句又是“我们对你的情况不了解，只是报纸上的那一些”。报纸上的那一些，是不是又是“美蒋特务”？

说是给绿原安排一个工作，又只讲对他的“宽大”？那还是“安排”的“工作”吗？偏偏，还确实是为政策允许范围内的“宽大”与“照顾”，指令要翻译一些领导要看的外国文稿，他也分到任务，得到“照顾”，文稿译出，文本署名，既不准用“绿原”，也不宜用“周树藩”，令他另取。他取了“刘半九”，不想，有人认为此中有讥刺，是以“半个臭老九”自居，颇不服气云。还好，它还没有衍发为别的，尤其是政治事故来，算是万福。一晃，过去多年，知道一点这些小事，是便于知晓当年那些大动作的。

四

一九七一年，林彪谋反败露，出逃途中葬身温都尔汗之事，全民哗然，震惊了各种各样有不同想法的人。对此，绿原自然不可能有资格能听传达，却在既不够格知道，又为它是瞒不住人的情况下，也于其恍惚之中知道一些，有此想法。祸国之奸，为其在上，众生所受之欺，当责己，该怨人？难以言表。事隔近三十年，他又写了同名的《信仰》：

我是悬崖峭壁上的婴松，你来砍吧
我是滔天白浪下面一块礁石，你来砸吧
我是百仞海底一颗母珠，你来摘吧

我是高原大气层中一丝氧气，你来烧吧
我是北极圈冰山上一面红旗，你来撕吧
我是十亿个中间普普通通一个，你来揪吧
——还有什么高招呢
哪儿你也追捕不到我
怎么你也审讯不出我
永远你也监禁不了我
在梦里你也休想扑灭我
即使——上帝保佑你
一并取走这个人的生命

这不是针对某一具体之事所言，又确是愤怒的喷发，以勇敢、无畏，乃至让人取走生命所勇于牺牲的气概，昭示天地。

人世的是非曲直，既有天理可鉴，又难摆脱人事纷纷之纠缠、期盼所困，能如愿所至；历史的步履，有其进程的规律；在这个时代，在我们的生存环境中，个人之事，该算小事，也总得在大的变革中才能有它相应的因果。改革开放，“胡风集团”错案于一九八〇年平反，绿原，恢复了他的中共党籍、接受颁发的政府特殊贡献津贴证书、全国优秀文学翻译彩虹奖、中国当代诗魂金奖，接受多国有关邀请，四外出访。他的诗集翻译成德文、法文，在德、法出版，并领取斯特鲁加第三十七届诗歌节的金环奖，加入了国际歌德学会，英国剑桥出版社《国际诗歌诗人百科全书》新列了条目《绿原》……此时，他飞空越海远行的高速，不知能否跨过这之前二十多年的漫长？碰杯欢悦美酒的美味，不知能否溶解此中有过的辛酸？

有些话，他生前未答半句，无人可以代言。

他多才多艺，首先还是诗人。不见唇边之辞，恐难绕过他的诗行。他，诗情坦荡，无碍含蓄，口语白话，却不浅露，内蕴丰富，清新流畅，有喻，无隐，象征，不虚，重思想，无说教，浓意象，显情思。冯至说到他“反复吟诵，一唱三叹”的《重读〈圣经〉》，是一九六六年初拟，一九七〇年写成，再过十年，一九八〇年才在诗人故乡的《芳草》刊出。知晓这么一些过程，不知是否有助对诗人的了解。《重读〈圣经〉》，虽然不是他诗的唯一，还是可以一窥其思想和艺术的天地——

儿时我认识一位基督徒，
他送给我一本小小的《福音》，
劝我用刚认识的生字读它；
读着读着，可以望见天堂的门。

青年时期又认识一位诗人，
他案头摆着一部厚厚的《圣经》，
说是里面没有一点科学道理，
但绝不乏文学艺术最好的味精。

我一生不相信任何宗教，
也不擅长有滋味的诗文。
惭愧从没有认真读过一遍，
尽管赶时髦，手头也有一本。

不幸“贯索犯文昌”，又一次沉沦，
沉沦，沉沦到了人生的底层，
所有书稿一股脑儿被查抄，
单漏下那本异端的《圣经》。

常常是夜深人静，倍感凄清，
辗转反侧，好梦难成，
于是披衣下床，摊开禁书，
点起了公元初年的一盏油灯。

不是对譬喻和词藻有所偏好，
也不是要把命运的奥秘探寻，
纯粹是为了排遣愁绪：一下子
忘乎所有，仿佛变成了但丁。

里面见不到什么灵光和奇迹，
只见蠕动着一个个的活人。
论世道，和我们的今天几乎相仿，
论人品（唉！）未必不及今天的我们。

我敬重为人民立法的摩西，
我更钦佩推倒神殿的沙逊；
一个引领受难的同胞出了埃及，
一个赤手空拳，与敌人同归于尽。

但不懂，丹尼尔为什么竟能
单凭信仰在狮穴中走出走进；
还有那彩衣斑斓的约瑟夫
被兄弟出卖后又交上了好运。

大卫血战到底，仍然充满人性，
《诗篇》的作者不愧是人中之鹰；
所罗门毕竟比常人聪明，
可惜到头来难免老年痴呆症。

但我更爱赤脚的拿撒勒人；
他忧郁，他悲伤，他有颗赤子之心；
他抚慰，他援助一切流泪者，
他宽恕，他拯救一切痛苦的灵魂。

他明明是个可爱的傻角，
幻想移民天国，好让人人平等。
他却从来只以“人之子”自居，
最后人把他捧上了半天之云。

可谁记得那个千古的哑谜，
他临刑前一句低沉的呻吟，
“我的主啊，你为什么抛弃了我？
为什么对我的祈祷充耳不闻？”

我还向玛丽娅·马格黛莲致敬，
她误落风尘，心比钻石更坚贞，
她用眼泪为耶稣洗过脚，
她恨不能代替恩人去受刑。

我当然佩服罗马总督彼拉多，

尽管他嘲笑“真理几文钱一斤?”
尽管他不得已才处决了耶稣,
他却敢于宣布“他是无罪的人!”

我甚至同情那倒霉的犹大:
须知他向长老退还了三十两血银,
最后还勇于悄悄自缢以谢天下,
只因他愧对十字架的巨大阴影……

读着读着,我再也读不下去,
再读便会进一步堕入迷津……
且看淡月疏星,且听鸡鸣荒村,
我不禁浮想联翩,惘然期待着黎明……

今天,耶稣不止钉一回十字架,
今天,彼拉多决不会为耶稣讲情,
今天,玛丽娅·马格黛莲注定永远蒙羞,
今天,犹大决不会想到自尽。

这时“牛棚”万籁俱寂,
四周起伏着难友们的鼾声。
桌上是写不完的检查和交代,
明天是搞不完的批判和斗争。

“到了这里一切希望都要放弃。”
无论如何,人贵有一点精神。

我始终信奉无神论：

对我开恩的上帝——只能是人民。

此诗，正如诗人委身于生态之名；不论是他饥渴于生命的所求，还是和它的互为依存；为人世存在的自身，它都是一切生命的维他命；“一个是‘绿’，绿色的‘绿’；另一个是‘原’，原野的‘原’，你听！‘绿色的原野’，多么令人神往呀”。

想念陶然

转眼，人就快九十岁了，身体一出现什么问题，我就准备去见马克思，彻底唯物，坦然面对。自然规律，无法改变。几天前，那么巧，我翻阅港刊，同享陶然记述他在韩国春川，当地大娘要客人系上围裙自己动手做“辣炒鸡排”的乐趣，不想，梅子兄的越洋长途电话告诉我“陶然，走了”！

是小感冒并发肺炎突然亡故。不是寿终正寝，是无常于突然的事故。这，就不免在深度的感伤中叹息这人世的无常，叫人不愿面对也要面对，哪怕我是个神医，也只有万般无奈的伤痛。

这些天，不论睁眼还是闭眼，他都还是活灵活现地在我眼前，他始终是身强体壮，行动快捷，精干利索。不想却在我这老态龙钟、行动和思想都不灵者之前走了。不仅走了我个人的朋友，这位香港作家联会执行会长一走，也绝对是香港文艺界的一大损失，难言的心绪，不仅是个人之忧。

在此，我遵广大读者习惯，称他“陶然”，我的老规矩，总是叫他“乃贤”，几十年始终如此。他曾告诉我，他所以不用本名就用这个笔名，是有一个写文章的，与他同名同姓，“涂乃贤”三个字，一模一样，这叫他不能不想：最终，人家可能比自己写得好，他不愿被人混淆，误为他的笔墨，沾了人家的光，冒了别人的名。除了户口等有无法改动之难，他是绝不再用本名。这事，还确实突现了他为人的性格。

可是，他想着、担心（也许是谦虚吧）会比他写得好的同名者，我们不仅当年无法欣赏到此君的文采，此后的几十年，更是销声匿迹，不见踪影，可能早就洗手不干，远离这个行道了。相反，陶然作为写家的名声，在海外绝对是越来越稳定和巩固，且是港澳地区有代表性的作家。当然，这一切，都是相对于现实的状况而言。包括海外的汉语文学，我们不知道该怎么算，有多少年了，不仅没有盼来鲁迅样的，就是茅盾样的作家也没有盼来一个。说到陶然在港澳，是有代表性的作家之一，绝对无错，若要吹喇叭，将他和他的作品抬上天去，对读者和作者都是不负责任的。由此，在各种场面上，他就不能不是个人物。尤其是内地的文学活动，请了他去，他也当然是港澳的代表。

可是，我知道和认识他时，他还是个小青年，尚未写作。有本《海外华文作家辞典》中有关他的词条，说“诗人蔡其矫一再鼓励他‘拿起笔来’，给他灌输了许多写作经验和知识”。这就对高呼“少女万岁”的诗人蔡其矫太不了解了。其矫对人、对事，都讲“自由”，在老干部中，像他这样外语好，又熟悉海外生活的人，凤毛麟角。安全部门马上求贤地网罗过去。可是，还没几天，乃贤就为其纪律、生活的多项规章管得很难适应、习惯，赶紧找到他的至好蔡其矫想法子，转了弯，请了开国初期说话还顶管用、手上有个“文学讲习所”的丁玲，跨部门地调了出来。这对他个人、其发展之路，自然是任其“自由”，会有一个“自由”的发展，也可能是腾飞。对此，其矫功不可没。

不过，乃贤和其矫的关系又远远不止于此。其矫自身是从印度尼西亚归国，抗战时又奔延安的老革命，陶然也是从印度尼西亚归国，毫无疑问，这是联结他俩的情结，但他们侨居在外，华侨一家亲，两家是否已有情缘，则无有所知。其矫叔父蔡钟长老先生迎着开国的势头，回到北京来求发展时，在离人民文学出版社所在的朝内大街一六六号很近的竹杆胡同内，盖了一所很大的，我进去都会迷路，家里吃饭都敲钟的大院。那么一块大地皮，当然是特殊照顾这样的侨领特批的，内地绝无此例。蔡家的兄弟姐妹在大院内各有一个，我不知称“幢”是否合适的单门独户的房子。叔父原想抗战时就到了延安的其矫一定有了“出息”，是个人物，不想还是无官无权的一介布衣文人。在大院里也安排有他的房子。陶然回国在北师大读书前，还在这里住过一段时日。论年纪，其矫比陶然大二十多岁，是上一辈的人，可是，其矫还是看他为忘年的小兄弟。而且，还想自己妹妹能嫁给陶然，招为妹夫，是真正的结亲。那年月，这个小伙子，身材修长，人又精干灵巧，神清骨峻，气宇轩昂，不仅眉清目秀，还略有一点马来和华南人那种眼窝有点下凹，肌肤略呈健康的褐色，一头浓密、充满生命力、略有一点自然卷曲的头发，是一位蛮标准的“帅哥”。我想，其矫或许就是欣赏他那身不像本地人、有份华侨在外的气质所予人的审美，特别愿这个小伙子能够成为他家的一名成员。可是，这个年月，刚从国外回来，同样讲“自由”的妹妹，哪能听哥哥安排婚事？虽然这门亲没有结成，可他俩这一生，始终是比结了亲还亲。陶然是大学毕业回印度尼西亚，却为那边排华，将大批欲归者都堵留在香港中的一位。在岛上当记者、编辑谋生的文字工作，使他从文字的语言艺术热衷了文学创作。“文革”结束，一九七八年美国华人作家聂华苓和她丈夫诗人安格尔访华的破冰之旅，就是请他引领。外宾想访问艾青、丁玲、萧乾等，其矫和我也参与其中，在当时几乎只是高等华人出入的北京饭店，我这小百姓也进进出出联系、疏通、安排，完全顺利得出乎客人原先准备“破冰”之难的意料。皆大欢喜。陶然新婚年轻漂亮的新娘子，走出有暖气的房子对北国寒冷的刺激，是特别兴奋地迎着它的“好玩”。十几天朝夕相处，是说不清地亲近、热火。他新版的长篇《追寻》，在内地长期地闭锁后，对我也像寒冷对他夫人一样的刺激，对花花世界的反映，对苦行、禁欲精神者的认识，绝非简单地对比和褒贬，有很深刻的认识；纵欲对禁欲，禁欲对纵欲，都不是它的归宿。尤其短篇《蜜月》，写新婚的港人到澳门度蜜月，在赌场输了钱还不了账，对方则要新婚夫妇，在众目睽睽之下，脱得光光地做爱以表演而抵债。性，无须神秘化，可有钱的能这样用它来这么糟蹋人，也太可恶了。当时北京有名人说“香港是文化沙漠”，我就要他闭嘴，莫要以无知却故作高深！何况香港还有其他的作家，哪怕只有一个陶然，也不容许他无视事实而胡言乱语！然而，陶然对内地作家可不是这样，且不说他对其娇的推介与作品的出版，在香港回归之前，两地政治的迥异，在交流、沟通、奔走之中，总会遇到一些不太顺利的事，包括香港的资深人士吴其敏老先生，邀我融入他主编《海洋文艺》的经常撰稿人群，乃贤都是尽力在交流、沟通、奔走，为内地作家 “走出去”热情又积极地推动，很难得，奈老天不假以年，让这位比我年轻得多的他，却先我而去了，天公啊，不公！

乃贤，我很想你！有好多话要说，怎奈何稿约的字数，只允许我写到这里！

三月十五日遵稿约之规写毕

原载香港《城市文艺》第一〇〇期（2019年4月）